trio

trio

LINDA DALLES

EDEN

Couverture : Shutterstock / Studio City

ISBN : 978-2-8246-1805-0
Code Hachette : 23 5351 8

Collection dirigée par Christian English & Frédéric Thibaud
Catalogues et manuscrits : city-editions.com/EDEN

Dépôt légal : Janvier 2021

À Mélina et Pauline
qui m'ont inspiré
les amies de Miranda

1

Tic-tac. Le temps semble s'être arrêté sur l'horloge de la salle de classe. Je regarde, perplexe, l'exercice du livre de latin posé sur ma table, c'est la grande nouveauté du troisième semestre. Outre le fait que je m'ennuie éperdument, je ne comprends rien au contenu de l'exo. Ma seule amie de fac, Julia, est dans le groupe des confirmés alors que j'ai tant besoin de son aide !

Le sujet d'aujourd'hui est le *memento mori* qu'on peut traduire par : « Souviens-toi que tu vas mourir », ironique vu qu'on est coincés ici pendant deux heures ! C'est bientôt la fin de la journée, ma deuxième année de licence de lettres modernes commence décidément mal… De nouveaux cours complexes et des enseignants qui sont pour la plupart peu captivants. Le professeur bâille encore une fois, il en a marre aussi. Il jette un coup d'œil à sa montre avant de se lever en poussant bruyamment sa chaise.

— Vous terminerez ça chez vous !

Il ramasse ses affaires à la vitesse de l'éclair.

— À la semaine prochaine !

Les gens de ma promotion se dépêchent de l'imiter, j'en fais de même. Comme tous les mardis, je me rends à mon cours de Zumba. J'ai commencé au semestre précédent et c'est tout naturellement que je me suis réinscrite.

En entrant dans les vestiaires, mon cœur s'arrête, il y a un problème dans les douches ! Pourquoi s'en inquiéter maintenant ? Les travaux pour les améliorer ont dû débuter en fin de semaine. En tout cas, ça aurait été sympa de laisser un petit mot ! Bref, certaines joueuses de basket se changent dans cette partie du vestiaire. C'est bien ma veine, je ne pourrai pas me laver avant d'aller au restaurant ce soir ! Je me change et fonce à ma salle pour espérer revenir à temps…

Au retour, mon inquiétude se révèle juste. Les basketteuses ont pris les douches opérationnelles, quelques-unes se promènent seins nus. Décidément, les clichés ont la vie dure !

— Sois pas coincée, me lance l'une des concernées en mâchant avec insistance son chewing-gum.

« Coincée », qu'est-ce que je peux détester ce mot ! Il y a quelques mois, j'étais en couple avec Enzo. Du jour au lendemain, il m'a quittée car il me trouvait trop coincée au lit. Bizarrement, il s'est trouvé dans la foulée une autre copine. Mais qu'est-ce que ça veut dire, être coincée sexuellement, en réalité ? Je n'avais pas autant d'expérience que lui, il était mon premier et moi, qu'une étape…

Je récupère mes affaires sans faire attention à mon environnement. Je renifle mes vêtements de sport, beurk. Je ne peux pas me rendre au restaurant en sentant aussi mauvais ! Peut-être que les garçons n'ont pas encore fini ? Souvent les activités sont en décalé pour laisser de la place dans les vestiaires. Les personnes qui font le planning pour les filles ont dû mal calculer leur coup, ah ah !

Je fonce à l'entrée et regarde les horaires en diagonale. Génial, les garçons ne finissent pas avant trente minutes. Je vais avoir largement le temps de me doucher et de sortir ni vu ni connu ! Je cours vers les vestiaires des garçons. Des affaires sont posées, ou plutôt éparpillées aléatoirement sur le sol ou les bancs. Personne non plus dans les douches, je me déshabille rapidement et m'y précipite avec mon gel douche et ma serviette.

Cet été, j'ai croisé Enzo à la plage avec sa chérie. J'ai bien compris qu'avec mon mètre soixante-cinq, je n'arrivais pas à la cheville de sa conquête aux jambes interminables et à l'énorme poitrine. Non pas que mon bonnet ne me convienne pas, loin de là. J'espère qu'elle aura des problèmes de dos quand elle prendra de l'âge. On peut être médisante envers la petite amie de son ex-copain, n'est-ce pas ?

— On s'est perdue ?

Je fais volte-face vers l'intrus qui interrompt le fil de mes pensées. Par réflexe, j'essaie de me cacher en m'enroulant maladroitement dans ma serviette. Les yeux bleus de l'intrus, ou plutôt de l'Apollon nu, brillent d'une lueur amusée tandis qu'il passe la main dans ses courts cheveux châtains. Il doit avoir au moins vingt-cinq ans et mesurer un bon mètre quatre-vingts !

— Euh… Il n'y avait plus de place chez les filles alors je suis venue ici, pensant qu'il n'y aurait personne…

— Je crois que tu as oublié de compter les cours libres.

Les cours libres ! Quelle boulette ! Ce détail n'est pas du tout entré dans mes calculs…

— Sur ce, monsieur.

Je baisse la tête, rouge de honte, et saisis mon gel douche. Qu'est-ce que je fais là, moi ?!

— Tu peux rester, je ne dirai rien.

— C'est bon, j'ai fini de toute façon, merci. Au revoir.

Je sors de la partie douche en plaquant bien ma serviette le long de mon corps. Quelle journée interminable ! Qu'est-ce qui peut m'arriver de pire ? Une présence sur le côté attire mon regard. Un autre homme vient de retirer son boxer, il redresse la tête et ses longues boucles blondes retombent sur son torse nu. Ses yeux verts se posent sur moi. Il n'a rien à envier à l'Apollon…

— Salut ! lancé-je comme si la situation était des plus banales.

— Salut.

Mon corps est à peine dissimulé sous ma serviette, à proximité de deux hommes nus. Tout va très bien… L'homme aux cheveux châtains s'appuie contre la paroi du mur. Son camarade a un sourire en coin en disparaissant dans les douches. Au moins, ils sont totalement décomplexés, eux. En même temps grands, beaux et forts, que peuvent-ils demander de plus ?

J'essaie de me sécher au plus vite pour foutre le camp d'ici. L'Apollon nu ne me quitte pas des yeux, le pervers ! Je me mets dos à lui pour supprimer l'emprise de son regard sur moi. C'est horriblement gênant comme situation, pas besoin d'en rajouter !

— Tu as encore du shampoing…

Je passe une main dans mes cheveux noirs, et merde ! Il a raison. Par réflexe, je me tourne vers l'inconnu qui se trouve juste derrière moi. Il pose sa main sur ma joue, me faisant baisser le regard vers son membre turgescent. Je relève instinctivement les yeux vers son visage.

La tête penchée vers moi, il me sourit puis effleure de ses lèvres les miennes. Je me recule en comprenant ce qu'il me veut.

— Je ne suis pas une fille facile !

— Qui a dit le contraire ?

Son sourire est vraiment ravageur.

— Mon ami et moi, on aimerait bien jouer avec toi..., déclare-t-il d'un ton suave qui fait rater un battement à mon cœur.

Au fur et à mesure que son visage s'approche du mien, mes pensées s'embrouillent. Ça fait six mois que personne ne m'a touchée... Et puis est-ce que j'aurai un jour une autre opportunité comme celle-ci ?

— Tu peux refuser, tu sais...

— Je... OK !

OK ? C'est tout ce que tu trouves à dire à un homme sexy qui te propose un plan à trois avec un autre homme sexy ? Qu'est-ce que je suis en train de faire ? J'ai terriblement envie que mon corps entre en contact avec le sien, pourtant, je ne devrais pas.

— Détends-toi, ma jolie.

Il m'embrasse tendrement et m'enlève ma serviette avant de la jeter sur le banc.

— J'ai un faible pour les filles aux yeux noisette...

Ses lèvres s'unissent à nouveau aux miennes. Aussitôt, je me presse contre lui. Sa main se place dans mon dos pour m'indiquer le chemin des douches. Sous l'excitation du moment, mon sang tape dans mes tempes. Je perds le contrôle de moi-même, subjuguée par un sentiment inconnu. Je me retrouve face au blond sous le flux d'eau chaude. À la fois excitée et un peu impressionnée, je me répète en boucle que je n'ai qu'une vie.

— Ne l'embrasse pas, il n'aime pas ça, me murmure le premier homme à l'oreille en m'enlaçant par-derrière.

Sa bouche dépose un baiser sur ma nuque tandis qu'il se colle à moi. Je sens son sexe durci contre moi. Le blond se rapproche, collant ses mains froides sur mes hanches. Je me crispe et tente de reculer, accentuant le contact avec l'autre… Le blond glisse sa langue dans mon cou. Je frémis de plaisir, son érection contre mon bas-ventre fait monter la chaleur en moi. Ses mains agrippent mes seins avant de descendre sur mon ventre puis sur mon intimité, me faisant sursauter.

D'une pression de la main, le blond me fait tourner, je me retrouve maintenant dos à lui. Il me mordille l'épaule et me pénètre, m'arrachant un cri mêlant surprise et plaisir. Je le sens s'agiter en moi, ses doigts s'enfoncent dans ma peau. Son ami me regarde avec envie, je voudrais goûter ses lèvres. Il s'approche lentement, trop lentement. Je lui attrape les poignets pour le tirer vers moi tout en me baissant légèrement. Il me dépose un rapide baiser sur les lèvres et m'incite à me pencher davantage. Son pénis turgescent fait face à mon visage.

— Ouvre la bouche, m'ordonne-t-il doucement.

J'obéis pour lui faire une petite gâterie, ses doigts se perdent dans mes cheveux. Je pose ma main libre sur sa hanche et il la caresse de son autre main. Je le sens frémir sous mes caresses maladroites. Le déhanché du blond devient plus brusque, m'arrachant un cri de plaisir que je ne me connaissais pas. Alors que mon plaisir est à son paroxysme, il se retire.

Ma bouche est aussi libérée, je l'essuie du revers de la main en me redressant. L'Apollon nu se penche vers moi et m'embrasse à nouveau, tendrement puis plus ardemment… Sa langue se fraye un chemin entre mes lèvres pendant que son propriétaire me maintient contre lui. J'ai chaud, beaucoup trop chaud. Il fait glisser ses mains jusqu'à mes fesses et me soulève dans ses bras pour me plaquer contre le mur froid. Il recule son visage du mien, j'ai le souffle court. Je tourne la tête vers le blond qui se caresse tout en nous observant.

— C'est moi que tu dois regarder, me susurre celui qui me tient dans ses bras.

La seconde suivante, son sexe entre dans le mien et m'arrache un gémissement. Il sourit en voyant l'effet qu'il me procure. Sa bouche s'unit encore à la mienne avant de venir caresser la peau de mon cou. Je passe une de mes mains dans ses cheveux courts et l'autre sur son dos musclé. Ses coups de bassin me font vibrer à chacun de ses assauts. Je sens le regard excité du blond sur moi. Je voudrais qu'il me touche aussi mais il n'en fait rien. Je jouis en même temps que mon partenaire, moi dans un cri presque sourd et lui dans un long râle. Il se retire doucement. Nos corps moites encore joints, il dépose un dernier baiser sur ma joue. Je me sens euphorique et j'aimerais l'embrasser encore.

Une main m'attrape le bras puis le blond me force à m'agenouiller devant lui. Son sexe devant mon visage, je le touche du bout de la langue sans avoir envie de le satisfaire. Ça ne lui suffit pas, il l'enfonce brutalement dans ma bouche. Je veux reculer mais il me bloque en plaçant sa main derrière ma tête. Non, c'est trop pour moi !

— Tu vas lui faire mal !

— Tais-toi ! gronde le blond en serrant les dents.

Je mordille son membre, lui arrachant un dernier cri de plaisir. Il jouit et se retire, satisfait, avec un sourire en coin. Je déglutis et le regarde, presque mortifiée, quel connard ! Je touche ma mâchoire endolorie et observe la main du responsable tendue vers moi. J'hésite un court instant et la saisis quand même pour me relever.

— Tu devrais te rhabiller avant que les autres arrivent. Sauf si tu veux que tout le monde te passe dessus.

J'ouvre en grand les yeux et lâche violemment sa main. Il m'énerve, celui-là ! Il a raison sur un point, je ne vais pas m'attarder. Je me dirige vers un des robinets en essayant de l'ignorer, il s'est pris pour qui, Boucles d'or ? Il me donne une claque sur la fesse, me faisant me retourner vers lui. Il esquisse un sourire avant d'appuyer à son tour sur le robinet, l'eau coulant sur sa magnifique peau. Rha ! Je me dépêche de me laver en évitant de le regarder. Pas question qu'on me trouve ici !

Je m'essuie hâtivement et enfile mes vêtements sur ma peau à peine sèche. Je fourre mes affaires de sport dans mon sac comme si ma survie en dépendait. Les garçons sont toujours sous les douches, je devrais les saluer ou bien partir comme une voleuse ? Ils arrivent avec une serviette autour de la taille, coupant court à toute réflexion. Celui aux yeux bleus me sourit alors que le blond prend une attitude indéchiffrable.

— À bientôt, peut-être !

Ah ouais, là, super ma fille, c'est fin. C'est complètement nul.

— Rentre bien, me répond le magnifique Apollon.

Le blond me calcule à peine et va retrouver ses affaires. Je sors du bâtiment, le vent vient rafraîchir la chaleur de mes joues. Je prends le tramway avec un sentiment de gaieté, tout en jouant avec la lanière de mon sac de sport.

J'ai beau me repasser la scène plusieurs fois, je n'arrive toujours pas à réaliser que j'ai fait ça !

Et merde, je suis vraiment en retard ! Moins que si j'étais retournée chez moi me doucher, mais c'est tellement anecdotique ! Quinze minutes de marche plus tard, j'arrive enfin à destination. J'entre dans le restaurant où la chaleur règne en maître. Je m'avance jusqu'à la responsable de salle qui me fixe, je ne suis présentement pas maquillée et mes cheveux sont encore trempés. Je dois avoir une de ces dégaines. Je préfère ne pas penser à mon reflet, surtout après deux activités sportives... On me conduit jusqu'à la table de mes deux amies qui me décochent un regard inquisiteur.

— Où t'étais ?

— J'ai raté le bon tram !

Ce qui est le cas, en plus. Le soir, le tramway passe toutes les dix minutes au lieu de cinq ! Lou m'invite à m'asseoir sur la chaise libre en face de sa place. Elle hèle ensuite un serveur pour lui commander le plat du jour, sauf pour Claire.

— Il s'est passé quelque chose, hein Miranda ? m'interroge Lou dès que le serveur repart.

Je décide de leur raconter brièvement mon aventure en baissant au maximum le volume sonore. Quand je termine, Claire est sous le choc, n'arrivant pas à croire ce que je viens d'annoncer. Normalement, c'était elle la vedette du jour ! Une agence de voyages au centre-ville l'a embauchée, j'espère qu'elle ne se mettra pas ses nouveaux collègues à dos comme l'année dernière... Ses propos contre les mangeurs de viande les avaient quelque peu agacés et son patron l'avait licenciée. Elle a connu une période difficile à cause de cette histoire.

— Bien joué ! me félicite Lou en me tapotant la main.

Je souris sans savoir quoi répondre. Plus d'une fois, Lou m'a parlé de ses expériences libérées durant son célibat. Bien sûr, sa petite amie n'est pas au courant de la moitié mais c'est mieux ainsi ! Je pense que si j'étais à la place de Claire et que j'apprenais tout ça, ça m'énerverait... Peut-être justement parce que nous n'avons pas autant d'expérience et que, quelque part, on se sent bêtement rabaissées.

— Mais on a besoin de plus de détails !

— Ça suffit Lou, je ne veux pas savoir !

— Je veux tout savoir, Claire !

— On se calme, les filles, s'il vous plaît.

Vexée, Claire croise les bras et prend sa mine boudeuse caractéristique. Mal à l'aise, je cherche désespérément le regard de mon amie.

— Tu vas les revoir, petite coquine ?

— Aucune idée... En plus, je ne sais même pas comment ils s'appellent.

Claire pose ses mains sur son visage, en écartant seulement ses doigts pour pouvoir lourdement me fixer.

— C'est pas vrai ! Dis-moi que c'est pas vrai !

— Tu me surprends Miranda ! Tu vis dangereusement ! s'exclame Lou en riant.

Je rougis, pour une fois que je me lâche... Le serveur arrive avec deux plats de saucisses accompagnées de riz et un plat avec une grande salade composée.

— Plats avec saucisses ?

Claire le regarde, effarée par sa question. Lou lui indique que c'est pour elle et moi, la salade est pour notre végétarienne préférée.

— On pourra dire que tu en auras vu, ce soir !

— De ?

Elle me fait un signe vers une saucisse, rendant mon visage encore plus écarlate. Je hausse les sourcils en lui décochant un grand sourire.

— On peut parler d'autre chose que de pénis ! s'écrie Claire d'une voix trop aiguë.

Tout le monde s'est retourné pour nous dévisager et le serveur en a perdu son plateau. Lou et moi, nous nous mettons à rire tandis que Claire rougit et déclare à la salle :

— Bah quoi, c'est naturel, non ?

Elle se penche vers nous pour ajouter :

— Bon, dépêchez-vous de manger maintenant !

Les filles me ramènent en voiture à mon appartement. Lou me prévient qu'elle ne me lâchera pas sans avoir eu plus d'informations. Je la taquine en l'informant qu'elle devra longtemps patienter mais cela ne la décourage même pas ! Je monte les marches jusqu'au deuxième étage pour rejoindre mon trente mètres carrés. Un logement de deux pièces avec le minimum syndical en mobilier, à trois arrêts de tram de la fac. Point noir de cet appartement ? La douche ! Tellement petite que même mes soixante kilos ont du mal à passer !

Je jette mes affaires dans un coin et prépare mon sac de cours pour demain. L'histoire m'a appris que le préparer le jour même était une erreur fatale à ne plus commettre. Je le pose sur ma table de cuisine quand je me rends compte que mon exemplaire de Proust me fixe étrangement. J'ai failli l'oublier ! Je le saisis rapidement et le fourre dans mon sac.

Cette année, on étudie le tome deux de cette magnifique – horreur – œuvre. Sachant que je n'ai jamais lu le premier car il n'était pas au programme. J'ai trouvé un résumé plus ou moins concis pour comprendre ce livre. En vérité, ça ne m'a pas vraiment aidée. J'essaie de lire au fur et à mesure les extraits demandés par madame Simon mais plus j'avance, plus ça devient opaque. J'ai eu cette professeure en cours de méthodologie au second semestre. Elle est sympa mais elle parle trop, surtout de ses trois enfants. L'année dernière, par exemple, elle a passé la moitié d'une heure à parler de son petit dernier qui savait grimper aux arbres mais pas en descendre. Non que ce ne soit pas fascinant, mais bon… Madame Simon s'occupe également de notre cours de français médiéval, ce qui n'est pas négligeable vu qu'elle est plutôt cool dans sa notation.

Je me mets au lit en me remémorant mon aventure dans les vestiaires, j'en suis rouge de honte en serrant ma peluche de panda. Je ne devrais plus y penser, après tout, c'était exceptionnel !

La semaine s'est écoulée sans que j'arrête de me demander si j'allais les croiser encore. Est-ce qu'ils allaient me calculer, au moins ? Allez ma fille, concentre-toi ou tu vas encore te faire gronder par la patronne… Pour payer mes études, je travaille dans une boutique de vêtements d'un centre commercial.

J'ai bientôt fini d'accrocher la nouvelle collection dans le rayon dédié. Je saisis un cintre dans le carton qui en entraîne un second qui s'écroule sur le sol, et merde ! Je me penche pour l'attraper quand je sens une main se poser sur ma fesse. Furieuse, je me redresse aussitôt pour découvrir que c'est seulement Lou, souriante, comme toujours.

— Plie les genoux, Miranda !

— Tu m'as fait peur !

— Bah quoi ? Tu croyais que c'était ton Apollon nu ?

— Chut ! Si on t'entendait !

Lou regarde autour d'elle, Viviane passe le balai à l'autre bout du magasin, ses écouteurs sur les oreilles.

— Personne ne nous écoute, chuchote-t-elle en grimaçant vers ma collègue.

Je souris et continue ma tâche en faisant bien attention à plier les genoux. C'est sûr, si je m'arrête, la patronne va débouler, elle a un sixième sens pour ça ! Pourtant, je ne suis pas coutumière du fait…

— T'as déjà fini ta journée ?

— Il est dix-huit heures quarante-cinq, Miranda.

Je lève la tête vers Lou. Je n'ai pas vu l'heure passer ! Et mon portable est resté sagement avec mes affaires dans le vestiaire. La patronne est très stricte sur les règles au travail. Je ne devrais pas me plaindre, elle m'a prise alors que je n'avais aucune qualification dans la vente mais j'étais si motivée ! En plus, je suis assez difficile pour m'habiller et j'achète la totalité de mes vêtements ici. Ça a sûrement joué !

— Déjà ?

— Laisse Viviane fermer, on va dîner !

— Je termine ça et je te suis !

Je l'entends soupirer avant de la voir flâner dans les rayons. Je me retiens de rire quand elle surprend Viviane qui a dû penser que c'était la patronne. Lou lui adresse un large sourire puis revient vers moi, en roulant des épaules. Je prends le carton vide et ouvre la porte de la petite réserve pour l'y déposer. Je change ensuite mon badge de vendeuse pour mon sac à main.

— Où est-ce qu'on va, chère amie ?

J'attrape le bras de Lou pour quitter mon lieu de travail.

— Crêperie bretonne !

— Miam ! Claire nous rejoint là-bas ?

— Elle ne va pas venir.

Je m'arrête, obligeant Lou à faire de même.

— Rien de grave ! Ne fais pas cette tête, Miranda !

— Elle est toujours accrochée à toi.

— On s'est disputées mais rien de méchant. On y va, j'ai faim !

J'essaie de ne pas embrayer sur le sujet couple. C'est bizarre que Claire ne m'ait rien raconté… Autrefois, elle m'appelait au moindre pépin ! Ça m'attriste de me rendre compte qu'on est moins proches… Depuis quelques semaines, je passe de plus en plus de temps avec Lou. Elle me raconte en détail sa journée à l'institut de beauté.

— Et donc la cliente me dit : « Je ne sais pas quoi faire, je pense qu'il a une maîtresse ! » Donc moi, je lui réponds qu'elle devrait lui en parler. Le pire, c'est que je sais qui son copain se tape !

— Non ?

— Je l'ai vu avec une petite jeune dont j'ai fait l'épilation intégrale.

— Sympa !

— Je ne vais pas la rater la prochaine fois qu'elle vient.

C'est le rire aux lèvres qu'on franchit la porte de la crêperie avant que nos doigts ne se mettent à geler. Il fait vraiment froid ce soir ! Le serveur nous installe près de la fenêtre, les lampadaires s'allument tandis que la nuit commence à tomber. Lou est absorbée par son menu et moi, je me demande ce que je vais faire de mon week-end. À part lire Proust…

— Ça sera une galette à l'andouille de Guémené.

— Moi, galette jambon-fromage.

— Tu ne prends pas de risque, ma cocotte.

— Je me laisse de la place pour la crêpe !

Lou se met à rire avant de héler le serveur pour commander.

— Et comme boissons, mesdames ?

— On va partager une bouteille de cidre, ça te dit Miranda ?

— On part sur du doux dans ce cas.

Le serveur part aussi vite qu'il est arrivé.

— J'en profite, Claire déteste me voir en boire.

— Ce n'est pas comme si c'était de l'alcool fort !

— Tu la connais, elle aime bien faire des crises pour n'importe quoi !

Je hausse les épaules, c'est vrai qu'elle est comme ça. Le nombre de fois où nous nous sommes chamaillées pour des bêtises depuis le lycée, je ne les compte même plus !

— Laisse-moi deviner… Vous vous êtes disputées parce que tu n'avais pas rangé tes chaussettes dans le panier à linge ?

— Non, ça, c'était la semaine dernière ! Là, Claire a décidé de refaire la déco ! Je rentre et je vois les dégâts. Elle était en train d'arracher la tapisserie sans avoir rien poussé.

— C'est bien son style…

— J'avais envie de lui hurler dessus ! Mais je me suis contrôlée, je me suis enfermée sur le balcon de l'appartement. Et tu sais quoi ?

Lou marque une pause en me fixant, comme pour créer du suspense.

— Elle est venue me chercher des noises ! Comment veux-tu que je me contrôle si elle vient me provoquer ?

— Tu connais Claire, parfois, elle est à côté de la plaque ! Donc travaux de décoration ce week-end ?

— Ah non ! Je m'y mettrai plus tard.

Le serveur nous apporte nos verres et notre bouteille, Lou nous sert allégrement avec un large sourire.

— Allez, santé Miranda !

— Santé !

On trinque avant de boire. Je jette un coup d'œil dehors et vois l'Apollon marcher sur le trottoir d'en face. Ma boisson fait une fausse route et je tousse comme une perdue.

— Le mec ! Là ! C'est lui !

Lou se tourne vers la fenêtre pour observer l'homme en train de téléphoner. Il ne nous a pas vues, une chance ?

— Sexy… J'ai envie de connaître son nom.

Elle commence à se lever et je lui attrape désespérément le poignet pour la retenir.

— Non !

— T'es pas drôle, Miranda !

— Rassieds-toi, pitié.

Je ne suis pas prête à le revoir, finalement ! Lou soupire en s'installant à nouveau sur sa chaise.

— T'es nulle, il est parti maintenant !

— Désolée Lou, j'ai paniqué…

— Peut-être qu'il habite dans le quartier.

— Je… Je ne veux pas le savoir !

Je rougis devant ce magnifique mensonge. Je crois que Lou l'a compris car elle change aussitôt de sujet :

— Je t'invite ce soir.

— Je peux payer ma part, Lou. Mais c'est gentil de proposer.

— J'ai un meilleur salaire que toi !

— Touché !

On se met à rire avant d'enchaîner sur des sujets moins tendus. Deux heures plus tard, après un repas copieux, on se sépare devant le tramway. Le sien l'emmène dans la direction opposée au campus.

2

Cet amphi me semble bien vide comparé à l'année dernière. On n'est plus que quarante dans ma promo, moitié moins qu'au semestre précédent. Actuellement, nous ne sommes pas au complet, certains ont préféré sécher le cours de français médiéval. Je les envie tellement, ce cours me fait le même effet que celui de latin !

Je dessine discrètement un quadrillage de morpion sur ma feuille. Julia essaie de préparer une nouvelle tactique pour gagner. Pour l'instant, j'ai huit victoires consécutives contre seulement trois pour elle. Mon amie n'arrête pas de toucher ses cheveux lisses. Dire que le matin, elle passe des heures à les dompter ! Au troisième rang, on est cachées derrière les étudiants bien attentifs. Ce que j'ai toujours admiré à l'université, c'est que le premier rang reste déserté, même par les plus sérieux.

Le bruit de fond commence à me déranger. Certes, je ne suis présentement pas la plus assidue mais j'écoute quand même ! Je me retourne pour voir, deux rangées au-dessus de nous, Clémentine parler de son dernier coup à Jeanne. Très mauvais de ce que je peux en comprendre à travers ses propos salaces. Qu'est-ce qu'elle m'énerve ! On ne peut pas s'entendre avec tout le monde, n'est-ce pas ?

La pétasse est du genre à sourire à sa victime avant de lui planter un poignard dans le dos. L'année dernière, j'ai eu la malchance d'être avec elle pour un exercice noté. Nous devions écrire une pièce de théâtre en anglais et devinez qui a dû faire tout le travail ? Finalement, nous avons eu quinze et Clémentine a osé me dire que ce n'était pas suffisant. Je ne me suis pas laissé faire et elle n'a pas apprécié ! Si elle pensait que j'allais me taire sans réagir, elle s'est trompée. Déjà, j'avais été sympa au premier semestre de faire son boulot alors que je ne connaissais personne. Heureusement que j'ai rencontré Julia après, j'aurais pété un câble sinon !

Ce n'est pas un secret que Clémentine, qui se prend pour la reine soleil, est une grosse paresseuse que tout le monde cherche à fuir. Autant pour les travaux de groupe que sexuellement, ah ah ! Les pauvres garçons qui sont passés dans son lit doivent amèrement le regretter. Elle ne s'est pas gênée pour évoquer sans discrétion des détails intimes sur eux.

— J'ai gagné ! murmure Julia, tout excitée.

— T'as triché, je ne regardais pas !

— Mauvaise joueuse, répond-elle en me tirant la langue.

Je la gratifie d'une grimace pour toute réponse, on rit doucement de nos bêtises.

Après un nombre incalculable de parties de morpion, madame Simon prononce les mots magiques :

— Le cours est terminé.

Certains étudiants poussent même un soupir de soulagement. La prof feint de n'avoir rien entendu avant de poursuivre :

— L'administration a eu la bonne idée de me faire assurer plusieurs cours avec vous, ainsi qu'avec vos aînés. J'avais exigé des troisième année, évidemment, ils n'ont rien écouté.

Ça a l'air de l'agacer terriblement, cette histoire. Je crois bien que c'est la première fois que je la vois dans cet état à peine dissimulé. C'est vrai que j'ai peu de professeurs différents ce semestre. À croire que certains veulent se cramponner à un niveau plutôt qu'à un autre, comme madame Simon. Sans parler des enseignants qui prennent leur retraite ou changent d'université.

— En plus, je pense qu'il faut privilégier les L3. En somme, pour le cours de littérature, je serai assistée par mon neveu.

Elle regarde sa montre puis l'heure affichée sur l'horloge murale.

— Il ne devrait plus tarder.

Et en effet, la porte de l'amphi s'ouvre sur… le blond de la douche ! La prof continue d'évoquer la partie qu'il prendra en charge alors que mon attention se focalise entièrement sur lui. Il est aussi beau habillé que nu… *Non ma fille, ressaisis-toi, ce n'est pas le moment de penser à ça, c'est ton nouveau prof ! Il peut te mettre des notes de merde s'il en a envie. Et s'il me saquait parce que j'ai été nulle ? Han !*

À la différence de sa bavarde de tante, le dénommé Stanislas se présente brièvement. On a juste appris qu'il était un grand fan de Proust et qu'on allait le voir en long et en large, Proust, bien sûr. Et nos évaluations sont confiées à ses soins. Gloups. Madame Simon nous remercie d'être venus et nous encourage à transmettre nos questions à son neveu. Elle lui laisse les clés et part ensuite en agrippant maladroitement son énorme classeur.

Je ne sais pas si Stanislas m'a reconnue, il ne m'a pas regardée une seule fois ! Je fourre mes affaires dans mon sac. Est-ce que je devrais aller lui parler ou m'éclipser ? L'amphi se vide, j'attends Julia qui, comme à son habitude, n'est pas pressée de sortir. Je me sens tellement exposée !

J'entends la voix de Clémentine, elle aguiche déjà notre nouveau professeur ! En tout cas, ça laisse Stanislas de marbre. Nos regards se croisent subitement. Grillée. De toute façon, j'aurais eu du mal à l'éviter toute l'année… Je salue Julia et me dirige vers le grand bureau où Stanislas semble piégé face au monologue de ma collègue de promo. Bon, ça suffit les conneries, là.

— Salut Stan !

Au pire, qu'est-ce que je risque ? Juste de passer pour une idiote et de devoir changer de campus, c'est tout. Il reporte toute son attention sur moi, son regard émeraude brille d'amusement. Clémentine me dévisage, les yeux plissés. On dirait un rat, qu'est-ce qu'elle est flippante !

— Excusez-moi monsieur, mais…, recommence-t-elle en mettant ses atouts en évidence.

— Salut Miranda.

J'essaie de dissimuler mon étonnement, comment connaît-il mon prénom ? Clémentine ouvre grand la bouche, on passe du rat au poisson, de mieux en mieux.

— Bon, meuf, tu te bouges sinon tu rentres à pattes ! s'exclame Jeanne, plus qu'agacée, depuis la porte.

Son amie sursaute et se dépêche de sortir de l'amphi en grommelant.

— Tu sais comment je m'appelle ?

Stanislas attrape le fin classeur sur le bureau et me le tend ouvert. C'est un trombinoscope avec la photo de chaque étudiant de la promotion. On a tous des têtes horribles là-dessus, c'est rassurant.

— Et tu veux être prof ?

Il efface du tableau les magnifiques schémas sur l'évolution de la plupart des noms communs.

— En effet.

— Donc t'es un vieux, en fait ?

Je me pince les lèvres pour ne pas rire.

— Le vieux n'a que quatre ans de plus que toi ! s'exclame Stanislas en tournant seulement la tête vers moi, l'air amusé. Je suis en deuxième année de doctorat de lettres modernes.

— Ça doit être passionnant !

— Si on veut…

— Méfie-toi de Clémentine, les rumeurs racontent qu'elle est un vrai repère de morpions.

— Merci, j'en prends note.

— Elle saute sur tout ce qui bouge. En même temps, il faut dire qu'il y a peu de beaux garçons en lettres !

Je tapote le bureau du bout des doigts et vérifie qu'il n'y a plus personne dans l'amphithéâtre.

— Tu me trouves beau garçon ? demande Stanislas en lâchant le chiffon sur la table.

— Pas du tout ! C'est une façon de parler ! Elle est en manque, c'est tout.

Je rougis, je ne m'attendais tellement pas à sa question que j'ai répondu de la merde. Mon nez, tel celui de Pinocchio, s'allonge avec mon mensonge. Stanislas sourit en rangeant les affaires laissées par sa tante.

— Tu fais quelque chose ce soir, Miranda ?

Je secoue brièvement la tête. J'avais prévu une soirée devant *Le Seigneur des anneaux* mais je pense qu'Aragorn peut me pardonner cet affront…

— Viens manger avec nous dans ce cas.

— Nous ?

— Je dois rejoindre Isaac au McDo.

— Qui est-ce ?

Il se met à rire avant de me répondre :

— L'homme qui était entre tes cuisses l'autre jour.

Stanislas se dirige vers la sortie, me laissant rouge écarlate à côté du bureau. Il s'apprête à fermer la porte et me fait comprendre du regard de vite sortir. Je me précipite vers lui pour qu'il puisse verrouiller l'amphi.

Je l'attends dehors tandis qu'il passe à l'accueil pour rendre les clés. J'ai réalisé le fantasme de l'étudiante avec son professeur sans le savoir ! Je me sens toute chose à l'idée de dîner en leur compagnie…

Stanislas et moi marchons vers le fast-food à côté de la fac.

— Vu que ta tante s'occupe aussi du français médiéval… Par hasard, tu n'aurais pas vu le sujet du partiel ?

Il rit avant de secouer légèrement la tête.

— Elle ne me montre pas tout ce qu'elle prépare.

Ses yeux me détaillent, son sourire presque effacé.

— Je ne savais pas que tu étais une tricheuse.

— Quoi ?! Mais je ne m'en sors pas avec sa matière ! Je voulais juste des pistes pour les révisions…

Stanislas s'approche de moi, faisant accélérer mon rythme cardiaque. Qu'il est beau, cet idiot…

— Travaille, ça rapportera plus.

— C'est ce que je fais déjà !

Mais il est toujours cassant, le glaçon, là !

— Je peux te fournir des exercices types, ça te donnera une idée de ce qui pourra tomber au partiel.

— Merci, ça serait gentil !

On s'arrête devant le bâtiment, le vent souffle. On caille ici ! J'aurais dû mettre une tenue plus chaude, il faisait pourtant encore bon hier. Mes mains posées sur mes bras, je contemple avec envie le blouson en cuir de mon voisin.

— Je suis gelée.

— Et ?

— File-moi ta veste !

Stanislas se redresse sans me quitter des yeux.

— Je ne veux pas mourir de froid, merci.

— Quelle galanterie !

— Toujours ! me répond-il en souriant.

Je sens deux mains agripper mes hanches, je lève la tête pour découvrir l'Apollon souriant.

— Salut toi !

— Salut…

La sensation de froid disparaît instantanément… Stanislas ouvre la porte et s'engouffre à l'intérieur du bâtiment. Isaac la rattrape avant qu'elle ne se ferme puis me fait signe d'entrer.

— Après vous, mademoiselle.

— Merci monsieur !

— Tu es encore plus jolie aujourd'hui…, déclare-t-il en profitant de notre proximité.

Je souris pour le remercier, c'est vrai qu'il m'a vue sans maquillage la première fois. Après avoir subi le traumatisme de le voir dégringoler sur mon visage en pleine Zumba, j'ai opté pour le no make-up le mardi.

Adieu régime ! Je commande à une borne, les garçons font de même. On s'installe à une table dans un angle, il y a peu de monde à cette heure. Je ne peux m'empêcher de fixer leur menu. Pourquoi je n'ai pas pris de dessert, moi ?

— Tu manges que ça ? questionne Stanislas en regardant mon plateau qui paraît si vide comparé au sien.

— Tu manges tout ça ?

Il se met à rire avant d'attaquer ses potatoes. Pile dans mon champ de vision, un couple s'embrasse langoureusement. Ça devrait être interdit dans les lieux publics ! Et moi, je suis désespérément célibataire… J'avoue que je ne cherche pas, non plus. Du coin de l'œil, j'aperçois la main de Stanislas attraper mes frites.

— Eh !

— Ça va refroidir !

C'est quoi cette excuse bidon ?

— Mais où mettez-vous tout ça ?

J'ai un haut-le-cœur à cause de la nourriture ou des amoureux qui se cherchent mutuellement les amygdales ? Isaac me prend la main et la place sur ses abdos.

— Là !

— Si seulement je pouvais prendre du muscle, et pas de la graisse !

Il pose un regard bienveillant sur moi. J'aimerais qu'il m'embrasse, tiens… Soudain, je me retourne et surprends mon nouveau prof en train de voler mes frites.

— Non mais oh !

— Bah quoi ? répond l'intéressé, la bouche pleine.

— J'ai une solution pour te faire perdre le surplus de graisse…

L'envoûtant Isaac attire toute mon attention. Au moins, lui, c'est un gentleman, pas comme certain !

— Une sorte de partenariat.

Il me caresse la main tout en plongeant son regard bleuté dans le mien.

— On peut se voir occasionnellement pour répéter ce qui s'est passé dans les douches…

Je rougis en y repensant, comment je pourrais refuser une telle proposition ?

— Mais… Ça ne sera pas indéfini.

— Cent fois et tu dégages, ajoute Stanislas avant de boire son soda.

Je tourne vivement la tête vers lui. Sans comprendre en quoi consiste le cent fois, je le foudroie du regard.

— Ce qu'il essaie de t'expliquer… C'est que ce partenariat a ses limites.

Isaac me sourit en portant ma main à ses lèvres.

— Et qu'est-ce qui se passe après la centième fois ?

— Tu effaces nos numéros et tu changes de trottoir quand tu nous croises.

Quel manque de délicatesse, ce Stanislas !

— Plus de contact, reformule doucement Isaac.

— C'est… cruel !

Je me rends compte que ma voix était un peu trop aiguë par rapport à ce que je désirais.

— C'est le jeu…

Au cours du repas, Isaac m'explique plus en détail le principe. L'idée est plutôt simple : pendant un temps plus ou moins court, on peut se voir, se câliner et plus si affinités. Je ne peux m'empêcher de penser que je n'ai rien à perdre dans cette histoire. Sans lendemain dès le début, elle me donnera sûrement plus confiance en moi. « Coincée », hein ? Si mon ex savait ce que je m'apprête à faire, il en serait vert de jalousie ! C'est un peu sur un coup de tête que j'accepte leur proposition. Quel mal peut-il y avoir à ce cent fois ?

Je termine mon plateau puis m'éclipse aux toilettes. Tout en savonnant mes mains, je souris à mon reflet en imaginant la tête de Lou quand elle apprendra dans quoi je me suis embarquée. Elle est persuadée que le sexe peut résoudre tous les problèmes. J'éviterai d'en parler à Claire, j'ignore ce qu'elle a en ce moment mais je la trouve distante et à cran…

Isaac semble exposer quelque chose à son ami qui se contente de l'écouter attentivement. J'ai l'impression d'arriver comme un cheveu sur la soupe quand il s'interrompt. Isaac m'adresse un sourire chaleureux dont il a le secret. Quant à Stanislas, il décroise les bras puis se lève.

— Je peux te ramener chez toi, me propose Isaac en me tenant la porte.

— Volontiers !

Si ça peut me permettre de rentrer sans trop attendre le tramway… Stanislas s'apprête à partir sans m'avoir saluée.

— Ne dis pas au revoir !

Il se retourne vers moi tout en marchant.

— Tu ne veux pas que je t'embrasse, non plus ?

— Bah si, tiens !

Je lui adresse la grimace du siècle en formant un cercle

avec ma bouche. Le beau blond se met à rire puis me fait un doigt d'honneur tout en souriant.

— Eh, Stanislas !

Il pose son majeur sur ses lèvres, il continue ensuite sa route sans demander son reste ! Je vais lui botter le derrière, moi, il ne va rien comprendre. Les mains d'Isaac m'encerclent le bassin, je lève la tête, les joues en feu.

— Tu pars avec lui ou avec moi ? demande-t-il d'une voix suave.

— Toi, sans hésiter !

Je prends le bras de mon Apollon qui me décoche un sourire enjôleur. J'ai l'impression qu'avec lui, je peux me permettre plus de choses... Après que je lui ai indiqué mon adresse, on grimpe dans son véhicule. Je me sens tellement joyeuse, ça ne devrait pas être permis.

— Tu fais quoi dans la vie, Isaac ?

— Professeur d'EPS.

— Quel gâchis !

— Pardon ? dit-il en riant.

— Prof ! Et de sport, en plus ! Je détestais cette matière.

L'horreur ! Peu sportive, j'avais pris ces cours en grippe et les enseignants me haïssaient. J'avais toujours des notes médiocres et ça plombait ma moyenne ! Comme me l'avait dit un jour celui de cinquième : « Tu n'es pas une manuelle, toi, tu es une intellectuelle, ça se voit. » Sur le coup, je m'étais vexée mais avec le recul, il n'avait pas tort. Même en faisant de mon mieux, je n'arrivais à rien et vu que la plupart du temps, ils notaient les performances...

— C'est triste, ça. Le sport, c'est la vie !

— Non, c'est l'enfer.

Isaac me donne une tape sur la cuisse puis passe une vitesse.

— Quand est-ce qu'on pourra se revoir ?

— Je vais à la piscine demain, ça te dit de m'accompagner ?

— Oui, bien sûr !

Merde, je n'ai pas de maillot de bain décent à me mettre ! Il va falloir que je coure au magasin… Proust pourra bien m'attendre un peu, non ?

— Je viendrai te chercher.

— D'accord !

Il se gare sur le parking devant mon immeuble.

— Je vais te donner mon numéro.

Je me détache et sors mon portable de mon sac à main.

— Je te donne aussi celui de Stan, ça pourra sûrement te servir.

— OK, parfait.

Non, non, il ne me sera d'aucune utilité. Je ne vois pas ce que je pourrais envoyer à monsieur le glaçon. En plus, je suis sûre qu'il est du genre à ne jamais répondre !

— Merci de m'avoir ramenée et bonne soirée !

Par réflexe, je veux lui faire la bise mais je me ravise en me disant que c'est complètement con ! Il détache sa ceinture et s'approche de moi. Sa main sur ma nuque, il m'attire vers lui pour, tendrement, m'embrasser. Je me laisse faire en plaçant une main incertaine sur sa cuisse afin de conserver un équilibre.

— Fais de beaux rêves, chuchote-t-il en écartant son visage du mien.

— M… merci.

Isaac me sourit, il enlève sa main et enclenche la marche arrière. Message reçu, je dois sortir. Je ferme la portière et me dirige rapidement vers le sas d'entrée de mon immeuble. Je dois être en plein rêve ! J'ouvre la porte et vois Isaac me faire un signe de la main avant de manœuvrer pour reculer. Je lève timidement la main, il a attendu que je rentre…

Je grimpe les marches, guillerette devant toute cette attention que je ne suis pas certaine de mériter. Après tout, ils m'ont bien dit que ça serait temporaire, donc je n'aurai pas à m'inquiéter pour ce qui est de la rupture. J'ai très mal vécu la précédente… Je m'étais consolée avec les trois films version longue du *Seigneur des anneaux*. Ensuite, Enzo avait l'air bien fade comparé au seigneur Aragorn !

L'avantage d'être en lettres, c'est que le travail personnel occupe plus de place dans la semaine que les heures de cours. Après le déjeuner, je file au centre commercial. Je regarde bêtement le plan, il y a plusieurs boutiques de lingerie. Je me dirige vers la plus proche avant de découvrir les prix exorbitants proposés, demi-tour toute !

Celle d'à côté est plus abordable par rapport à mon budget. Une trentaine de modèles siègent autour de moi, lequel choisir ? Après avoir longuement hésité, je me rabats sur un maillot de bain deux pièces, élégant sans être vulgaire. Je passe à la caisse et sors du gigantesque bâtiment. Mes yeux se posent sur une affiche du cirque qui sera prochainement en ville. J'aimerais bien y aller, est-ce que les filles m'accompagneront ? Pour Claire, j'ai des doutes, peut-être Lou ? Quand j'étais enfant, j'adorais venir au cirque avec mes parents. Les odeurs typiques du chapiteau et les différents numéros me faisaient rêver ! Et puis ma mère m'offrait toujours de la barbe à papa. Le goût du nuage sucré dans la bouche et les doigts collants me donne encore plus envie d'y retourner.

Alors que je me dirige vers le tramway, j'aperçois mon ex-petit ami fumer une cigarette en jouant avec son portable. Pitié, faites qu'il ne me remarque pas ! Je marche le plus loin possible pour ne pas entrer dans son champ de vision mais il lève les yeux vers moi. Et merde de merde ! Enzo se rapproche tandis que je gagne l'arrêt de tramway. Le prochain arrive dans trois minutes… Pourquoi ?!

— Tiens Miranda, ça fait longtemps !

— Pas assez à mon goût !

Il lorgne mon précieux sac de la boutique de lingerie.

— Tu t'es déjà recasée ?

— Non.

— C'est quoi ça alors ? demande-t-il en désignant dédaigneusement mon sac avec sa cigarette.

— Rien.

— C'est bien si t'as trouvé un gars désespéré pour sortir avec toi.

— Je t'emmerde ! En plus, une femme n'a pas besoin de fréquenter quelqu'un pour s'acheter des sous-vêtements. Sur ce, je vais être en retard à la piscine !

Non mais quel connard, celui-là ! Le tramway arrive pour me libérer de cet abruti. Je m'engouffre à l'intérieur et m'assieds à une place libre. Je ne dois pas penser à lui, je dois me focaliser sur la piscine et les abdos bien dessinés d'Isaac ! Rien de tel pour se remonter le moral !

Direct en rentrant, j'enfile le maillot de bain, on ne sait jamais… Il sera toujours temps de pleurer en me rendant compte qu'il ne me va pas du tout. Je me regarde sous toutes les coutures, il est parfait ! Je reçois le SMS tant attendu. J'enlève mon maillot et le range dans mon sac de piscine. Je me rhabille et prends mes affaires pour descendre vite rejoindre Isaac. Je pousse la porte de l'immeuble, le cœur battant rapidement dans ma poitrine. Isaac m'attend, adossé contre sa voiture, les bras croisés.

— Si mademoiselle veut bien se donner la peine, déclare-t-il en m'ouvrant la portière.

— Merci.

Je m'installe et la porte se ferme presque aussitôt. Nous discutons de choses et d'autres tout au long du trajet.

À la piscine, je me change dans une cabine puis jette mes affaires dans mon sac. Je me dépêche de sortir, je suis trop pressée de voir sa réaction ! Isaac place son sac dans un casier et tourne la tête vers moi, sa serviette sur l'épaule. Il me détaille de haut en bas en se pinçant la lèvre inférieure, une lueur d'excitation dans les yeux… Flattée, j'ouvre un casier à proximité du sien pour y déposer mes affaires.

— Il te va bien ce maillot, me murmure-t-il à l'oreille.

Je souris, mes joues s'enflamment tandis que son regard me couve de toute sa chaleur. Je prends ma serviette que je place contre mon ventre nu. Nous fermons nos casiers, Isaac attache aisément le bracelet avec la clé à son poignet. Et bien sûr, moi, je pédale pour coincer ce maudit truc.

— Attends…

Je redresse la tête, son torse près de moi. En un coup de main, Isaac règle mon problème. Je me sens tellement empotée ! Il m'embrasse le front et s'éloigne déjà vers les douches. Je le suis aussi vite que je peux, ça glisse ! Le revoir sous l'eau me rend toute chose, mes souvenirs me ramènent aux vestiaires. Isaac me tire la langue en découvrant que je l'observe. Je lui donne une tape sur le bras puis nous traversons le pédiluve, à l'eau évidemment glacée. Comment se fait-il que ça soit aussi froid pour se laver les pieds ?!

— Je vais saluer des connaissances, je reviens.

— D'accord !

Oh mais non, ne me laisse pas... Isaac se dirige vers des maîtres-nageurs qui ont l'air ravis de le voir. Je pose ma serviette sur le banc et descends l'échelle pour entrer dans l'eau, froide, brrr. Je fais un aller-retour pour me réchauffer, profitant du peu de monde dans le grand bassin. Aucune mamie à l'horizon, c'est pratique pour faire des longueurs ! Je m'accroche au rebord pour localiser Isaac quand Enzo apparaît devant moi.

— T'es vraiment qu'une pauvre menteuse ! Je t'ai vue avec l'autre con !

— Mêle-toi de tes affaires ! Et puis tu n'es pas avec ta copine ?

— Elle est dans la partie Spa.

Comme par hasard ! C'est moi ou il me fait une magnifique crise de jalousie ?

— Je suis sûre que tu m'as suivie !

— Pas du tout ! On va souvent à la piscine en amoureux.

— Ce mec t'emmerde ? gronde la voix d'Isaac.

Enzo le regarde venir en déglutissant, il fait plusieurs têtes de moins qu'Isaac. J'acquiesce comme si ma vie en dépendait.

— On faisait que discuter, mec !

— Tire-toi, exige mon bel Apollon en le dévisageant.

Enzo va pour protester mais Isaac s'avance d'un pas, lui imposant toute sa carrure. Mon abruti d'ex recule et se dépêche de fuir, en manquant de se fracasser sur le sol. Comment j'ai pu sortir avec ça ? Quand il disait tout à l'heure que j'avais trouvé quelqu'un de désespéré pour sortir avec moi, il devait se désigner lui-même ! Pathétique ! Ça compte dans mes erreurs de jeunesse de toute façon, non ? Isaac observe Enzo s'en aller, manifestement mécontent de ne pas être arrivé plus tôt. Je souris en cherchant son regard, une sensation chaude se propage dans ma poitrine.

— Merci, beau prince !

Quand il baisse la tête vers moi, son visage se détend et redevient lumineux grâce à son sourire. Il plonge dans la piscine, m'éclaboussant au passage.

— Qui c'était ?

— Mon ex…

— Tu aimes ce genre d'homme alors…, remarque Isaac avec une pointe de dégoût à peine dissimulée.

— C'est mon premier, il faut être indulgent !

— Tu en as d'autres, que je me prépare ?

Isaac tire la langue sans me quitter des yeux.

— En fait, c'est le seul.

Je lis de la surprise dans son regard bleuté.

— Tu caches bien ton jeu, Miranda…

— Quoi ?

Un sourire coquin apparaît sur ses lèvres. Je rougis et l'asperge d'eau, il réplique et nous jouons encore un moment.

— Approche-toi.

J'obéis, me retrouvant si près de lui que je n'ose plus bouger les bras de peur de heurter son torse. Ses mains se glissent sur mes hanches juste avant que sa bouche ne vienne rencontrer la mienne. J'enroule mes bras autour de son cou, profitant passionnément de ce doux contact. D'une impulsion de sa part, notre baiser se prolonge sous l'eau, nos corps complètement immergés. Pendant un instant, j'ai l'impression d'être dans un autre monde. Isaac recule et remonte en me tirant par les mains. J'ai de l'eau dans les yeux, machinalement, je veux les frotter mais Isaac m'attrape les poignets.

— Non.

— Mais ça pique !

— C'est dans ta tête.

J'ouvre lentement les paupières sans que la sensation désagréable ne me quitte et je n'arrive pas à me libérer d'Isaac pour l'atténuer. Au bout de quelques secondes qui me semblent interminables, tout revient à la normale. L'Apollon me regarde, amusé et sûrement fier d'avoir prouvé qu'il avait raison. Il me vole un baiser puis s'enfuit en riant, je souris béatement avant de le rejoindre. Nous faisons quelques longueurs, j'en profite pour admirer son corps athlétique progresser dans l'eau.

Une fois que nous nous sommes douchés et rhabillés, Isaac m'offre un chocolat chaud au distributeur et se prend un café. Nous marchons jusqu'à sa voiture en profitant de la chaleur des gobelets.

— C'était sympa.

— Oui c'est vrai, me répond-il en souriant.

Il déverrouille les portières et m'invite à monter. Je bois tranquillement ma boisson, bien installée dans l'habitacle.

— Il faudra qu'on se refasse ça un de ces jours !

— Quand tu veux, Miranda.

Il finit son café puis regarde d'un coup d'œil si j'ai fini.

— Tu viens chez moi ou je te ramène ?

J'avale de travers et tousse bruyamment en me penchant en avant. Isaac attrape le gobelet pour éviter que j'en mette partout. Il me tapote doucement le dos tandis que j'essaie de reprendre mon souffle.

— D'accord.

Isaac m'observe, attendant que je développe mes propos.

— J'ai hâte de savoir où tu vis !

Il sourit et me rend ma boisson. J'aimerais que mon gobelet soit déjà vide. La curiosité m'envahit, mes pensées vagabondent déjà sur l'après-visite…

Quelques minutes plus tard, on arrive à son immeuble avec ascenseur !

— Je te fais faire le tour du propriétaire ? m'interroge Isaac en fermant la porte de son appartement.

Je suis complètement sous le charme ! Une cuisine ouverte donnant sur un salon bien équipé, une salle de bains avec baignoire ! Une baignoire ! On peut en faire des choses, là-dedans… Isaac me montre ensuite sa chambre qui possède un lit spacieux et une télévision.

— Et l'autre porte ?

— C'est la chambre de Stan, zone interdite.

— Ah bah tiens…

Isaac se rapproche de moi, faisant accélérer mon cœur.

— Si tu veux revenir ici, il y a certaines règles…, annonce-t-il en effleurant mes lèvres des siennes.

— J'ai l'impression que c'est surtout Stanislas qui est chiant…

Il recule et rit pour approuver mes dires. Pas de baiser, chambre privée… Quelle sera la prochaine information capitale ?

— Il n'est pas là d'ailleurs ?

Non pas que je veuille que le glaçon nous rejoigne, mais je me sens si bien que je ne veux pas me prendre ses réflexions !

— Tu vas devoir te contenter de moi…

Je souris et glisse mes mains sous sa chemise. Isaac me presse tendrement contre lui, excitant notre désir.

— Miranda, je te veux sur le canapé.

Sa proposition me fait rougir. Je lui prends la main et le tire en dehors de la pièce. Il me soulève et me serre dans ses bras en m'embrassant langoureusement. Je me blottis contre lui, profitant de cette proximité que je ne connais que trop peu. Isaac contourne le canapé et m'y pose délicatement avant de venir sur moi. Je déboutonne sa chemise sous son regard attentif, il en profite pour dégrafer mon pantalon. Il remonte mon tee-shirt et embrasse le bas de mon ventre. Je veux qu'il descende plus bas…

La chaleur envahit la totalité de mon corps. J'enlève mon tee-shirt manches longues, me retrouvant en soutien-gorge. Isaac lorgne ma poitrine puis place sa main derrière ma tête. Je me redresse légèrement pour l'embrasser. Sa bouche descend ensuite sur ma mâchoire, elle rejoint mon cou pour glisser enfin sur ma poitrine. Je caresse son torse musclé du bout des doigts, j'ai tellement envie de lui. Il dégrafe mon soutien-gorge et lèche mon sein avant de le mordiller, je pousse un cri de surprise. Isaac rit doucement en retirant ses chaussures et chaussettes. Il s'attaque à son pantalon et moi, je l'observe agir à ma plus grande joie. Il me regarde en virant son boxer, dévoilant toute son intimité déjà prête…

Sa chemise toujours sur le dos, il me déchausse et c'est hautement soulagés que mes pieds prennent appui sur le cuir froid. Isaac se rapproche de moi et pose ses mains sur mes hanches. Je le contemple, comme hypnotisée… Il saisit mon pantalon, je lui facilite la tâche en levant le bassin. Deux de ses doigts glissent sous l'élastique de ma culotte et la tirent par la même occasion. Je me retrouve les fesses nues sur leur charmant canapé. Isaac jette mes vêtements par terre avec tout le reste. Il retire sa chemise et la laisse tomber sur le sol sans me lâcher du regard. Il se meut lentement comme un prédateur ayant repéré sa proie. Je frémis en sentant son corps chaud si près du mien. Il m'embrasse avec fougue, sa langue rencontrant presque trop brutalement la mienne.

Je pose mes mains dans son dos puissant, je veux le garder tout près de moi. Sa langue se retire dans son antre et ses lèvres se séparent des miennes. Isaac couvre mon buste de baisers tout en descendant progressivement vers mon bas-ventre. Sa langue effleure mon sexe déjà humide, me faisant presque bondir. Sa tête entre mes cuisses, ses mains les entourant fermement, je me dandine sous son attaque délicieuse.

Je redresse la tête et croise son regard bienveillant, il surveille mes réactions. Je souris en sentant le plaisir se propager dans mon corps. Isaac me mordille la cuisse avant d'attraper mes mains. Il s'assied sur le canapé, m'invitant à prendre place sur lui. Impatiente, je saisis son pénis et le fais glisser en moi. Je gémis de plaisir, son corps se contracte aussitôt. Je l'embrasse avec douceur tout en m'agitant de la même manière. Je veux profiter du moment, le sentir longuement en moi. Ses doigts effleurent le bas de mon visage, je peux lire de l'impatience dans ses yeux. Je me rapproche de son torse, sentant son sexe toucher le fond de mon intimité, je m'agite davantage sur lui.

Isaac pousse un râle tout en me couvant du regard. Je plaque ma bouche contre la sienne, il gémit puis me renverse sur le canapé. Il en veut plus et me donne des coups de reins envoûtants. J'ai envie de hurler mon plaisir mais je me mords un doigt pour y remédier. Il ne manquerait plus que les voisins m'entendent… Mon partenaire pousse mon poignet, ses doigts se mêlent aux miens pour maintenir le dos de ma main sur le canapé. J'essaye de me contenir mais je n'y arrive plus, je gémis tellement fort que j'ai l'impression de ne plus être moi-même. Isaac me sourit et se penche, toujours en moi, me protégeant de tout son corps. Il couvre mon visage de ses baisers brûlants.

— De quoi as-tu envie ?

— De toi…

Isaac me regarde tendrement avant de mordiller mes lèvres, attisant davantage le désir ardent qui me consume. Il me donne un brutal coup de bassin qui me fait à nouveau gémir. Il attend une réponse mais je perds le sens des réalités, submergée par tout ce plaisir que je commence à peine à découvrir. Je me stresse toute seule, n'ayant connu que le missionnaire avec mon ex…

— Je… C'est que…

Les mots restent coincés, je me sens si ridicule, je ne sais pas quoi lui dire. Je ramène instinctivement ma main libre contre mon buste, sentant les larmes embuer mes yeux. Perplexe, Isaac se retire.

— Je t'ai fait mal ? me demande-t-il en passant le revers de ses doigts sur ma joue.

Je secoue la tête. J'ai l'air d'une idiote ! Les larmes coulent sur mon visage sans que je puisse les arrêter. Je me redresse, je n'ai pas envie qu'il me voie dans cet état. Je veux me lever mais il m'attrape le bras pour me faire asseoir sur ses jambes sportives. Sa tête sur la mienne, Isaac me caresse l'épaule et la cuisse du bout des doigts. Je ne sens plus rien en bas, j'ai dû le refroidir… Je me laisse aller dans ses bras, le visage au creux de son cou, je respire son odeur.

— Tu veux prendre un bon bain chaud ?

J'acquiesce en silence. Si j'ouvre encore la bouche, j'ai peur d'éclater en sanglots. Qu'est-ce qui m'arrive, bordel ?! Isaac m'embrasse la tête avant de gentiment me repousser. Je me retrouve assise comme une nouille sur le canapé tandis qu'il s'étire. Mon Apollon ramasse sa chemise, la secoue puis la passe autour de mes épaules. J'esquisse un sourire tout en la serrant contre moi.

Isaac entre dans la salle de bains et fait couler l'eau dans la baignoire. J'enfile les manches de sa chemise, humant son odeur sur le tissu. Je m'essuie les yeux et me lève, j'ai soif. Je suis face aux placards clos. Dans lequel sont les verres ? J'en ouvre un puis un autre et répète encore une fois l'action pour les trouver. Je saisis la bouteille d'eau en me demandant si Isaac va revenir me câliner.

La porte d'entrée s'ouvre sur Stanislas, qui rentre sûrement de la fac. Pour éviter de croiser son regard, je tourne instinctivement la tête. Je ne veux pas qu'il se moque de moi. Au lieu de ça, Stanislas ne s'attarde pas et se dirige vers sa chambre. Il jette un coup d'œil distrait à nos affaires éparpillées mais n'émet aucun commentaire. Il s'engouffre dans son antre sans me laisser apercevoir sa pièce secrète.

Je bois le contenu de mon verre et marche timidement vers la salle de bains. Je me sens très conne ! Isaac ferme le robinet et me fait signe d'approcher. Il me contemple, amusé que sa chemise soit bien trop grande pour moi.

— Je vais la garder !

— Tu vas l'enlever au moins le temps de prendre un bain avec moi…

Il dépose un baiser sur mon front et pousse les manches pour que la chemise tombe sur le sol. Isaac entre le premier dans la baignoire puis c'est mon tour, je me mets dos à lui. Nos corps se touchent sans pouvoir se séparer dans cet espace confiné. Je gémis de plaisir en sentant l'eau chaude entourer ma peau.

— Je… Je suis désolée pour tout à l'heure.

— Tu n'as pas à t'excuser, Miranda.

Isaac passe une main dans mes cheveux.

— J'avais l'air d'une cruche…

Il se met à rire, je me tourne légèrement pour voir son visage.

— Tu n'as pas à t'excuser, répète-t-il en m'embrassant l'épaule.

— Je suis une chieuse, vous allez me jeter.

— Non.

— Si ! rétorque Stanislas en entrant dans la pièce.

Son glacial regard émeraude se pose sur moi.

— On ne veut pas de chieuse ici.

Je me renfrogne, blessée par sa remarque. Il a dû passer une mauvaise journée mais ce n'est pas une raison pour se venger sur ma personne !

— Stan, l'interpelle Isaac.

Stanislas hausse les épaules et se dirige vers les toilettes. Il ne va quand même pas… ? À peine la lunette relevée, il nous gratifie de son auguste pipi. Je détourne le regard, gênée, ça ne le dérange pas, lui, de faire ça devant d'autres gens !

— T'abuses, mec.

— Je n'allais pas pisser dans l'évier ! D'autant plus que la vaisselle n'est pas faite.

Je vais vomir, ça y est. J'entends la chasse d'eau puis l'eau du robinet couler. Stanislas sort comme il est venu, rapidement.

— Il est toujours comme ça ?

— Toujours.

Je me love contre Isaac, me pressant contre son corps parfait… Soudain je me rappelle les mots de Lou sur le fait que je vivais dangereusement.

— Je… J'ai une question…

— Laquelle ?

— Bah… tu sais, on n'utilise pas de protection alors je… euh…

— On fait des tests régulièrement, ne t'inquiète pas. Et on ne choisit pas des personnes à risque.

— À quoi tu as vu que ce n'était pas mon cas ? J'étais nue !

Isaac se met à rire en m'étreignant.

— Il y a des attitudes qui ne trompent pas, Miranda…

Il m'embrasse le cou tout en me maintenant contre lui.

— Tu te sens plus rassurée ?

— Oui.

Je me laisse aller dans ses bras en pensant que je dois renouveler ma plaquette de pilules. J'ai ma réserve, mais à croire qu'en cette période de l'année, tout le monde se donne le mot pour prendre rendez-vous chez le médecin !

3

Je sors du bâtiment en m'étirant, le cours de Zumba, ça fait du bien ! Et j'ai pu me doucher grâce à la compétition de basket-ball ! Quand je repense à la semaine dernière, j'en rougis encore. Hier, j'ai revu Isaac et je me suis rattrapée par rapport à la fois où… Bon, ça ne sert à rien de remuer le couteau dans la plaie.

— Miranda !

Je me retourne vers Stan qui marche derrière moi.

— Salut !

— Je t'ai préparé des exercices de français médiéval.

— Chouette !

Non, pas chouette du tout… Mais il faut passer par là, n'est-ce pas ? En plus, c'est moi qui lui ai demandé de l'aide. Je l'accompagne jusqu'à sa belle voiture.

— Monte !

Je m'exécute, c'est tout de suite moins convivial qu'avec son colocataire… Je remarque seulement maintenant son absence, ils font bien du squash ensemble, non ?

— Isaac n'est pas venu aujourd'hui ?

— Réunion parents-profs.

— Oh…

On arrive à l'appartement après un long silence. Je m'assieds sur le canapé puis pose mes affaires à mes pieds. Stan revient de sa chambre avec une dizaine de feuilles tapées à l'ordinateur.

— Merci d'avoir préparé autant d'exercices !

— C'est juste pour un partiel de deux heures.

— Quoi ?!

Non… Impossible ! Je feuillette en n'arrêtant pas de me dire que je suis foutue, je n'y arriverai jamais !

— Dis Stan, je…

Je suis interrompue par la porte de sa chambre qui se ferme.

— OK !

Message reçu… Je vais me débrouiller toute seule ! Je m'installe par terre juste à côté de la table basse et commence à tester mes connaissances. Elles sont trop superficielles évidemment, sinon ça ne serait pas amusant. Après une heure et demie de souffrance, j'entends la porte d'entrée s'ouvrir puis se fermer.

— Bonsoir Miranda.

— Salut !

Je me lève et me dirige machinalement vers Isaac avec les jambes endolories. J'aurais dû changer plus souvent de positions…

— Ça va ?

Il hoche la tête en souriant.

— Et toi alors ?

— Français médiéval…

Ma tête dépitée provoque son rire, pour jouer, je le pousse gentiment. Isaac m'attrape la main et me tire vers lui pour déposer un baiser sur mes lèvres. Ma main libre s'accroche à sa hanche pour le ramener à moi afin d'accentuer ce délicieux contact. Isaac me laisse faire, me relâchant pour mieux me plaquer contre lui. Les doigts serrés sur sa chemise, je profite de ses caresses sous mon haut. Sa bouche se sépare de la mienne et affiche un sourire en coin. Il m'embrasse une dernière fois puis recule.

— Croque-monsieur ce soir ?

Je le fixe en me demandant si c'est une insinuation douteuse, ce n'est pas vraiment son genre. Isaac me montre le frigo du doigt pour m'aiguiller.

— Pour le dîner.

— Oh, euh oui.

Quelle gourde ! Je touche mes joues chaudes avec mes mains. Isaac se baisse pour attraper les croque-monsieur. Quel cul ! *Non, ne regarde pas, ça ne se fait pas.*

— Ferme la bouche, tu baves ! me lance Stanislas.

Je me retourne pour le fusiller du regard. À quel moment est-il arrivé, lui ?!

— Tu m'as abandonnée tout à l'heure !

— Pauvre petite chérie.

Il m'énerve ! Pendant le dîner, Isaac nous raconte son interminable réunion parents-profs qui s'est perdue en digressions. J'enchaîne sur mes soucis avec le français médiéval et la méchanceté de Stanislas. Le coupable m'observe, impassible sous le rire de son ami.

On discute encore un moment avant qu'Isaac ne me soulève de ma chaise.

— Eh !

Je ris de plaisir pendant qu'il m'emmène jusqu'à sa chambre. Il m'allonge sur son lit et m'embrasse la mâchoire. Ses mains toujours contre moi, ses lèvres commencent à descendre vers mon buste. Je sens une autre main s'imposer sur mon corps. J'ouvre les yeux et vois Stanislas qui ne se fait pas prier, d'un coup d'épaule, il pousse Isaac pour prendre sa place au-dessus de moi.

J'essaie de ne pas penser à quel point la situation est étrange. Je déboutonne sa chemise alors que ses mains froides se frayent un chemin sous mon tee-shirt. Je voudrais reculer mais je suis déjà acculée contre le matelas. Stanislas s'éloigne légèrement pour m'ôter mon haut. J'en profite pour le faire basculer sur le dos dans l'espoir d'atténuer le contact glacé de ses doigts. Je l'embrasse dans le cou tout en caressant son torse brûlant. Mon corps réclame la présence d'Isaac qui vient de sortir un tube de vaseline de la table de chevet.

— Tu fais quoi avec ça ?

— Je me disais qu'on pourrait essayer l'autre côté, Miranda.

— T'es en train de me dire que tu veux mettre ton… dans mon…

Je me redresse, coupant court aux caresses du beau blond.

— Comment veux-tu que ça entre ?! T'as vu la taille de ton truc ! Tu ne veux quand même pas me le mettre où je pense !

— Laisse-lui une chance, j'ai de la vaseline.

— Non ! Définitivement non !

Je vais pour enjamber Stanislas qui m'attrape par la taille.

— Où tu vas comme ça ?

— Loin ! Très loin ! Pourquoi ?

Il me renverse sur le lit et plaque mes poignets au niveau de ma tête. Son corps au-dessus du mien, je sens l'excitation monter malgré le danger certain.

— Moi, ça me tenterait bien aussi.

Il en est hors de question. C'est quoi leur lubie bizarre ?! Stan se met à rire, je me vexe aussitôt. Il approche son visage de mon cou et y passe sa langue, me faisant frémir. J'ai envie de laisser mes mains parcourir son corps mais il me retient encore fermement. Sous mon regard perçant, Isaac range la vaseline, manifestement déçu. Il s'allonge près de nous et m'embrasse tendrement, je sens la puissance de leur désir contre moi. J'ai envie qu'ils me prennent sauvagement comme sous les douches. Je me consume de désir en les observant se partager mon corps à coups de caresses…

Après avoir savouré notre début de soirée, Stanislas s'est douché et est reparti s'exiler dans sa chambre. Je me demande bien ce qu'il y a dans sa tour d'ivoire !

— Je n'ai pas de pyjama…

— Je vais te passer un de mes tee-shirts.

Isaac ouvre un placard et me tend l'un de ses précieux hauts trop grands pour moi, je m'empresse de l'enfiler. J'aimerais voir ce que ça donne…

— Je vais aux toilettes !

Je sors calmement puis me précipite dans la salle de bains. C'est bon, pas de Stan en vue. Je profite de mon passage pour me regarder dans le miroir, tout droit sortie d'un film américain !

À mon retour, Isaac est déjà allongé sous la couette. Je saute sur le lit et me glisse à ses côtés, bien au chaud. Je découvre soudainement sa nudité.

— Tu veux que j'enfile un boxer ?

— Non !!

Il me regarde, surpris mais amusé.

— Je veux dire, non, c'est bon.

Isaac lève le bras pour m'inviter à venir me blottir contre lui. Je pose ma tête sur son torse tout en glissant ma main sur son flanc. Stanislas entre dans la chambre complètement nu et mes yeux se posent sur son anatomie. Il me regarde, fier de lui, de son corps. Je le déteste ! Il soulève ensuite la couette, faisant disparaître la chaleur emmagasinée. Je lui jette un coup d'œil, il se met dos à moi. Isaac place une main sur mon épaule et se penche pour éteindre la lampe de chevet, plongeant la pièce dans le noir. Rapidement, je suis happée par le sommeil.

Je me réveille en sursaut quelques heures plus tard. Un instant, je me sens perdue dans ce lit inconnu. À travers le rideau, je perçois encore la nuit, c'est trop tôt pour se lever ! Je me rallonge en espérant me rendormir entre ces deux hommes. Je me surprends à penser que j'aime cette situation telle qu'elle est, bonne mais éphémère. Ça deviendrait bizarre à long terme, n'est-ce pas ?

J'observe Stan, devinant plus ses traits que je ne peux les discerner, ses boucles blondes sur l'oreiller. J'entends sa respiration calme et régulière. Je tourne la tête vers l'autre bel endormi… Je caresse du bout des doigts sa joue, en réaction, sa main passe autour de ma taille pour me rapprocher de son corps.

— Tu ne dors pas ?

— Toi non plus, me répond Isaac dans un murmure.

Je me blottis contre lui, profitant pleinement de sa chaleur.

— Aujourd'hui, c'est l'anniversaire de Stan, donc ça veut dire après-midi spéciale film d'auteur. Pitié, ne me laisse pas endurer cette épreuve annuelle tout seul…

— Je devrais arriver à supporter une heure et demie de film d'auteur !

Il est pris d'un fou rire et me serre plus fort dans ses bras. Je sens soudainement son érection sur mon ventre. Je me frotte sensuellement contre lui, faisant grimper notre excitation commune. Je devine qu'il sourit tandis que je remonte pour trouver ses lèvres.

— Viens dans le salon, Isaac.

— Non.

Je recule légèrement, surprise par sa réponse. Isaac me renverse sur le dos, me rapprochant de son ami endormi.

— Je ne veux pas le réveiller…

— Ce n'est pas la première fois ! Et au pire, il te verra jouir.

Je me fige net en apprenant qu'Isaac est un habitué de ce genre de situation. Vexée et refroidie par ses propos, je le pousse pour lui faire comprendre qu'il doit me laisser de l'espace. Pourtant, Isaac n'obtempère pas, restant fixé au-dessus de moi. Dans l'obscurité, je n'entends que les battements de mon cœur s'accélérer. Son corps se rapproche du mien. Tétanisée, je n'ose plus bouger en imaginant le pire scénario possible. Isaac se contente de me câliner, je sens à peine son poids sur moi.

— Je croyais que tu avais envie de moi.

— Pas au détriment de Stan…

Isaac dépose un baiser sur mes lèvres puis se laisse tomber sur le côté en soupirant. J'hésite un instant avant de me redresser.

— Tu m'en veux, Isaac ?

— Non, bien sûr que non.

Ses doigts glissent dans mon cou pour caresser ma peau.

— Viens près de moi, Miranda.

Je m'exécute en me lovant contre son corps, il m'embrasse longuement la tête sans me lâcher.

Le réveil sonne et me tire du sommeil pour de bon. Isaac grogne et attrape son portable pour l'éteindre. Je me blottis contre son corps avec l'envie de ne jamais quitter ce lit.

— On devrait rester comme ça toute la journée.

— Je suis partant !

Il s'étire en fermant les yeux.

— Mais le taf n'attend pas !

Je tourne la tête, nous ne sommes plus que tous les deux. Une délicieuse odeur de crêpes arrive jusqu'à nous. Je me lève, curieuse, suivie d'Isaac.

— Quand je pense que c'est moi qui prépare le petit-déjeuner…

— Bon anniversaire, Stan.

— Joyeux anniversaire, mon pote !

Une bonne dizaine de crêpes nous attendent dans un plat, miam ! Je me demande depuis combien de temps Stan est debout…

— Vous avez du sucre ?

— Placard de gauche, me répond Stan sans un regard.

J'ouvre ce placard et en sors le sucre en poudre. Isaac récupère un pot de beurre de cacahuète et prend une cuillère dans le tiroir.

— Tu vas en mettre dans tes crêpes ?

Il plonge la cuillère dans le pot avant de la placer dans sa bouche.

— Bah oui, pourquoi ?

— Qui en met dans ses crêpes ?

— Moi !

Il se met à rire, provoquant le mien.

— Au fait, j'ai cours à dix heures, où est l'arrêt de tram le plus proche ?

— Je vais t'emmener, mon premier cours commence à onze heures.

— Merci Stanislas…

Après ce petit-déjeuner plus que copieux, je me dépêche de me préparer, sinon mon chauffeur va partir sans moi ! Je ne devrais pas me plaindre, c'est déjà sympa de sa part de me déposer. Je salue Isaac avant de suivre Stan dans l'ascenseur.

— Stan, à quelle heure on se retrouve au cinéma ?

— Je ne savais pas que les films d'auteur t'intéressaient.

— Je pars du principe qu'il faut s'intéresser à tout !

Un sourire se dessine sur ses lèvres sans que ses yeux ne croisent les miens.

— Seize heures.

Stan me dépose devant le bâtiment de lettres, je regarde sa voiture s'éloigner vers le parking de la bibliothèque universitaire. Je pourrais m'habituer à me faire conduire tous les jours !

À la fin de ma journée de cours, je jette un coup d'œil à mon téléphone. C'est bon, j'ai le temps de laisser mon sac chez moi. Sans me presser, je quitte mon appartement et prends le tramway jusqu'au centre-ville. Je marche quelques minutes supplémentaires pour rejoindre le cinéma à la forme inhabituelle. Au moins, je ne risquais pas de me planter de lieu ! Isaac m'attend dehors, son regard glisse sur ma jupe.

— Qu'est-ce que t'es mignonne…

Je souris et il se penche vers moi pour m'embrasser. Ses mains chaudes dans mon cou, je le laisse m'enivrer en m'agrippant à ses avant-bras. Il s'éloigne comme pour nous permettre de reprendre notre souffle. On échange un sourire complice puis Isaac recule en attrapant ma main. On descend les escaliers, Stan patiente en bas, un magazine sous le bras. Aux yeux des autres personnes présentes, on doit avoir l'air d'un couple… J'observe Isaac, j'aurais vraiment aimé que ça soit le cas. Il nous paie nos tickets, je reste un peu hébétée avec mon porte-monnaie à la main.

— Range-moi ça.

— Mais…

Je m'exécute sous son regard amusé. On s'assied sur les sièges en hauteur, il n'y a presque personne, pourtant le film ne va pas tarder à commencer. Des clans se profilent très bien, chacun est dispersé aux quatre coins de la salle. Ça tombe bien, je déteste que tout le monde soit cloisonné au même endroit alors qu'il reste de la place. Tout en bas, un homme bien habillé fait son apparition avec un micro.

— Merci d'être venus si nombreux pour voir le nouveau film de Fournier. Préparez-vous à trois heures de plaisir !

Attendez ! Quoi ?! C'est une blague ? Je me tourne sur ma gauche, Isaac me sourit avec un air innocent. Je grimace, mais qu'est-ce que je fais là ? Stanislas n'a pas l'air dérangé, il lit son magazine sans se soucier de la présentation de l'inconnu. Pourquoi il est content d'être ici, lui ? La salle est plongée dans le noir, aucune bande-annonce avant le début du long-métrage. Au bout d'une quinzaine de minutes, portable en main, Isaac se penche vers moi.

— Je vais faire un tour aux toilettes.

Je le suis du regard tandis qu'il quitte discrètement la salle.

L'histoire s'éternise, c'est chiant à mourir. Au fait, où est Isaac ? Il en met du temps ! Il me faut une excuse pour me barrer de là ! Mais attendez, si je me lève, je ne pourrai peut-être pas retrouver ma place... En plus, je me souviens d'une fois où Claire et moi attendions les scènes post-générique. Alors que les noms des différents acteurs et équipes du film défilaient sur l'écran noir, des gens ont tenté de partir. J'étais sur le bord près des escaliers et j'ai vu cette fille rater la marche pour faire un roulé-boulé. Elle s'est relevée aussitôt mais je me rappelle avoir peiné pour contrôler un fou rire. Quand les lumières se sont rallumées, j'étais pliée en deux, tout en espérant que mon amie ait assisté à la scène. C'était bien le cas, sauf que ça ne l'a pas fait rire ! Du coup, je vois bien un retour de karma alors je préfère rester les fesses sur mon siège. Après ces réflexions de la plus haute importance, je m'endors malgré moi.

Je me réveille doucement avec la sensation qu'on me caresse le bras puis la cuisse. Je sens un souffle chaud s'approcher de ma jambe. Par réflexe, je donne un coup de genou et un gémissement de douleur étouffé me fait revenir à moi. Le film tourne toujours mais Stan est penché en avant, la main sur son nez. Il se lève subitement et se dirige vers la sortie. Qu'est-ce qu'il fait ? Je suis toute seule, Isaac n'est toujours pas revenu… Je me précipite à sa suite, avec mes affaires. Stan prend la direction des toilettes, je sors juste après lui et manque de me prendre la porte. Un peu plus loin, à la machine à café, Isaac regarde sa montre d'un air perplexe. Je plisse les yeux et il affiche un sourire crispé. Voilà où il se cachait ! J'ai servi de diversion !

— Désolé ! murmure-t-il en voyant ma mine fâchée.

Je secoue la tête avant d'entrer dans les toilettes hommes. Stan est à côté du lavabo, un mouchoir sur son nez, du sang tache le papier blanc. Il me dévisage tandis que j'arrive doucement vers lui.

— Tu m'as défoncé le nez.

— Je suis vraiment désolée, je me suis endormie…

— J'ai vu.

Stanislas s'adosse contre le mur sans me lâcher des yeux.

— Ça va aller ?

— À ton avis, Miranda ?

Honteuse, je baisse la tête, je n'ai pas fait exprès, bordel ! Et pourquoi a-t-il fait ça lui aussi ? De toute façon, ça ne sert à rien de discuter avec Stanislas ! Je saisis la poignée de la porte qui me revient limite en pleine figure à cause d'un adolescent avec sa casquette à l'envers.

— Oh mam'zelle, tu t'es trompée de toilettes mais vu que t'es là…

Stan se racle la gorge, attirant le regard de l'ado mal habillé qui se liquéfie sur place en découvrant le beau blond.

— Je vous en prie mam'zelle, déclare poliment le lycéen en m'ouvrant en grand la porte.

Je m'engouffre dans le couloir, affligée de m'être disputée avec Stan…

— Ce n'est pas une façon de parler aux dames.

— Pardon m'sieur, je ne le ferai plus.

J'esquisse un faible sourire et marche vers Isaac, il jette son gobelet vide dans la poubelle.

— Je vais rentrer.

— T'es sûre ?

J'acquiesce plusieurs fois pour affirmer que ce n'est pas discutable.

— Salut !

Isaac est pris de court et je ne lui laisse pas le temps de me retenir. Dans l'escalator, mon regard se fixe sur la sortie du bâtiment.

4

Aucune nouvelle des garçons depuis le cinéma et je n'ai pas cherché à en avoir. C'est à Stanislas de s'excuser ! Même si c'est moi qui lui ai donné un coup de genou... Je me sens affreusement coupable, pourtant je n'ai pas réussi à écrire un simple SMS pour encore lui demander pardon. Enfin si, je l'ai écrit une cinquantaine de fois avant de le supprimer.

Lou m'a invitée à une petite sortie entre filles. J'ai l'impression que la dernière était il y a des siècles ! Je patiente devant notre point de rendez-vous, une charmante boulangerie du centre-ville. J'ai filé direct après les cours, j'ai encore mon sac que j'essaie de garder tant bien que mal sur mon épaule. J'aime ces après-midi encore ensoleillées bien que le froid se profile...

Je jette un coup d'œil à mon portable, elles sont en retard. Je commence à me dire que je ne suis pas au bon endroit ou qu'elles sont peut-être à l'intérieur. Je me décide à attendre, et à raison puisqu'elles arrivent enfin. Mon enthousiasme chute en flèche, Claire a de nouveau l'air de mauvaise humeur ! Je soupire discrètement, à croire qu'à chaque fois qu'on se voit, il y a un truc négatif qui se produit. Mon amie me fait la bise et entre dans la boulangerie sans prononcer un mot.

— Ne fais pas attention à elle, Miranda

— Ça va être difficile…

— Elle m'énerve, chuchote Lou en me poussant dans le sas d'entrée.

Claire est déjà en train de commander. Je me glisse à sa suite dans la file, un peu déçue de son comportement. Depuis la rentrée, on ne se voit pas beaucoup. Elle me paraît si lointaine, l'époque où Claire m'envoyait quotidiennement des SMS pour me parler de sa nouvelle amoureuse. Je me tourne d'ailleurs vers elle, Lou détaille les menus puis les produits à travers les vitrines. Ne sachant comment briser ce mortel silence, j'essaie de voir le contenu du plateau de Claire. Je parie sur une bonne vieille salade et un pain aux raisins accompagnés de thé glacé, elle prend toujours ça depuis le lycée ! Bingo ! Mon amie me lance un regard perplexe quand elle aperçoit mon sourire.

— Un jour il faudra que tu tentes autre chose, Claire !

— *Dixit* la fille qui va acheter un sandwich jambon-beurre avec une part de flan coco et un soda.

J'éclate de rire devant l'exactitude de mon menu ! Un faible sourire s'affiche sur son visage tandis qu'elle se dirige vers une table au fond de la boulangerie.

— Si tu me parlais de tes hommes pendant qu'elle est loin, murmure peu discrètement Lou.

— Bah écoute, tout va bien.

— Ça ne me suffira pas comme réponse, ma cocotte.

— C'est le pied, c'est mieux ?

Le vendeur, gêné, m'annonce le prix de ma commande. Lou et moi, nous nous regardons avec l'envie de hurler de rire. Je paye et récupère mon plateau en attendant que Lou se fasse servir. Je lui fais un résumé rapide des derniers événements, omettant totalement les détails sulfureux. On gagne la table où Claire dévore déjà sa salade. Lou s'installe sur la chaise voisine, abandonnant sa copine seule de l'autre côté. Je sens une légère tension entre les deux, je n'aime pas ça du tout...

— Et sinon, le boulot Claire, ça roule ?

— Oui.

— Tes collègues sont sympas ?

— Oui.

Ça promet... Je cherche le regard de Lou pour m'appuyer.

— Je vais avoir une augmentation, m'annonce-t-elle fièrement.

— Félicitations ! Tu es chez eux depuis combien de temps ?

— Trois ans.

J'acquiesce, ne sachant pas où je serai dans trois ans. J'hésite à travailler dans l'administration, je ne m'y vois pas vraiment. Avec un peu de chance, un CDI à temps plein se libérera à la boutique. Je crois que j'ai raté ma vocation !

Je souris en me souvenant subitement de la rencontre de mes deux amies... La chérie précédente de Claire lui avait offert une épilation des sourcils en institut, erreur stratégique ! Je me rappelle encore l'appel de mon amie, chamboulée par son coup de foudre pour une « beauté au teint hâlé avec un regard si bleu ». Personnellement, j'étais partagée entre l'envie de la laisser parler de sa déesse et celle de la faire redescendre sur terre ! Quand je pense qu'Enzo m'avait juste écrit un mot pour savoir si je voulais ou non sortir avec lui. Je ne suis pas gâtée ! Ce signe évocateur aurait dû me faire comprendre que ça n'irait jamais loin. J'espère que le prochain fera preuve d'un peu plus de classe ! La conversation évolue au cours du déjeuner, passant du travail à mes révisions, puis à d'autres sujets d'actualité.

— Patinoire ou cinéma ? propose Lou en attaquant son dessert chocolaté.

Je vais pour choisir la seconde option mais Claire répond avant moi :

— Patinoire.

— Et toi, Miranda ?

— Ça me va aussi ! Je vous préviens, vous avez intérêt à me laisser de l'espace !

— Oh, ne t'inquiète pas, on a retenu la leçon ! insiste Claire sur un ton sérieux.

On se met à rire bruyamment toutes les trois, attirant le regard des autres clients.

— Ce n'est quand même pas de ma faute si tout le monde s'est placé sur ma trajectoire !

Nos rires redoublent d'intensité devant cette fausse excuse. Ce jour-là, en voulant éviter un enfant, j'ai fait un mouvement trop vif sur le côté, heurtant Lou qui a bousculé Claire. Je m'en étais tirée avec un énorme bleu sur le genou, Lou avec une entorse au bras. Quant à Claire, elle n'avait pas pu s'asseoir pendant une semaine. C'est une bonne chose qu'elle veuille y retourner après avoir juré que c'était la dernière fois !

À la patinoire, je m'élance, libre comme l'air sur la piste presque déserte. Lou me suit, exécutant des figures que je n'oserais jamais répéter, de peur de finir au sol. Claire prend une grande inspiration puis entre sur la glace avec une légère appréhension. Je l'encourage à nous rejoindre, elle bat subitement des bras avant de tomber. Pas de chance ! Je souris en patinant vers elle, je me penche pour l'aider à se relever sous ses éclats de rire.

— Je crois que je vais rester près du bord, au début…, murmure-t-elle en cherchant à tout prix à se rapprocher des contours de la piste.

Je l'accompagne jusque-là afin qu'elle prenne confiance.

— Tu es courageuse !

Elle sourit et je patine vite pour rattraper Lou.

— On peut enfin parler mecs !

— Tu es toujours là-dessus…

Je me renfrogne en croisant les bras. Oui, c'est cool le cent fois, mais présentement, j'aimerais bien l'oublier ! Ou du moins ne plus penser à Stanislas…

— Tu fais un truc exceptionnel, on a le droit d'en parler Miranda.

— Je ne dois pas être la seule qui vit ou a vécu ça.

— Dis-moi ce qui ne va pas, cocotte.

— Au ciné, je me suis endormie pendant le film. Stan a voulu me faire une gâterie et je lui ai accidentellement explosé le nez.

J'inspire profondément, c'est encore plus débile dit à voix haute. Mes mains, après avoir virevolté devant moi, atterrissent sur mes hanches.

— Tu t'es excusée ?

— Il m'a quand même envoyée bouler !

— Et tu lui en as reparlé ?

— Non… Je ne les ai pas revus depuis…

Je commence à m'éloigner comme pour fuir ma boulette. C'était de l'ordre du réflexe, je n'ai rien pu faire ! Je me sens déjà assez coupable, pas besoin d'en rajouter une couche.

— Miranda ?

— Eh, c'est bon, on ne va pas en faire un drame !

Frustrée, elle croise les bras sans arrêter de patiner.

— Arrête de me juger, Lou.

— Je n'ai rien dit.

— Oui, mais j'entends tes pensées d'ici !

Lou me tire la langue et vient tourner autour de moi pour m'embêter. Je fais mine de vouloir l'attraper alors elle recule en gloussant. On s'amuse à se poursuivre sur la glace, ignorant totalement le risque de chute.

Je grimpe péniblement les marches de mon immeuble. Qu'est-ce qu'on a ri à la patinoire ! Mes jambes sont endolories et chaque pas est une torture mais je suis quand même heureuse ! En passant le seuil de mon appartement, j'entends un bruit étrange et mon sang ne fait qu'un tour. Je claque la porte et me précipite vers l'évier de la cuisine. Une fuite ! L'eau dégouline du placard sous mon regard impuissant. Je pose les mains sur ma tête. Qu'est-ce que c'est que ce bordel ?! Vu l'heure, il ne doit plus y avoir de plombiers en service ! Au moment où je veux appeler Lou au secours, ma sonnerie retentit, me faisant sursauter.

— Oh Isaac, j'ai un problème, il y a une fuite dans ma cuisine.

— Coupe l'arrivée d'eau, j'arrive.

Je m'exécute selon ses indications puis patiente en épongeant le sol avec la serpillière. Mon interphone sonne, mon sauveur vient d'entrer dans mon immeuble. Je sors dans le couloir pour l'attendre. Je me mordille le doigt en me demandant comment ça a pu arriver. Isaac passe la porte de l'étage avec une boîte à outils et je cours vers lui pour me jeter dans ses bras.

— Ce n'est pas dramatique Miranda, me rassure-t-il en me pressant longuement contre lui.

J'acquiesce, j'étais en train de paniquer toute seule ! Il m'embrasse le front puis me prend la main pour rejoindre mon appartement. Isaac ferme la porte avec son pied et regarde ensuite sous l'évier.

— T'as de la chance que mon père soit plombier. C'est de cette façon que j'ai payé mes études.

— Oh…

Je devine qu'il bricole quelque chose mais je suis tellement en mode stress que je n'y fais pas vraiment attention.

— C'est usé, il va falloir changer ça.

— D'accord.

Il réactive l'arrivée d'eau, la fuite semble avoir disparu.

— C'est provisoire, ça tiendra bien le temps qu'un vrai pro passe chez toi.

— OK.

Je soupire en essayant de chasser mon inquiétude. Isaac s'approche de moi et pose ses mains sur mes hanches, je lui souris en agrippant sa veste.

— Comment je peux te remercier ?

— À l'origine, je t'appelais pour aller au cinéma. Maintenant que c'est réparé, ça te dit de te changer les idées ?

— Oh oui !

Il se penche vers moi et m'embrasse tendrement en me plaquant contre son torse.

— Je te propose un repas très équilibré pour ce soir : pop-corn.

— J'aime quand tu me parles comme ça, Isaac.

Je verrouille ma porte et on continue de rire dans le couloir, main dans la main. Motivée à sortir, je fais abstraction de mes douleurs aux cuisses !

Au grand cinéma de la ville, Isaac m'offre ma place. Je lui propose alors de payer la nourriture. Il m'adresse un clin d'œil puis glisse ses doigts entre les miens. Profiter du moment présent sans se soucier du lendemain est ma nouvelle maxime… On s'installe sur des fauteuils duo, ça ne doit pas être la séance la plus attractive pour ce film. En même temps, si je me fie à la date sous l'affiche, il est sorti il y a deux semaines. Tout le monde a dû aller le voir bien avant nous et c'est tant mieux !

Nos mains plongent tour à tour, voire simultanément, dans le pot de pop-corn. Ça me plaît d'être ici avec lui… Claire doit avoir raison, c'est malsain comme jeu. Pourquoi je ne peux pas m'empêcher de continuer ? J'ai l'impression que ce n'est pas prise de tête… Je me pose moins de questions qu'à l'époque où j'étais avec Enzo, tout se passe si naturellement ! Je prends ce dont j'ai envie… J'approche mon visage de celui d'Isaac, me moquant éperdument de rater un morceau du film. Je dépose un bisou sur sa joue, il tourne aussitôt la tête pour m'embrasser. Sa main contre ma joue, j'attrape un bout de son tee-shirt. Je souris bêtement puis pose ma tête sur son épaule.

— Non, je ne m'y attendais pas ! réplique Isaac tandis qu'on sort du ciné.

— C'était pourtant prévisible, Miranda. La voiture est arrivée juste avant.

— Maintenant que tu le dis !

Je ris et m'accroche à son bras.

— Est-ce quc Stan me déteste ?

Isaac me regarde puis retire son bras. Je me pince les lèvres, un peu penaude…

— Tu le lui demanderas demain !

Il m'attrape la main pour marcher d'un pas plus rapide jusqu'à son véhicule. Stan me hait, définitivement et irrémédiablement.

— Vous êtes amis depuis longtemps ?

— Depuis la maternelle. Son père habite dans l'appartement voisin de celui de mes parents.

— Et sa mère ?

— Ils se sont séparés avant la naissance de Stan.

— Oh…

Isaac sourit sans quitter la route des yeux.

— Sa mère était comptable dans un cirque et il a alterné les deux univers.

— Ça n'a pas dû être facile pour lui…

— Le plus dur, ça a été quand sa mère s'est remariée avec un connard. Elle a tout plaqué pour une vie sédentaire et comme Stan était mineur, il a dû suivre…

J'acquiesce, ne pouvant qu'imaginer sa frustration.

— On a toujours été fourrés ensemble, dès qu'il revenait, on ne se quittait plus !

— C'est mignon !

Je souris, c'est vrai qu'on ne peut que remarquer le lien fort qui les unit. Outre le fait qu'ils partagent leurs conquêtes…

Je n'ai pas envie que notre soirée s'achève là. Sa voiture s'arrête devant mon immeuble.

— Tu veux monter, Isaac ?

— Avec plaisir !

À la moitié du chemin pour rejoindre mon étage, mes courbatures refont surface.

— T'en fais une tête, qu'est-ce qui t'arrive ?

Isaac s'arrête dans les escaliers, prenant appui sur la rambarde.

— Patinoire…

Il me fait un clin d'œil et me saisit la main. C'est plus doucement qu'on regagne mon appartement. Je referme la porte une fois qu'il est entré. À peine ai-je posé mes clés sur la table qu'Isaac me soulève dans ses bras. Sa bouche s'unit langoureusement à la mienne tandis qu'il prend le chemin de ma chambre…

5

Je suis en TD avec Stan, en demi-groupe, on n'est que vingt. Je me sens si vulnérable ! Bien qu'il ne m'ait pas accordé un seul regard... Je suis au deuxième rang, Clémentine s'est bien mise devant, elle me donne la nausée ! Je n'ai pas écouté un instant les propos de notre nouveau professeur, je m'en fiche de son cours. Oui, je sais, ce n'est pas l'attitude à avoir à la fac !

Les mots de Lou reviennent me hanter... De toute façon, on est en CDD et ce n'est pas lui qui me jettera, ce sera moi ! Clémentine évacue la salle pour aller chez son esthéticienne, en pressant Jeanne pour arriver à l'heure. Et moi, j'attends d'être seule avec Stanislas pour lui parler... Je suis un être faible ! Il range ses affaires tandis que je m'approche du bureau.

— Comment va ton nez ?

Super, je n'ai le droit ni à un regard, ni à une réponse ! *N'insiste pas, fais demi-tour et casse-toi, bordel.* Je tripote la lanière de mon sac pour tenter de me donner une contenance.

— Je me disais que ce week-end, on pourrait aller voir un autre film de ton choix...

Foutu. Je me pince les lèvres, je suis en train de me ridiculiser ! Pourquoi j'insiste alors qu'il n'est pas sensible à mes efforts ? Je recule en hochant la tête et m'apprête à sortir, vaincue.

— D'accord, finit-il par lâcher.

Je me retourne vers Stanislas en essayant de réprimer mon sourire.

— À ce week-end !

— Bye.

Un sourire se glisse sur son visage et moi, je m'enflamme. Il faut que je sorte, j'ai trop chaud !

Je me rends à la bibliothèque universitaire afin d'effectuer des recherches pour un exposé. Julia est encore en pleines révisions avec une multitude de livres ouverts devant elle. Si ce n'est pas se faire dévorer par ses études, ça… Je prends des ouvrages qui pourraient m'aiguiller, à défaut de pouvoir utiliser les ordinateurs qui sont déjà tous pris. Je pose tout mon bazar à côté de mon amie qui me lance un regard de fierté. Il s'ensuit une conversation tout en chuchotements :

— Tu es de bonne humeur, Miranda ?

— Et depuis quand c'est un délit ?

— Depuis que tu viens bosser avec moi à la BU, tiens !

— Mais je fréquente régulièrement cet endroit.

Devant son air peu convaincu, je m'empresse de rajouter :

— Parfois.

— C'est toute la nuance !

On rit doucement pour ne pas déranger les autres étudiants. À la veille du week-end, on est peu nombreux à cet étage. Mais j'attends de voir les premières vagues de froid, le nombre de glandeurs à la bibliothèque va augmenter ! Oui, ça m'est déjà arrivé de venir juste pour bouquiner, sans avoir envie de regagner mon minuscule appartement.

— On mange ensemble ce soir, Miranda ?

— Pourquoi pas ?

— Cool.

Julia me sourit joyeusement avant de se replonger dans ses fiches. Je m'attaque à mon exposé, je ne veux pas que ça traîne, ça m'ennuie déjà !

Dix-neuf heures. Julia semble lessivée, je lui propose qu'on aille dîner. C'est avec joie qu'elle accepte ma proposition. On range nos livres à leur place puis on récupère nos affaires.

Julia obtient un autocollant pour sa carte de fidélité à la sandwicherie. Pour ma part, ça ne vaut pas le coup à cause de mon appétit de moineau. Je lui donne donc toujours le mien, ça fait une heureuse !

— Encore deux et j'ai mon menu à tarif réduit, s'extasie Julia en s'installant à table.

— Bien !

Elle se dandine sur sa chaise, je souris en posant mon plateau face au sien.

— Coca ou Sprite ?

— Fanta.

— OK. Tu l'as fait exprès !

— C'est faux ! minaude-t-elle en me passant son gobelet et son jeton.

— On va dire que je te crois, hein ?

On glousse comme des idiotes puis je me dirige vers le distributeur de boissons. J'insère la pièce et sers d'abord

Julia avant de m'occuper de mon gobelet. Les deux mains prises, j'essaie de me frayer un chemin entre les autres clients attablés. En jetant un coup d'œil par la vitre, je reconnais la voiture de Stan passer près du bâtiment. Il a dû rester travailler tard lui aussi. Il a beau nous donner des cours, il n'en reste pas moins un étudiant préparant sa thèse. Je ne crois pas que j'irai aussi haut dans les études, il faut avoir une sacrée motivation…

— Vite, j'ai soif !

— J'arrive.

Je pose son verre sur son plateau et m'assieds sur ma chaise.

— Ah, t'as vu la reine soleil pendant le cours, j'ai cru qu'elle allait défoncer la prof, déclare Julia, un brin agacée.

— Elle ne se rend pas compte à quel point elle est ridicule !

— On rit bien. Mais bon, on perdrait moins de temps si elle fermait sa gueule.

— Que tes paroles soient entendues. Bon appétit !

— Bon appétit !

Après plusieurs heures de rigolade et d'anecdotes en tout genre, les serveurs nous mettent poliment dehors à la fermeture. On se sépare au tramway, j'ai hâte de pouvoir me déchausser !

Selon le SMS que j'ai reçu tout à l'heure, Stan ne devrait pas tarder et je suis toujours en pyjama. Je suis quand même maquillée ! J'ouvre mon placard, je n'ai rien à me mettre ! Oui je sais, je sais. J'enfile une jolie robe bleue et des collants sobres, je mets mes bottines en espérant que le tout lui plaise. Stop ! On arrête tout.

Dites-moi que je n'ai pas pensé à ce que je crois que j'ai pensé ? Je ne veux pas lui plaire, je n'en ai rien à faire. Je me recoiffe dans le miroir en grimaçant. Je suis ridicule !

Je descends tranquillement les escaliers, je ne pouvais pas rester enfermée dans mon petit appartement. La voiture de Stan se gare un peu plus loin, il est à l'heure, c'est déjà ça ! En vrai, j'avais peur que mon beau blond me pose un lapin… Je m'approche de son véhicule et vois du mouvement à l'arrière. Qu'est-ce que… non ! C'est une plaisanterie ? Pire que le lapin ! Trois enfants s'agitent sur la banquette arrière. C'est quoi cette histoire ? Je monte côté passager et regarde les petits qui ont l'air tout joyeux. Est-ce qu'il doit les déposer quelque part ?

— Je te présente mes cousins Priscilia, Laëtitia et Brandon. Qu'est-ce qu'on dit ?

— Bonjour ! s'exclament en chœur les enfants.

Je les salue en levant brièvement la main. La plus grande n'a que sept ans et les deux plus jeunes qui se ressemblent comme deux gouttes d'eau, cinq. C'est fou ce qu'ils ont un faux air de madame Simon ! On ne va quand même pas aller voir un film d'auteur avec eux ?! Je n'ai rien contre un bon Disney au cinéma, mais ce n'est pas vraiment comme ça que j'imaginais ma réconciliation avec Stan… Je boucle ma ceinture et pose la question fatidique :

— Où est-ce qu'on va ?

— Au zoo ! me répond le trio derrière moi.

Après plusieurs minutes à entendre les gamins chanter – beugler –, Stanislas gare la voiture sur le parking du parc animalier. Sur le panneau de l'accueil, je peux lire que les enclos ont été construits dans une forêt. Le grand air, c'est bien ! La robe, c'était une mauvaise idée ! Je serre machinalement ma veste contre moi, il fait frais mais c'est supportable.

Stan, sans me demander, m'invite en même temps que ses cousins. Ça me touche, ça pourrait être sa façon de s'excuser ? Les enfants sont fiers de donner des granulés aux chèvres quelques mètres devant nous. L'enclos est large, je vois également des ânes et des poules tandis qu'on marche.

— Alors Stan, pourquoi t'es célibataire ?

Bah oui ! Je mets les pieds dans le plat, de toute façon je vais me prendre un vent ! Soyons fous, les amis.

— Mon ex était une connasse qui m'appelait H24.

Je rêve ou il vient de me répondre ? Une harceleuse, ticket gagnant !

— Et toi alors ? Pourquoi Miranda la chieuse est-elle célibataire ?

La chieuse ? Il vient de me traiter de chieuse, là ? Je ne vais quand même pas lui répondre que je n'ai personne en vue. Vite, quelque chose à dire…

— Bah en fait, les mecs sont chiants !

Bravo ma grande, c'était l'idée du siècle ! Vite, il faut noyer le poisson.

— Et pourquoi tu n'embrasses pas ? On t'a fait des reproches ? On ne t'a jamais fourni le mode d'emploi ?

Et toc !

— Un baiser est un engagement, et aujourd'hui, ce n'est pas ce que je désire.

C'est que ça en serait presque romantique, cette histoire…

— Et sinon Stan, on a quel statut, techniquement ?

Un âne en rut me répond par ce son si caractéristique. Il n'est pas au courant, lui, que ce n'est plus la saison ? L'animal s'accouple avec une ânesse, me faisant détourner le regard.

— Celui-ci.

De mieux en mieux, là ! Je dévisage le blond à mes côtés, heureusement que les petits ne peuvent pas nous entendre. On avance sur le sentier, les enfants admirent les différents animaux, renards, moutons, cochons, poneys ! Je sens que Stan en a marre de subir le bruit causé par ses cousins.

— Pourquoi tu m'as demandé de venir ? C'est pour jouer les nounous ?

— Tu vois une autre raison ? rétorque-t-il en baissant les yeux vers moi.

Sympa… Et dire que je voulais me rattraper avec lui, ça m'apprendra !

— Ne t'avise pas de me planter avec eux !

Stan me gratifie d'un grand sourire sans rien ajouter. Soudain, Brandon tombe dans le fossé sous le rire de ses sœurs, je me précipite vers eux pour aider le garçonnet. Pauvre gamin ! J'apprends par Laëtitia que leur grande sœur a fait exprès de le pousser. Je regarde la fautive qui est très fière de sa connerie. Je la sermonne aussitôt, tout en essayant de réconforter son frère. Je relève la tête, leur cousin a disparu.

— C'est une blague ? Stan ! Stanislas !

Je l'appelle, bien sûr, il ne répond pas. C'est un ninja ou quoi ?

— Dis madame, je veux voir les ours, moi.

La petite Laëtitia sait où elle va…

— Moi aussi, moi aussi ! s'exclame Brandon qui ne pleure déjà plus.

Tu me le paieras cher, Stanislas !

On continue notre tour, la main du petit bonhomme toujours dans la mienne, ses sœurs gambadant autour de nous. Devant l'enclos des faons, j'ai eu droit à « bambi bambi » pendant dix minutes.

À mi-chemin, on arrive à la buvette : pause bien méritée ! Je pourrais peut-être laisser les enfants ici et me tirer ? Non, je ne suis pas comme ça, et puis comment je rentre après ?

— On veut des bonbons ! exige Priscilia, porte-parole officielle du parti gamin.

— Je vais voir ce que je peux faire, d'accord ?

— Je dois aller pisser.

Quel langage… Dire que c'est la fille de ma prof !

— Les toilettes sont là.

Je lui montre le panneau, aussitôt elle y court, suivie par Laëtitia. Je me retrouve seule avec leur frère.

— Je t'aime beaucoup, Miranda.

— Moi aussi Brandon.

Il affiche un grand sourire, il a perdu quelques dents de lait. C'est adorable !

— Ton cousin a parlé de moi ?

Je me fais un peu pitié mais tant qu'on y est ! Mon petit bonhomme hoche vivement la tête.

— Dis-moi tout.

— Stan, il a dit que tu étais une gentille amie.

Oh… Bon, en même temps, il n'allait pas dire que j'étais son plan cul à des enfants !

— Et que tu étais très jolie.

Ah ouais, c'est bien moi, la modestie descend en flèche !

— Mais que ce n'était pas ta faute si t'étais une chieuse, mais je sais pas c'est quoi ce mot.

Je vais tuer Stanislas.

— Merci Brandon.

Il acquiesce, fier d'avoir fait son rapport.

Un moment plus tard, mon instinct m'alerte d'un problème. Les deux sœurs en mettent du temps ! J'entre dans les toilettes pour les trouver enfermées dans la cabine, riant comme des folles.

— Les filles ? Qu'est-ce que vous faites ?

Et là, j'entends le bruit d'eau, elles sont en train de faire une bataille d'eau !

— Priscilia, Laëtitia, sortez tout de suite !

Brandon attrape la manche de ma veste à cause d'une femme d'une soixantaine d'années qui attend à la porte avec un air de vieille acariâtre.

— On ne fait pas d'enfants quand on ne les maîtrise pas.

Mais elle me veut quoi, celle-là ?

— Ce ne sont pas les miens si vous voulez tout savoir, mamie !

Outrée, elle part sans se retourner. Brandon éclate soudainement en sanglots, je ne sais plus où me mettre.

— Mais pourquoi tu pleures, toi ?

Je le prends dans mes bras pour le réconforter. Si je n'ai pas la moyenne aux partiels de sa mère, je saurai pourquoi…

— Si vous ne sortez pas tout de suite les filles, vous n'aurez pas de bonbons.

Furieuse, Priscilia ouvre brutalement la porte.

— Tu as dit que tu achèterais des bonbons !

— Non, j'ai dit que je verrais ce que je peux faire.

Je pointe mon doigt vers la petite fille capricieuse qui me toise.

— Vous n'avez pas été sages alors vous n'aurez rien.

— Si, je veux des bonbons alors tu m'en achètes !

— Non.

Elle m'attrape le poignet pour le mordre. Je retiens un cri et ramène ma main vers moi. C'était quoi ça ?! C'est le moment où Stan refait surface. Il entre dans les toilettes et me bouscule au passage. Mais d'où il sort, celui-là ? Il pousse sa cousine d'un geste presque brutal.

— Qu'est-ce que tu viens de faire ?

— Rien…

— Tu l'as mordue, je t'ai vue.

La petite secoue la tête tout en me fixant.

— Regarde-moi quand je te parle. Tu vas t'excuser auprès de Miranda.

Elle éclate en sanglots, Stan n'arrange pas les choses en l'attrapant par l'épaule.

— Dis pardon immédiatement, Priscilia.

Son ton est froid, tranchant, ce qui a pour effet de déclencher une crise de larmes chez les jumeaux.

— Priscilia !

— Pardon, pardon, s'excuse-t-elle en chouinant.

— Allez on rentre, tranche Stanislas, à bout de nerfs.

Laëtitia attrape ma main libre et s'appuie contre moi. Je sors des toilettes avec les deux plus jeunes. L'aînée des enfants refuse, Stan la saisit alors par le bras. En réaction, elle se laisse tomber par terre. Cette scène me fend le cœur.

— Priscilia !

Stan soupire et la soulève par la taille, elle essaie de se débattre. Les jumeaux se serrent contre moi, tout en sanglotant.

— Attends Stan, tu devrais leur laisser une seconde chance…

Il me regarde, surpris, puis semble réfléchir un court instant. Il repose gentiment sa cousine qui s'écarte de lui avec un air mauvais.

— Dites merci à Miranda, sans elle, vous seriez déjà en dehors du parc.

— Merci, déclare Brandon avant de me faire un petit bisou sur la joue.

Sa jumelle m'adresse un grand sourire. Je n'en demandais pas tant ! Priscilia marche dans ma direction en se frottant les yeux et le nez. Elle se plante devant moi sans arrêter de pleurer. C'est très gênant… Stan la pousse encore plus vers moi, je voudrais qu'il arrête…

— Merci… Miranda.

J'aurais voulu reprocher à Stan sa brutalité. Je me contente pourtant de sourire légèrement, aucune réaction chez l'intéressé.

— Tu veux boire quelque chose ?

— Je viens avec toi Stan. Les enfants, allez-vous asseoir.

Je pose Brandon et le trio va s'installer à une table. À la caisse de la buvette, Stanislas commande un café, une canette de soda et une de jus de fruits avec trois gobelets.

— Je peux payer ma part si tu veux.

— Non, je t'invite. Tu as réussi à supporter les mômes sans perdre trop de cheveux.

Il passe une main tendre dans mes cheveux.

— J'ai perdu des cheveux ?!

Horrifiée, je touche ma tête. Stan a un sourire moqueur aux lèvres. Je lui donne un faible coup de poing dans l'épaule, ce qui provoque son rire. Je prends les gobelets et les canettes, puis je vais m'asseoir avec les enfants. Je distribue les verres de jus de fruits et j'ai l'honneur de recevoir des remerciements des jumeaux. On ne doit pas s'ennuyer avec eux ! Priscilia garde la tête baissée et me surveille du coin de l'œil. Stan s'assied à côté de moi et l'observe avec insistance. Brandon regarde l'espace jeu tout en buvant son jus d'orange. J'ouvre ma canette, c'est plaisant de boire sucré, surtout après l'effort !

— Heureusement qu'il fait beau !

— Oui, confirme Stanislas en posant ses yeux sur moi.

Je vois le petit garçon finir son gobelet, il meurt d'envie d'aller jouer.

— Vous pouvez y aller.

Un grand sourire s'affiche sur le visage de Brandon qui hésite cependant et attend l'accord de Stanislas. Son cousin lui fait un signe de tête pour lui donner la permission, Brandon court aussitôt s'amuser sans attendre ses sœurs.

— Moi aussi je peux ? demande Laëtitia à son tour.

J'acquiesce. Ça va leur faire du bien de se défouler. Elle se lève d'un coup, manquant de renverser sa chaise. La dernière membre de la fratrie a les yeux rivés sur son gobelet vide.

— Toi aussi Priscilia.

Elle lève la tête vers moi, puis vers Stan qui la fixe, impassible. Du regard, il l'y autorise et elle quitte doucement sa chaise. À une distance qui doit lui sembler raisonnable, Priscilia se met à courir.

— Elle a des soucis de comportement, m'explique Stanislas en buvant son café. Elle est née prématurée et ses parents l'ont un peu trop couvée.

— Ça lui passera avec le temps.

— J'espère, parce que c'est la dernière fois que je joue les nounous.

Je me tourne complètement vers lui, outrée.

— T'étais où pendant que je me crevais à la tâche ?

— Juste derrière vous, m'informe Stan avec un large sourire.

— Merci la confiance !

Je croise les bras. Monsieur se tire en me laissant les petits et me surveille !

— Ne m'en veux pas, ils sont insupportables.

— Il va falloir te faire pardonner, Stanislas.

— Quoi ? La boisson ne t'a pas suffi ?

— Pas vraiment, non.

Il rit sans me lâcher des yeux.

— Tu peux me demander ce que tu veux dans ce cas.

Intéressante proposition… Il me tend le bâton pour se faire battre, là !

— Embrasse-moi Stan.

— Tout sauf ça.

— Tu es dur en affaires.

— S'il n'y avait qu'en affaires.

Stan se lève pour jeter son gobelet vide, me laissant, rouge pivoine, sur ma chaise. Il se dirige ensuite vers les toilettes. Je me pince les lèvres en souriant bêtement. Je termine ensuite ma canette et jette nos détritus à la poubelle. Les jumeaux jouent dans la maisonnette et Priscilia se balance mollement à la balançoire.

— Tu veux que je te pousse ?

Priscilia hoche vigoureusement la tête. Je suis enfant unique et je n'ai pas dû être facile non plus. C'est peut-être pour cette raison que mes parents étaient peu souvent à la maison… À moins que leur côté bourreau de travail ait pris le dessus sur leur vie de famille ! Claire a été depuis le début une sœur de substitution, une chance qu'elle ait trouvé du boulot dans la ville où j'étudie ! Je surprends le regard de Stan sur moi. Depuis quand m'observe-t-il ?

— C'est ton job normalement !

Je ris sans arrêter de pousser la balançoire.

— Tu t'en sors bien, Miranda.

— C'est toi le chat ! s'exclame Brandon en bondissant sur son cousin.

Les jumeaux gloussent et attendent un Stan désintéressé. Enfin seulement un instant car il fait mine de les poursuivre sous leurs éclats de rire. Je souris en les voyant s'amuser tous les trois.

La suite de la visite se passe très bien. Je saisis prudemment le bras de Stan à la fin du parcours, ses mains dans les poches de son jean, il me laisse faire sans me calculer. Il faudrait que j'arrête de me préoccuper de ce genre de choses, je prends ce que je peux et c'est tout ! Ça sonne comme une prise de résolutions pour le Nouvel An…

Stanislas gare sa voiture devant une maison du centre-ville, madame Simon en sort. Attention, suspense : va-t-elle me reconnaître ? Elle aide ses enfants à sortir et prend Brandon endormi dans ses bras. Elle me salue d'un hochement de tête, je fais de même. La famille regagne la maison, Priscilia agite timidement la main. Je lui souris et lui fais un dernier au revoir avant que le véhicule ne démarre. Je ne sais pas si je dois être soulagée ou chagrinée que ma prof, après un an, ne me connaisse pas…

Au retour, le silence s'est imposé de lui-même. C'était agréable de passer du temps avec Stan et ses cousins. Le grand air, ça ressource et je suis certaine que je vais bien dormir cette nuit !

— Bon bah, c'était sympa ! À la prochaine !

Je détache ma ceinture et m'apprête à foncer hors du véhicule. Je n'ai qu'une envie : retirer mes chaussures ! Stan coupe le moteur et se libère de son siège.

— Qu'est-ce que tu fais ?

— Miranda, tu ne m'as pas dit ce que tu voulais.

Je pivote complètement vers lui, mon genou replié sur le siège.

— Si, je te l'ai dit mais tu ne m'écoutes pas quand je parle.

— Je vais dormir chez toi, ce soir.

— Quoi ?

Heureusement que j'ai fait le ménage ! Je descends, dépitée. Isaac, je veux Isaac ! Pas Stanislas ! J'ouvre la porte de mon logement et lui fais signe d'entrer.

— C'est petit ici.

Rentre chez toi, pitié ! On se débarrasse de nos chaussures et de nos affaires dans l'entrée. Je n'ai pas faim ce soir, Stan non plus. C'est bien, il ne verra pas qu'il n'y a plus que des sachets de riz dans mon placard… Je n'ai pas eu le temps, ni l'envie, de faire mes courses. Dans ma chambre, Stan remarque sur la table de chevet les tomes de *Cinquante nuances de Grey*. Il feuillette brièvement le premier puis le repose. Cadeaux d'anniversaire de ma chère Lou, j'aurais dû les planquer.

— Ce n'est pas comme ça qu'on s'informe du contenu d'un roman.

Misère ! Quelle maltraitance envers un livre ! Envers Christian ! Stan prend un autre tome. Avec l'étude de Proust, je n'ai même pas pu poursuivre ma lecture personnelle.

— On s'en fout, il meurt à la fin, déclare Stan en s'asseyant sur le bord du lit.

— Quoi ? Quoi ?

Je me jette sur le livre qu'il a en main.

— Ce sont des salades ?

Je comprends qu'il s'agit du deuxième tome et je sais qu'il y a une suite !

— Espèce de menteur !

Stan esquisse un sourire et ses yeux se posent sur mon doudou, il le saisit pour le regarder attentivement.

— Repose bébé panda, Stan !

— Bébé panda ?

— J'y tiens…

Il le repose gentiment à proximité de lui en s'allongeant.

— Claire me l'a offert après ma rupture…

Je me glisse à côté de Stan et retire la peluche qui nous séparait pour la mettre sur mon ventre. Stan place son bras sur ses yeux, il a l'air fatigué… Mais qui est allé chercher un garçon de cinq ans dans un fossé et a joué la nounou ? Pas lui ! Dans mon lit une place, je suis fatalement collée à lui mais étrangement, ça me dérange bien moins que je ne l'aurais cru. Il frôle mon bras du bout des doigts. J'ai besoin de ce contact, je ne saurais dire pour quelle raison ça me semble présentement si vital.

— Stan ?

— Hum ?

— Je me suis bien amusée aujourd'hui. Bon, c'est vrai que j'aurais préféré ne pas être victime d'une enfant piranha.

Stan ricane et je baisse la tête, euphorique. J'aurais aimé qu'il partage ce sentiment, qu'il ait apprécié cette après-midi avec moi. Je voudrais aussi lui demander s'il présente toutes ses partenaires du cent fois à sa famille… Et puis non, il y a une part de moi qui ne veut pas de réponse, préférant avoir l'impression d'être unique.

Je me rends compte que je ne ressens pas tout à fait les mêmes choses qu'avec Isaac. Avec lui, j'ai envie de me blottir dans ses bras, d'avoir des bisous et du sexe. Bref, une illusion de couple, alors que Stan ne souhaite clairement pas ça. C'est plus physique… J'abandonne mon panda et me redresse pour embrasser les doigts de Stan. Je passe une jambe par-dessus lui et m'attaque doucement à son cou, tout en promenant ma main sur son corps, l'autre me servant d'appui. Je sens que Stan prend plaisir à me savoir contre lui. Une de ses mains siège dans mon dos et l'autre descend dangereusement sur ma cuisse. J'ai envie de l'embrasser mais il détourne la tête, et se retrouve face à ma peluche. Stan soupire silencieusement et saisit mon panda pour le placer par terre.

— Pour les âmes sensibles.

Je ris puis profite qu'il ne soit plus allongé pour m'asseoir sur lui et déboutonner rapidement sa chemise. Ses mains accrochées à mes cuisses sous ma robe me font maudire mes collants. Mes doigts glissent sur sa peau pour mieux faire tomber ses manches. Je caresse sensuellement son torse nu, profitant de cette ardente proximité. Stan se dégage de sa chemise et vient poser sa main sur mon dos. Elle serpente vers ma nuque puis, d'une brève pression, enfouit mon visage dans le creux de son cou. Je mordille sa peau, il gémit aussitôt de plaisir.

Le bruit de mon sac à dos chutant sur le sol me fait sursauter, et Stan avec moi. Il est entrouvert, comme je l'avais laissé en partant, mais comment est-il tombé ? La bouteille d'eau qui en dépasse doit être la responsable. Enfin, ça, c'est ce que j'aurais pu me dire si un serpent n'en était pas sorti. *Putain, qu'est-ce qu'il fout là ?!* Je hais ces bestioles ! Leurs yeux, leur langue ! D'un bond, je me mets debout sur mon lit, ce n'est qu'un petit serpent. Un petit – énorme – serpent ! Stan se met également debout pour mieux voir. Lorsque l'animal rampe vers nous, je pousse un cri suraigu en me blottissant contre son torse. Sentant le corps de Stan se crisper, je redresse la tête pour découvrir son regard apeuré.

— Stan ?

Je veux toucher son visage mais il chasse doucement ma main. Qu'est-ce qui lui arrive ? Je saute du lit et m'enfuis de la pièce, suivie de près par mon partenaire qui claque la porte derrière lui.

— Tu fais un élevage de reptiles ?

— Si c'était le cas, crois-tu vraiment que j'aurais réagi comme ça ?

Il respire vite mais sourit à ma réponse. La sonnette retentit, je crie en me jetant dans les bras de Stan qui a étouffé son cri de surprise face au mien. Je me précipite sur la porte, un de mes voisins m'a entendue hurler et pense que c'est son Kiki qui s'est échappé. K-i-k-i. Qui appelle son serpent Kiki ? L'horrible bête est récupérée par son propriétaire, heureux de l'avoir retrouvée.

Je ferme ma porte à clé en me demandant si je ne devrais pas en faire autant pour ma salle de bains. C'est certain que le monstre s'est frayé un chemin par les canalisations. Cette journée aura été riche en émotions. Je m'appuie sur la porte, si Stan n'avait pas été là, j'aurais été toute seule ! Je me redresse pour m'approcher du beau blond. Je pousse un gémissement et Stan crie de peur avant de me repousser. Il est à cran, c'est drôle à voir quelque part.

Stan inspecte ma chambre et vérifie même sous mon lit. Je ne critique pas, ça me rassure ! Il s'allonge sur le flanc et me prend dans ses bras. Je sens son cœur battre violemment dans sa poitrine, je lui frotte le dos du bout des doigts. Je ne devrais pas rire, il avait l'air réellement effrayé… La nuit commence à tomber. On entend un bruit, on sursaute tous les deux, cherchant son origine. Non, ce n'est rien, juste un voisin qui a dû faire tomber quelque chose. Sans me lâcher, Stan allume la lampe sur la table de chevet.

— Sans commentaire, Miranda.

Je souris en me blottissant à nouveau contre sa peau nue. Je ne saurais dire qui a le plus réconforté l'autre cette nuit-là.

Quand je me réveille, Stan est déjà prêt à partir. J'aurais aimé qu'il me tire du sommeil pour partager le petit-déjeuner plutôt que de s'enfuir comme un voleur ! À quelques minutes près, je me retrouvais seule chez moi.

— À plus.

Il quitte ma chambre et moi, j'enfonce ma tête dans l'oreiller. J'ai l'impression de vivre la même situation que les filles qui ramènent un coup d'un soir dans leur appartement et qui se fait la malle ! Pas de bisou, pas de bonne journée, rien ! Quelle froideur ! Ma porte d'entrée m'informe qu'il est définitivement sorti. Je saisis mon portable pour connaître l'heure. *Tiens, un message non lu de Claire.* Apparemment une soirée entre filles est organisée ce soir, chez moi. OK, elles ont un appartement plus grand et c'est ici qu'on fait ça ! Il semblerait que ça soit trop le bazar chez elles…

Devant notre amie commune *Bridget Jones*, nous attendons patiemment le livreur de pizza. La pluie tambourine aux vitres, c'est sûrement la cause de son retard ! Lou me vernit les ongles en bleu roi, l'avantage d'avoir une copine esthéticienne. Outre le fait que j'ai souvent des réductions non négligeables à son institut… La conversation a surtout tourné autour de monsieur Darcy. Il est vingt et une heures, on est déjà en pyjama. Moi, j'ai ma super chemise de nuit Mickey que les filles m'ont offerte, Lou porte un pyjama short multicolore et Claire, un pyjama rose de haut en bas. La sonnette retentit enfin ! Tiens, le livreur a dû entrer avec un résident. Bref, libération, j'ai les crocs.

— Attends Claire !

Sans aucune pudeur avec son masque d'argile verte sur la figure, elle ouvre la porte. Mais ce n'est pas du tout notre pizza, c'est Stanislas. La surprise se lit sur son visage quand il découvre le monstre vert ! Claire en est tellement choquée que son masque craque. Elle me regarde avec des yeux de merlan frit. Je me lève en catastrophe, niveau de gêne très élevé…

— J'ai oublié mon portable ce matin…

— Tu connais le chemin, Stan.

J'ai bien vu son regard sur ma chemise de nuit peu sexy. Je croise les bras malgré moi comme si ça pouvait me cacher… Je n'ai même pas remarqué la présence de son téléphone. Il est peut-être temps que je range ma chambre ! Stan en sort avec son portable à la main, il me salue vaguement et part aussi vite qu'il est entré. Je l'observe s'éloigner dans le couloir, il faisait moins le malin hier !

— T'avais raison, il a un de ces culs ! s'exclame Lou, admirative.

Je fusille mon amie du regard et là, je me rends compte que Stan s'est retourné. Il se met à rire puis se dirige vers les escaliers. Je ferme la porte, collez-moi l'étiquette « parle du cul de son plan cul avec ses copines ». Ah misère !

— Il est beau gosse lui aussi, putain !

— Bof…

Alerte mensonge. Lou me lance un regard signifiant « Arrête ton char ! ».

— Je préfère Isaac…

J'ai répondu sur un coup de tête… Ils sont beaux tous les deux, pas besoin de hiérarchiser ! Lou hausse les épaules, ne préférant pas s'avancer sur la question. Claire enchaîne sur un autre sujet moins enclin à la testostérone.

6

L'incident Mickey n'a pas eu de suite, heureusement. Je rejoins les garçons chez eux, j'adore être là-bas. D'autant plus que leur appartement est immense comparé au mien ! Isaac m'accueille avec un gros câlin, je pourrais ne jamais me passer de toutes ses marques d'affection. Son portable sonne et il sort prendre l'appel sur le palier. Je retire ma veste et mon écharpe pour les accrocher au portemanteau. Je découvre ensuite Stan affalé sur le canapé, mangeant de la glace en pot. Ce n'est pas de saison ! Il garde sa cuillère en bouche, à fond dans son film. Je m'assieds au niveau de ses pieds, je ne comprends rien à son truc.

— Comment tu fais pour manger froid ?

Stan retire sa cuillère et me la tend pleine de glace. Je ne peux pas refuser un tel élan de générosité… Miam, de la pistache ! Je me penche pour l'atteindre, prenant appui sur le canapé. Oh c'est froid mais délicieux ! Il sait se faire plaisir, l'ami Stan. Il replonge machinalement la cuillère dans le pot et la place dans sa bouche sans quitter sa précieuse télé. Par contre, s'occuper de ses invités, il ne maîtrise pas !

Je m'apprête à reculer, Stan me saisit alors le bras pour m'attirer à lui. Je manque de trébucher mais il me retient fermement. Je m'allonge sur son corps, la tête tournée vers la télévision. Son torse se soulève sous moi, les battements de son cœur parviennent à mes oreilles. J'étais gelée dehors, maintenant je sens que je me réchauffe peu à peu… J'aperçois la pochette du DVD : le film oscarisé du même réalisateur qu'on est allés voir au cinéma. Je n'arrive pas à lire le nom, ça brille sur la pochette. Le contact froid du pot sur ma tête m'arrache un frisson.

— T'es sérieux, là ?

Stan se met à rire, me faisant bouger. Je me redresse et le fixe longuement tandis qu'il engloutit son dessert. Qu'est-ce qui ne tourne pas rond chez lui ? Et chez moi ? Notre proximité me donne très envie de l'embrasser. Je rapproche mon visage du sien sous son regard attentif. Il plonge la cuillère dans le pot afin de libérer une de ses mains qui vient brutalement attraper mes joues.

— Qu'est-ce que j'ai dit sur les baisers ?

— Lâche-moi !

— Ne recommence pas Miranda, ça ne m'amuse pas.

Je grogne et il me repousse avant de me lâcher. *Aïe ! Mais ça fait vraiment mal !* Je me lève en me massant les zones endolories. Stan s'attaque à son dessert comme si de rien n'était. Isaac entre dans l'appartement et son regard passe du canapé à moi.

— Tout va bien ici ?

— C'est juste l'autre con !

— Surveille ton langage ! s'emporte Stan en me lançant un coussin.

Je pousse un mini-cri de surprise. Je ramasse le coussin et le jette sur mon agresseur. Il sursaute et son regard s'assombrit, il ne s'attendait pas à avoir du répondant en face ! Stanislas abandonne le pot sur la table basse avant de se redresser d'un coup. Je me décale sur le côté pour me planquer derrière Isaac. Qu'est-ce qui lui prend ?!

— Viens avec moi, Miranda.

Isaac m'attrape la main pour aller dans la salle de bains. Je n'ose pas me retourner de peur de croiser le regard assassin de son colocataire.

Assise sur Isaac, ses bras sur le rebord de la baignoire, je profite pleinement de l'avantage d'un bain chaud à deux.

— Tu restes en ville pour ta semaine de vacances ? me demande-t-il en m'embrassant la base du cou.

— Comme c'est parti, je vais sûrement alterner entre boulot, révisions et travaux de peinture chez mes copines !

Si je peux éviter qu'elles se chamaillent trop ! Je dois aussi me grouiller de finir Proust. Proust !

— J'ai oublié de lire l'extrait pour demain…

— Si ce n'est qu'une fois…

Isaac me presse contre lui. J'aimerais qu'il me fasse tout oublier, le stress ambiant lié au travail ou encore à la fac, en mode *carpe diem*… Stan entre dans la salle de bains, tout nu.

— Désolée, on est complets !

Il hausse les sourcils, ce qui déclenche le rire d'Isaac.

— Allez, dégage tes grands pieds ! m'ordonne Stan en s'invitant dans la baignoire.

— Pardon ?!

L'eau manque de déborder à cause de lui. Il pousse un gémissement de plaisir. *Tiens, prends-toi mon trente-huit !* Je pose mon pied contre sa joue, ça lui apprendra ! Stan ferme les yeux et inspire profondément.

— T'as intérêt à virer ton pied de mon visage.

— Pardon, je ne sais pas où le mettre, il est trop grand !

Stan ouvre les yeux et me mord la peau, je couine face à cette attaque sournoise ! J'essaie de me redresser mais ça fait légèrement déborder la baignoire.

— Il m'a mordue ! Isaac ! Il m'a mordue !

— T'avais qu'à pas mettre ton pied de hobbit sur mon visage !

— J'ai de très jolis pieds !

Je l'asperge d'eau mais Stan réplique aussitôt. Une bataille commence, détendant instantanément l'ambiance.

— Doucement vous deux, je n'ai pas envie que la pièce se transforme en piscine ! s'exclame Isaac en espérant remédier à la situation.

Je tourne la tête pour éviter de recevoir de l'eau dans les yeux. C'est le sourire aux lèvres qu'on continue à se chamailler.

Les garçons ne voulaient pas rester enfermés et en plus, ils rejoignent des amis dans une demi-heure en ville. Le point positif, c'est que je rentrerai assez tôt pour lire Proust… Sur la grande place devant le cinéma, une grande roue est installée. La seule fois où j'y suis montée, c'était avec Enzo et j'en garde un très mauvais souvenir. Il avait voulu faire le malin et l'angoisse lui a fait rendre son repas…

— On y va ? demande Stanislas en suivant mon regard.

— Euh, pourquoi ?

— Comme ça, tu pourras me sucer là-haut.

Je lui adresse un sourire forcé avant de me tourner vers Isaac.

— Si je le pousse depuis le sommet de la roue, tu me couvres pour dire que c'était un accident ?

— Ça marche !

Isaac se met à rire en m'attirant à lui. On s'installe tous les trois dans la nacelle qui démarre lentement. Je me sens à la fois stressée et euphorique, Isaac m'adresse un clin d'œil en m'attrapant la main. Plus on prend de la hauteur, plus j'ai envie de rire. Stan affiche un air complètement décontracté. La roue s'arrête une première fois, je contemple la ville qui plonge dans l'obscurité, éclairée seulement par des lampadaires. La roue repart à mon plus grand soulagement. De nouveau, elle s'arrête mais pour un moment plus long... Stan commence à s'agiter, rompant avec sa précédente attitude.

— Pourquoi ça met autant de temps ?

— Bah alors, t'as la trouille, Stan ?

Un sourire moqueur apparaît sur mes lèvres, mon voisin me foudroie du regard.

— Toi, la ferme.

— Eh !

Je veux me lever pour lui frapper l'épaule mais je fais tanguer la nacelle. Stan s'agrippe fermement à la barre à côté de lui et je retombe aussitôt sur le siège. Non, mauvaise idée, on ne bouge plus. Isaac donne un léger coup de pied à son ami en grimaçant, Stan le fixe avant de détourner les yeux.

Notre petit tour terminé, Stan se précipite en dehors de la nacelle. Isaac passe avant moi et m'aide à en sortir.

Un dernier baiser de sa part et j'entre dans le tramway, une fois à l'intérieur, je lui fais signe de la main. Stan a l'air totalement désintéressé, j'ai l'impression qu'il est pressé de s'en aller…

Je n'ai pas réussi à lire l'extrait de Proust en entier, je me suis endormie dessus ! Technique « je ne regarde pas le prof », ça marche à tous les coups.

— Miranda, vous nous faites un résumé de l'extrait ?

Enfin ça, c'est quand ce n'est pas Stan le prof ! Il a dû m'entendre… Je le déteste, ce blondinet de malheur !

— Je ne l'ai pas lu…

Ma voix s'est bien évidemment cassée, accentuant davantage ma honte et le rouge de mes joues. Clémentine se moque de moi, alors là, c'est le pompon. J'aimerais disparaître dans un trou de souris… Je baisse les yeux pour ne plus croiser le regard de Stan. À quoi peut-il bien penser ? Ça l'amuse donc de me mettre à mon désavantage ? Il interroge ensuite quelqu'un d'autre qui l'a lu.

À la fin du cours, je ne pense qu'à m'enfuir.

— Miranda.

Je me retourne vers Stanislas tandis que la salle se vide. J'essaie de faire semblant d'être prête à encaisser une nouvelle pique alors que ce n'est pas du tout le cas.

— Je t'ai entendue parler du cirque qui est arrivé en ville.

Ah bah super, il écoute mes conversations maintenant ! Bon OK, je n'aurais pas dû parler de ça en cours. Pourtant ça reste privé, n'est-ce pas ? J'aimerais bien lui répondre mais je préfère ne pas tenter. Je me contente de l'observer comme il sait si bien le faire. Et là, gros silence ! Il y en a marre, je me casse ! Stanislas m'attrape par le bras et claque la porte pour m'empêcher de sortir. *Il va me séquestrer ?!* Prise au dépourvu, je fais volte-face vers lui.

— On y va tous les trois.

Ça ne ressemble pas à une question vu le ton employé. J'acquiesce silencieusement, les yeux rivés sur le sol. Stan me met mal à l'aise… Il me relâche et s'éloigne de moi en le ressentant sûrement. Je quitte hâtivement la salle puis le bâtiment. Mes pas me portent au tramway comme si j'avais été poursuivie. Ça devient de plus en plus bizarre ! Et je dois avouer que Stanislas m'effraie par moments…

En plein cours, les paroles de madame Martin tombent comme un couperet : un exposé en trio. Alors que je croise les doigts et les orteils pour trouver quelqu'un de sérieux, la prof ajoute Clémentine à notre duo. J'adresse un regard choqué à Julia qui est encore plus surprise que moi. Normalement, madame Martin casse les groupes de plus de quatre étudiants et greffe une personne aux duos déjà existants. Cependant Jeanne, la seule amie de la reine soleil, est absente aujourd'hui ! Clémentine fusionne donc avec nous… Comme si cette journée n'avait pas été assez merdique avec le temps pluvieux !

— Mettez-vous par groupes pour terminer l'heure.

Je soupire, qui dit Clémentine dit plus de travail pour sauver les meubles. L'intruse jette ses affaires sur la table devant nous avant de tirer lourdement la chaise pour s'asseoir. Elle mâche son chewing-gum la bouche ouverte, manifestement mécontente.

— Bon, il faut faire quoi ?

Elle n'a rien écouté…

— La prof nous impose un extrait du roman et on doit en faire un exposé sous forme de commentaire composé…, lui explique Julia, les poings crispés sous la table.

Clémentine passe son regard sur nous deux puis louche sur son portable avant de se lever. L'heure, c'est l'heure…

— Partagez-vous le truc et donnez-moi ce qui reste.

— Clémentine !

Elle fait heureusement demi-tour en m'entendant l'appeler.

— Tu prépares une problématique et une proposition de plan pour la semaine prochaine, d'accord ?

— Ouais.

Là, elle tourne définitivement les talons, me laissant comme une idiote debout, les paumes sur la table.

— Je veux m'en aller, me supplie Julia en sentant la catastrophe de loin.

— On est dans la merde…

7

Le jour que j'attendais tant arrive enfin !

— Trois places, s'il vous plaît, demande Stan au guichet.

Je pose l'argent pour ma part sur le comptoir avant qu'il n'ait pu sortir son portefeuille. À son regard, je comprends qu'il le prend mal. On me tend un billet que je saisis avec un grand sourire. Je m'accroche au bras d'Isaac tandis qu'on s'approche de la file pour entrer. Stan nous rejoint rapidement, le silence s'est imposé de lui-même. Super…

Nous entrons sous le chapiteau et nous sommes par la suite classés en fonction de nos tickets. Isaac s'enfonce dans la rangée, il y a un grand trou derrière nous, séparant les différentes catégories de places. On s'assied et je me rends compte que je suis toujours entre Isaac et Stan… Je voudrais briser la glace mais j'ignore comment m'y prendre. Je me lève, attirant le regard des garçons sur moi.

— Je reviens !

Je passe du côté d'Isaac pour descendre acheter une barbe à papa au vendeur. En attendant mon tour, je vois les deux colocataires discuter. Ou du moins, Isaac parle à Stan qui l'écoute… J'ai peut-être exagéré sur ce coup-là. Stan est comme il est, je ne le changerai pas et je n'ai pas envie qu'il change. Il me taquine souvent mais je ne crois pas que ça soit pour me blesser… Je devrais être flattée, c'est sûrement la manière dont il montre son affection ! Ou pas en fait, il aime juste m'embêter car il y a du répondant en face. Je récupère mon précieux dessert et monte rejoindre ma place. J'en propose d'abord à Isaac qui m'adresse une adorable grimace pour refuser. Je me tourne ensuite vers Stan.

— T'en veux ?

J'ai cru entendre un « oui merci » avant qu'il ne se serve mais je n'en suis pas certaine. Le spectacle commence me mettant des étoiles plein les yeux. De temps à autre, je sens le regard de Stanislas sur moi. Je suis tentée de tourner la tête vers lui mais je préfère l'ignorer. C'est tellement plus facile… Les numéros défilent et c'est maintenant celui des lions, mené par une dompteuse qui semble ignorer le danger. Tout le monde retient son souffle, la musique accentuant cet effet.

Soudain, le numéro est interrompu par un homme qui hurle au meurtre des animaux dans son mégaphone. Les résultats de cette intervention ne se font pas attendre, le bruit engendré énerve les majestueux félins qui s'agitent dans la cage. Le perturbateur court à l'extérieur de la piste. La lumière se rallume, trois clowns mécontents débarquent des coulisses. Je comprends subitement pourquoi certaines personnes en ont peur ! La dompteuse fait de son mieux pour calmer les lions. Au moment où le fauteur de troubles passe à notre hauteur, Stan se jette sur lui. Les clowns le remercient avant d'évacuer le gêneur. Ça m'a fait bizarre de le voir agir de la sorte…

L'agitation des animaux se dissipe peu à peu, permettant à la dresseuse de continuer. Elle sourit en regardant Stan qui lui adresse un signe de la main. Est-ce qu'ils se connaissent ? Le spectacle reprend, mes questions avec ! J'attends que Stanislas s'asseye à mes côtés.

— Tu la connais ?

Bien sûr, il ne me répond pas.

— Stan !

Il tourne la tête vers moi, je crois qu'il ne m'a vraiment pas entendue la première fois à cause de la musique.

— Tu la connais ?

Il se contente d'acquiescer. *Mais dis-moi qui c'est !*

— Alors ?

— C'est ma cousine.

Ils sont de la même famille ?! J'observe la concernée, ça change des gamines de madame Simon…

La lumière se rallume et progressivement, le chapiteau se vide. Je ne sais pas quel numéro a été mon préféré. J'ai adoré celui avec les chiens mais celui avec les éléphants était à couper le souffle, et je ne parle pas des voltigeurs ! Une fois à l'extérieur, je trouve que ça a été trop court malgré les deux heures.

— Je voudrais visiter la ménagerie.

— C'est parti, lance Stan en m'emboîtant le pas.

On passe à côté des différents enclos. Je veux voir les lions ! Ils sont là-bas et la dompteuse aussi… Elle court vers notre groupe, ou du moins vers Stan. Elle lui saute dans les bras sous mon regard choqué. Ça pue l'effusion de sentiments, là ! Stan place ses mains sous les belles cuisses galbées de l'inconnue et moi, je suis verte de jalousie. Non mais c'est quoi ça ?!

— Ça me fait plaisir de te voir !

— Moi aussi, Hélène.

Ils se font la bise avant qu'elle ne descende de Stan. « Cousine » hein ? *Stanislas, tu n'es qu'un menteur pathétique !* Elle fait également la bise à Isaac qu'elle a l'air de connaître. Me concernant, je suis une plante verte à côté. Instant de solitude extrême…

— Qui est cette jeune femme ?

Merci madame, merci.

— Je m'appelle Miranda.

— Enchantée ! me lance-t-elle en souriant.

Je veux rentrer, je ne me sens pas bien, trop de perfection. Son attention se pose de nouveau sur Stan qui ne la quitte pas des yeux. Je désire des explications, les gens !

— Alors qu'est-ce que tu deviens ? demande Hélène en poussant légèrement le torse de Stan.

Ça m'énerve. *Pourquoi ça m'énerve ?!* Je soupire et m'approche au plus près possible de l'enclos des lions, à savoir des barrières en métal. Je pose ma main dessus, plus parce que je ne sais pas quoi faire de mon corps que par nécessité. Le lion est isolé et les lionnes se prélassent tranquillement. Il y a même des lionceaux près de la grille, c'est trop mignon. Stan et Isaac rient avec la jolie Hélène. *Les gars !* Je suis dépitée sans en connaître les raisons. Stanislas semble très tactile avec elle, il l'embrasserait que ça ne choquerait personne. *Si, moi, mais bon…*

Les voix d'un enfant et d'un homme parviennent à mes oreilles mais je n'écoute pas ce qu'ils disent. Ils sont dans mon dos en plus. Non, ce que je veux savoir, c'est ce qu'Hélène a pu dire pour que Stanislas sourie autant. Isaac sourit tout le temps, alors une fois de plus ou de moins… Mais l'autre, il rayonne, ma parole ! Je sens la barrière de sécurité bouger. Je me retourne et vois un enfant marcher jusqu'à l'enclos sous le regard bienveillant de son cinglé de père.

— Non !

Je saute par-dessus la barrière et attrape le petit juste à temps. Le lionceau nous observe étrangement, couine et part se cacher.

— Tu ne tiens pas à ta main ?

Le gamin gonfle ses joues et recule brutalement. *De rien, c'était un plaisir de sauver ta main boudinée.*

— Ça ne va pas, non ? Qu'est-ce qui vous prend ? s'exclame le père qui a l'air de n'avoir rien compris.

— Votre fils aurait pu être blessé.

— Pensez-vous ! Ils sont tellement drogués !

— Mes lions sont quoi ? s'emporte Hélène en fonçant droit sur nous.

— Tout le monde le sait ça, ma bonne dame.

Elle bouillonne de colère et je la comprends !

— Avance Miranda !

Je me tourne vers Stan, peu sûre d'avoir bien entendu sa phrase. Il me fait signe de me décaler en arrivant vite avec Isaac. Je suppose qu'Hélène a piqué un sprint pour nous rejoindre. J'ai la sensation étrange d'avoir quelque chose dans le dos. Mes yeux se posent sur le sol et je découvre une ombre autre que la mienne devant moi. Je bondis loin de la grille avant de faire volte-face. La lionne a les yeux braqués sur moi. *Ah non, désolée, ce n'est pas moi le goûter.* Je recule au cas où elle passerait ses pattes entre les barreaux…

Isaac franchit la barrière et vérifie mon état en me scrutant de haut en bas. J'ai le cœur qui bat trop vite, là. Je me blottis dans ses bras, j'ai sauté par-dessus une barrière de sécurité sans tomber. *Excellent.* Et j'ai réussi à ne pas me faire arracher un morceau par la lionne. *Très bien.* Stanislas m'observe depuis l'autre côté de la barrière. *Je vais bien, ne demande pas surtout...* Hélène se dispute bruyamment avec le père de famille qui ne se soucie même pas de son fils.

— Je veux toucher le lion ! hurle le gamin capricieux en tapant du pied.

— Vous osez dire, monsieur, que je maltraite mes animaux !

— Évidemment ! Ils ne sont pas dans leur état naturel et leur comportement est bien trop calme.

Hélène gémit de colère, elle va lui fracasser le crâne contre la barrière, c'est certain ! Contre toute attente, elle replie ses manches, dévoilant ses bras marqués de cicatrices.

— Vous expliquez comment ceci, monsieur ?

— Vous les battez, ils se défendent. Rien de plus normal.

Elle lui met un coup de poing en plein visage.

— Sachez, monsieur, que je ne bats pas mes enfants ! Par contre, avec les êtres humains, je n'ai aucun scrupule !

Bien fait ! J'ignore ce qui est passé par la tête du gars mais au lieu de répliquer, il a reculé, sûrement en remarquant les regards assassins d'Isaac et Stan sur lui.

— N'oubliez pas votre truc, commente Isaac en saisissant le gamin par les aisselles.

Il le fait passer par-dessus la barrière et le pose un peu brusquement sur le sol. Le père, sans s'en préoccuper, part en lançant des insultes. Son fils le rejoint en hurlant toujours qu'il veut caresser les lions. Son paternel lui colle une gifle qui lui fait tourner la tête. On les regarde prendre la direction de la sortie. Curieux spectacle…

— À quoi ça sert de mettre une barrière et des écriteaux si les gens ne les respectent pas ?! rugit Hélène en cachant ses blessures.

— Il y a toujours des cons, déclare Isaac avant de sauter de l'autre côté de la barrière.

D'une main ferme, il m'aide à passer à mon tour.

— Tu continues à te battre, ricane Stan en saisissant le poignet de sa cousine pour examiner sa main.

Hélène rougit et détourne le regard.

— Du moment que mamie n'est pas au courant, ça se gère !

Ils rient et j'ai l'impression que ce n'est une information compréhensible que par les trois autres…

— Merci Miranda.

Les doigts d'Hélène effleurent mon bras et je lui souris timidement. Je ne pensais pas être aussi rapide, tout s'est passé tellement vite ! La dompteuse sort une clé de sa poche et ouvre la porte de l'enclos. Elle s'y enferme et les lionnes viennent lui faire des câlins, brutaux.

— J'adore…

— Moi, ce que j'adore moins, ce sont leurs crocs dans ma chair !

Je la regarde, surprise, puis me souviens de ses marques.

— Ce sont des animaux sauvages, tu sais. Ça griffe et ça mord !

Elle se met à rire tout en passant ses mains dans le pelage des félins. C'est fou, la complicité qu'elle partage avec ses animaux… Je suis un peu jalouse mais je ne pourrais pas faire le même métier !

— Hélène est issue d'une longue lignée de dompteurs de fauves, me chuchote à l'oreille Isaac en posant les mains sur mes hanches.

— Elle a dû beaucoup s'entraîner quand même…

— Tu n'as même pas idée, Miranda ! Ce qu'elle a dévoilé tout à l'heure n'est que la face visible de l'iceberg. Elle a bien d'autres blessures dissimulées sous ses vêtements.

— Pourquoi continue-t-elle ?

— Il te suffit de l'observer, elle les aime ses animaux.

Ça, ça ne laisse aucune place au doute.

— Son grand-père lui avait déjà mis son premier lionceau dans les bras alors qu'on était tout petits, commente soudainement Stan, nostalgique.

J'esquisse un sourire en regardant l'intéressé.

— C'est qu'il y a du monde ici !

Un grand blond est arrivé derrière nous sans un bruit, c'est le dompteur des éléphants ! Il serre la main d'Isaac puis de Stan et me gratifie d'un sourire bienveillant. Il frappe ensuite l'épaule de Stan. *C'est qui ce malade ?!* Stan ne réplique pas mais je sens que ce n'est pas l'envie qui lui manque.

— Les lions sont des animaux imprévisibles et bêtes.

— Pardon ?

Hélène se retourne vers l'inconnu qui, en réponse, lui tire la langue.

— Tu vas voir ce que tu vas prendre, Melvin.

— C'est le fiancé d'Hélène, m'explique Isaac pour que je comprenne mieux.

— Tu peux t'occuper de mes éléphants si tu veux, propose Melvin en me voyant hypnotisée par les lions.

— C'est vrai ?

Arrêtez... Je veux toucher l'éléphant ! Hélène lève les yeux en secouant la tête. Direction l'enclos des pachydermes, ils sont vraiment immenses. Isaac et Stan restent de l'autre côté de la barrière et moi, je suis machinalement le dompteur.

— Un lion, qu'est-ce que c'est, franchement, à côté de mes filles ?

Melvin me saisit par le poignet, mon cœur va défaillir. Le beau blond parle en allemand à l'éléphant qui semble le comprendre, c'est fascinant. Il place ensuite une pomme dans ma main. Et là, je vois la trompe qui s'approche de moi. *Oh mon Dieu !* Je me crispe mais l'animal prend délicatement le fruit pour le manger. Je souris, soulagée, c'est énorme cette situation ! Je suis de très près le dresseur et il me prend à nouveau la main pour la poser sur la patte à la peau rugueuse. Ce qui est tout dc suite flippant, ce sont les yeux de l'éléphant sur moi.

— Encore ? me demande Melvin.

— Oui !

Je vais sûrement pouvoir caresser le second ! C'est un mastodonte comparé à l'éléphante que je viens de toucher. Melvin me guide jusqu'au mauvais côté du métier.

— Je peux aller te chercher une pelle.

D'énormes crottes qui ne laissent aucun doute sur leur origine. L'odeur agresse mes narines, je respire discrètement par la bouche. Je ne peux m'empêcher de repenser à cette scène dans *Jurassic Park* où le personnage Ian Malcom dit : « C'est vraiment un gros tas de merde. » Je vais visionner le film ce soir, la dernière fois date !

Un jour, je lirai les romans, un jour, quand je ne serai plus obligée de lire Marcel Proust…

Je regarde Melvin, ne sachant pas si c'est une vague plaisanterie ou s'il veut vraiment que je touche à ça. Le rire de Stan parvient à mes oreilles. Merci du soutien ! Isaac essaie de contenir son rire mais je vois bien qu'il a du mal.

— D'accord ! Je pourrai en lancer sur Stan !

Le concerné arrête aussitôt de rire, il sait que j'en suis capable !

— Ça fait partie de mes obligations. Je ne vais pas obliger une jolie fille à faire ça.

Melvin m'adresse un clin d'œil qui enflamme mes joues. On sort de l'enclos, direction la caravane des deux dompteurs. La sonnerie d'un portable retentit et le dompteur se fige net.

— Je dois y aller, s'excuse-t-il en saluant les garçons d'une rapide poignée de main.

J'ai droit à un sourire enjôleur de sa part avant qu'il ne s'éloigne. J'entends un bruit qui me fait me retourner. J'ai juste le temps de me glisser derrière Stan avant qu'une gigantesque ombre ne lui bondisse dessus. Malgré sa force, il recule d'un pas, me poussant au passage.

— Loulou !

Un dogue de Bordeaux a posé ses pattes sur les épaules de mon protecteur qui ne bronche pas. Au contraire, Stan lui fait la fête aussi ! Le chien braque ses yeux sur moi tout en bavant. Glamour. Il doit bien avoisiner les quatre-vingts kilos…

— Assis.

Loulou s'exécute, tout content, Stan lui grattouille la tête tandis qu'Isaac vient lui caresser le dos. Alors que j'hésite sur mes prochaines actions, à savoir ne pas bouger ou me tirer au plus vite, l'animal se lève et vient vers moi. *Pitié ne me saute pas dessus !*

— Loulou, tu laisses, assis.

Le chien repose ses fesses au sol et m'observe, la tête inclinée. J'approche prudemment ma main pour le caresser.

— C'est un gentil chien, ça…

Une énorme boule de poils toute douce ! Stan siffle et l'animal le suit.

— Loulou, commente Isaac en me regardant.

— Il est gros.

— Un peu.

Isaac rit en m'attrapant par la taille pour me faire avancer. Le chien semble parader à côté de Stan, c'est amusant !

Une femme d'une soixantaine d'années fume un cigare à la fenêtre ouverte d'une caravane.

— Ah vous voilà ! s'exclame-t-elle avant de faire des ronds de fumée.

Loulou rentre aussitôt à l'intérieur, manquant de me bousculer. La dame passe à côté de moi sans me calculer et attrape les joues de Stan et Isaac, son cigare dans la bouche. Les deux hommes grimacent. *Tout compte fait, ne vous souciez pas de moi, madame.* Hélène m'invite à m'asseoir à ses côtés sur la banquette autour de la table.

— C'est ma grand-mère Beth, la propriétaire du cirque. Son troisième mari était le grand-père de Stan.

Ils ne sont donc pas cousins par le sang ! Han !

— Mamie ! s'exclame Stan, mal à l'aise devant tant d'amour.

Elle relâche les garçons et s'adosse au comptoir.

— Tu as grossi, non ?

Un rond de fumée s'échappe de ses lèvres. Toutes les fenêtres autour de nous sont d'ailleurs ouvertes.

— Non ! déclare presque avec dégoût Stanislas.

— Et toi, Isaac ?

— Non plus. Je vais bien, Beth.

— Tu deviens de plus en plus sexy, dis donc !

Elle lui donne une petite tape sur le torse, le faisant sourire.

— Mamie ! appelle sa petite-fille, un peu choquée.

— Quoi ? Ce n'est pas parce que je suis vieille que je n'ai pas le droit de prendre du bon temps !

Une image d'horreur vient se greffer dans ma tête. Vite je dois penser à autre chose !

— Maximilien ne va pas être d'accord !

— Je l'attends, celui-là !

— Son nouveau mari, me glisse à l'oreille Hélène.

— Et elle, c'est qui ? questionne Beth en soufflant sa fumée.

Elle fait presque mafieuse, en vrai.

— Je m'appelle Miranda.

— Et d'où tu viens, ma mignonne ?

Elle s'assied en face de moi, je recule, me prenant le dossier dans le dos. *C'est un interrogatoire de police ?* Beth sent ma gêne et éclate de rire.

— Détends-toi, fillette !

— C'est la copine de Stan, annonce Hélène d'une voix enjouée, l'arrière de la tête appuyé sur le mur.

Je rougis en entendant cette fausse appellation. *Quoi ? Mais non !* Beth arrête de rire et me détaille de la tête au buste, elle ne peut rien voir de plus avec la table.

Je tourne la tête vers Stanislas qui ne dit rien mais je sens que le qualificatif « copine » ne lui plaît pas non plus.

— Tu fais une partie de poker avec ta grand-mère, Stan ? lui propose Beth en sortant un jeu de cartes de sa poche.

— Je vais encore te plumer !

— Ah ça, ça reste à voir, petit insolent.

Elle se met à rire et tape doucement sur la table en se décalant du côté de la vitre.

— Tu joues ? me demande Hélène.

— Euh, non merci.

Je me lève pour laisser ma place. Je ne connais pas du tout les règles et pour le bluff, on laisse tomber ! Loulou ouvre un œil avant de s'assoupir à nouveau. *Gentil le chien, fais dodo*... Stanislas s'installe à côté de sa cousine et Isaac s'assied en face de lui. Je reste debout contre le comptoir, les bras croisés et le gros toutou à mes pieds. L'ambiance est bonne, ils sont si contents de se retrouver ! Et moi, je suis l'intruse qui vient troubler cette quiétude. Mes yeux ne quittent pas Stan, il me semble si épanoui présentement. J'ai le sentiment que je ne pourrai jamais entrer dans son monde... Son regard rencontre le mien et me trouble, je détourne aussitôt la tête sur le côté. Ça y est, il va me prendre pour une folle !

— Je me couche, déclare Isaac en posant ses cartes face cachée.

— Moi aussi, soupire Hélène en l'imitant.

La mâchoire de Stan se crispe alors qu'un large sourire se dessine sur le visage de Beth. Il pose ses cartes face visible, sa mamie fait la même chose. Elle rafle la mise !

— Encore une partie ?

— Je m'occupe des cartes, lance Stan en observant sa grand-mère d'un air suspicieux.

La porte de la caravane s'ouvre, laissant entrer une femme avec un serpent, vivant, autour du cou ! *Mais c'est quoi ça ?* Ça ne rate pas, Stanislas lâche les cartes en découvrant le monstre ! Hélène presse l'épaule de son cousin avant de dévisager la fille que je reconnais comme une voltigeuse.

— Qu'est-ce que tu fais avec ton reptile ?

— Du calme. C'est un python, il n'est pas venimeux.

— Dehors, allez !

— Mais il ne te dérange pas d'habitude, Hélène !

— D'habitude, Stan n'est pas là. Casse-toi !

La voltigeuse adresse un regard noir à notre phobique tétanisé et sort en claquant la porte.

— Je dois prendre l'air, murmure Stan en quittant nerveusement sa place.

Impuissante, je le regarde partir. J'aurais voulu le retenir, mais pour dire quoi ? Isaac se lève et se lance à sa suite. *Pitié les garçons, ne partez pas sans moi. Je me retrouve avec des personnes que je ne connais pas, la situation n'est pas du tout gênante…*

— Viens t'asseoir Miranda, m'enjoint Beth d'un mouvement de la main.

De toute façon je ne sais pas où me mettre. Hélène ramasse les cartes par terre et moi, je me retrouve à côté de sa grand-mère. Je lui souris mais elle me regarde avec une expression indéchiffrable.

— Tu as l'air moins cinglée que la précédente.

Ah, bah merci du compliment. Hélène sort de dessous la table avec les cartes.

— Mamie, s'il te plaît.

— Bah quoi ? Je m'inquiète pour mon petit Stanislas.

Je devrais lui avouer qu'on n'est pas ensemble ? Je ne vais quand même pas lui révéler la relation qui nous unit. Et bien sûr, là, je repense à l'âne du parc !

— Si ça peut vous rassurer, je ne l'appelle jamais parce qu'il oublie souvent son portable.

Faux mensonge ? Beth rit de mon étrange justification.

— Je t'aime bien toi, dit-elle en me secouant par l'épaule.

— Pourquoi Stan a-t-il aussi peur des serpents ?

Quitte à être ici, autant en profiter pour en savoir plus…

— Oh ça, ma petite, ça date de son enfance !

— On avait cinq ans, le serpent d'un des clowns s'est enroulé autour de notre intrépide Stan et a failli l'étouffer.

Je ne m'y attendais pas !

— Je me rappelle, j'ai hurlé de toutes mes forces ! reprend la dompteuse. Et le clown est arrivé pour délivrer Stan. Je n'ai jamais eu aussi peur de ma vie.

Par son récit, j'apprends que c'était un défi qu'elle avait lancé à Stan sans vraiment penser qu'il le relèverait. Elle a même reçu une gifle destinée à son cousin par le clown. Quand elle parle de Stan, je sens bien qu'ils sont intimement liés…

— Grand-père est arrivé pile à ce moment-là et il l'a foutu dehors. La mère de Stan était furieuse après moi !

— Elle a toujours été un chouïa hystérique et ça a empiré quand elle s'est mariée avec un anti-cirque.

Pauvre Stan, ça n'a pas dû être évident pour lui… Hélène se lève et jette un coup d'œil par la fenêtre.

— Melvin est toujours avec ses éléphants ?

— Il a reçu un appel et il est parti.

Elle me lance un regard à la fois surpris et furieux.

— J'ai dit quelque chose qu'il ne fallait pas ?

Son visage se renfrogne malgré le sourire qu'elle tente d'afficher.

— Trois de nos membres sont à l'hôpital suite à un accident de moto, m'explique Beth en tapotant la table de ses doigts.

— J'espère que ce n'est pas trop grave…

— On ne le saura que dans quelques heures.

Mal à l'aise, je n'ose plus ouvrir la bouche.

— Tu ne lui as rien dit, Hélène ?

— Dire à Stan que son ex est à l'hôpital ? Non, ça ne m'est pas du tout venu à l'esprit, non.

— Ils sont proches ?

La question est sortie toute seule ! Alors que je tente de rebondir pour ne pas passer pour la copine possessive, Beth m'adresse un sourire compatissant.

— Ils l'ont été jusqu'à ce que la mère de Stan parte avec son connard, avant son dix-septième anniversaire.

— Ah…

Une pointe de jalousie se niche en moi. J'apprends rapidement qu'elle a été son premier amour et lui, le sien… Et qu'ils ne se sont jamais revus depuis, car c'était trop dur pour la fille. J'avoue que je n'ai pas retenu son nom, ni rien d'autre à part que le motif de leur rupture était la distance. Beth me fait promettre de ne pas en parler à Stan de peur que ça le bouleverse… Melvin est donc parti s'enquérir d'elle, ou plutôt servir de chauffeur selon la patronne du cirque. Hélène ne doit pas être en bons termes avec l'ex de Stan car elle s'est renfermée sur elle-même. Beth me donne un léger coup d'épaule, je me lève aussitôt.

— T'es une bonne gamine, toi.

Elle me frotte la tête et sort de la caravane, accompagnée de Loulou. Je me recoiffe comme je peux en essayant d'analyser les derniers événements.

— Je t'offre un truc à boire ?

— Du sucré…

Je m'assieds et Hélène me sert un verre de jus d'orange.

— Ça fait longtemps que les garçons ne sont pas revenus ?

— Mamie leur fait le coup de la prise de poids à chaque fois…

On rit toutes les deux, partageant une complicité de circonstance. Elle se sert un verre d'eau et j'ai l'impression qu'elle pourrait s'y noyer. Je sirote mon jus de fruits, mon regard s'évadant à l'extérieur. La nuit est déjà tombée, j'espère que Stan et Isaac ne vont pas tarder à revenir.

— C'était il y a deux ans.

— Hum ?

— La dernière fois qu'ils sont venus.

Elle me sourit puis frotte sa joue du bout de son index.

— Tu es leur nouveau cent fois ?

Ses yeux plongent dans les miens, je rougis jusqu'à la racine des cheveux. Comment est-elle au courant ? Qui a vendu la mèche ?!

— Ne fais pas cette tête, c'est moi qui ai proposé l'idée à Isaac.

— Ah bon ?

— Après la dernière histoire de Stan, je me suis dit que ça lui changerait les idées !

J'acquiesce sans réellement savoir si c'est une bonne chose.

— En tout cas, ils n'ont pas l'air dérangé d'être tous les deux au lit.

— C'est parce qu'ils ont fait leur première fois ensemble, avec moi.

Fausse route, je manque de m'étouffer. D'où ça sort, ça ? Et pourquoi de tels aveux ? J'aurais pu rester dans l'ignorance !

— Je croyais que Stan avait eu une copine quand il était ado.

— Oui, mais je suis passée avant.

Et moi qui imaginais que Stan avait vécu sa première fois de manière romantique avec son amour de jeunesse…

— On avait quatorze ans et on était cons !

— Ah…

Précoce en plus… Je ne sais pas pourquoi, j'ai l'horrible sensation qu'elle me révèle tout ça pour tester mes réactions. C'est assez désagréable !

— Sous le chapiteau.

— Stop !! C'est sympa les vieilles anecdotes mais on va s'arrêter là !

Hélène rit en plaçant son menton dans sa main, le coude bien appuyé sur la table. Si elle veut me rendre jalouse pour de bon, elle est sur la bonne voie !

— Après avoir quitté le cirque, Stan s'est mis en couple avec la cinglée pendant un an et demi !

Je baisse les yeux, personne n'a jamais prononcé son prénom, pourtant elle hante beaucoup de conversations.

— Tu l'as déjà rencontrée ?

— Une fois, pour le mariage de ma grand-mère. Ça a bien failli dégénérer !

Alors que je m'apprête à recevoir plus d'informations, les garçons reviennent et le sujet est définitivement clos.

Stan a l'air complètement déboussolé et nous ne tardons pas à partir.

— Ça vous dit une soirée film ?

— Pourquoi pas ? me répond Isaac sans quitter la route des yeux.

Stan s'est emmuré dans sa coquille sur le siège passager. Le retour jusqu'à leur immeuble est bien silencieux. À peine la porte de l'appartement ouverte, Stan disparaît dans sa chambre. *Bonne nuit à toi aussi !*

— *Jurassic Park*, déclare Isaac tout en cherchant dans ses boîtiers DVD.

Je m'assieds sur le lit, un oreiller dans le dos.

— Voilà !

Il allume l'écran plat puis branche le lecteur DVD.

— Pourquoi t'as une télé ici ? La grande dans le salon ne te suffit pas ?

— J'aime bien Stan, mais je préfère mater des pornos tout seul.

Alors ce soir, c'est soirée révélations. Je devrais peut-être me coucher tôt pour éviter d'autres surprises ?

— Je ne te choque pas, j'espère ?

Je secoue la tête. Après ce que j'ai appris grâce à Hélène, c'est anecdotique ! Isaac lance le film en souriant et vient s'installer près de moi. Il dépose un bref baiser sur mes lèvres et je me plonge à nouveau dans l'histoire.

Ça fait longtemps que je ne l'ai pas regardé, certains passages me font presque sursauter ! Je m'accroche au bras d'Isaac comme pour assurer ma survie.

— Je te protégerai des méchants dinosaures ! promet-il en posant sa main sur la mienne.

Je me mets à rire avant de le reprendre :

— J'espère que tu prendrais plutôt tes jambes à ton cou !

— Tu penses que je t'abandonnerais, Miranda ?

— Toute personne sensée se barrerait en voyant ça !

C'est à ce moment que le T-Rex nous gratifie de son rugissement reconnaissable entre mille. Je couine en me blottissant dans les bras de mon voisin. J'adore toujours autant ce film mais là, je ne sais pas ce qui se passe !

— Tu veux rester ici cette nuit ? Je m'en voudrais si tu faisais des cauchemars et que je ne pouvais pas t'en protéger.

Je le regarde avec un air attendri.

— Pourquoi t'es célibataire, franchement ?

Il rit face à la brutalité de ma question.

— Je me lasse rapidement… Pour l'instant, les relations longues ne me disent rien.

— Oh je vois.

— Pourquoi ? Tu veux candidater pour être ma petite amie ? me demande-t-il en souriant, fier de lui.

— Non merci, pas intéressée.

Je lui tire la langue. Faussement vexé, Isaac me saisit par les hanches et commence à me chatouiller. Je ricane en me débattant mollement jusqu'à ce qu'il arrête pour plaquer ses lèvres contre les miennes. Je passe mes mains sur sa nuque pour le rapprocher de moi, enroulant mes jambes autour de lui.

Alors que mon plaisir est à son comble, je me surprends à souhaiter que Stanislas nous rejoigne. Plusieurs minutes plus tard, je me lave seule dans la salle de bains, Stan n'est même pas venu. Zut, je suis encore en train de penser à

Boucles d'or ! On a raté une bonne partie du film mais tant pis, il y aura d'autres occasions de le visionner !

Je sors de la baignoire et m'enroule dans une serviette. Isaac est dans l'encadrement de la porte de la chambre de Stan, la maintenant peu ouverte. Il hoche la tête avant de refermer derrière lui. Mon Apollon se dirige vers moi, il me bouscule doucement, m'arrachant un sourire, puis s'enferme dans la salle de bains. J'aimerais bien savoir comment va Stan… Je frappe à sa porte et ouvre machinalement, fatale erreur. La surprise dans ses yeux n'est que de courte durée. Il est torse nu, assis à son bureau, face à des livres ouverts. Je le dérange en plein travail…

— Ça va ?

Tu n'as pas mieux, ma fille ? Pitié, dis-moi un truc, ne te contente pas de me fixer… J'en profite pour jeter un coup d'œil discret à sa chambre, simplement décorée. Stan lâche le stylo qu'il avait à la main.

— Il va falloir qu'on remette les choses au clair, Miranda.

— Quoi ?

— Sors d'ici ! m'ordonne-t-il en se plantant devant moi.

— Mais…

Stanislas me pousse hors de la pièce et s'apprête à fermer la porte, je la bloque en appuyant mon avant-bras dessus.

— Je voulais juste savoir ce que tu faisais…

— Je bosse sur ma thèse, satisfaite ?

— Pourquoi tu t'énerves contre moi ? Je voulais juste être aimable !

Stan se redresse et détourne le regard.

— Bonne nuit Miranda…

La porte menace à nouveau de se fermer, j'y donne un coup de poing.

— C'est le moment où t'es censé t'excuser !

Stan déglutit avant de s'exécuter :

— Je suis désolé.

— Ouais mais là, tu t'excuses parce que je te l'ai demandé !

— Mais qu'est-ce que tu veux, à la fin ? s'emporte Stan en posant ses mains sur sa tête.

— Il m'énerve !

Il ouvre la bouche pour dire quelque chose, je le coupe en claquant la porte de sa chambre. Je me précipite dans celle d'Isaac. J'entends la porte s'ouvrir et découvre Stan derrière moi.

— Bonne nuit Stanislas ! dis-je en voulant lui claquer la porte au nez.

Il la bloque violemment en me dévisageant.

— Tu ne peux pas me flanquer la porte à la figure deux fois dans la même soirée !

Je lâche la poignée en essayant de retrouver mon calme. Stan m'attrape par les hanches et me jette sur le lit. Il se place juste au-dessus de moi, m'entourant de ses bras musclés.

— Je te demande pardon, murmure-t-il en plongeant son regard dans le mien.

Je me sens con, là. Gênée, je me contente de retenir fermement le haut de ma serviette.

— Vous pourriez m'attendre ! s'exclame Isaac en entrant dans la chambre.

Stanislas le regarde puis quitte la pièce.

— Qu'est-ce que j'ai raté ?

— Il m'a crié dessus…

— Quoi ?!

Isaac tourne la tête vers l'extérieur de la chambre.

— Mais c'est bon, c'est réglé !

Je suis ridicule, n'est-ce pas ? Stan a dû se dire que j'étais une chieuse. Bizarrement, je m'attends à être convoquée pour mon renvoi… J'enlève ma serviette et m'allonge sous les draps.

— Tu veux un de mes tee-shirts ?

— Ça dépend, tu comptes me laisser dormir seule ?

— Non, répond Isaac en souriant.

Il sort de la chambre avec ma serviette puis revient nu.

— Pas mal !

Le pire euphémisme du monde.

— C'est ce que j'avais cru comprendre !

Isaac me tire la langue et vient se glisser sous les draps. Il éteint la lumière et je me blottis contre son corps chaud.

La chute d'un objet me réveille en sursaut en plein milieu de la nuit. Les vélociraptors !

— C'était quoi ça ??

— Bordel de merde ! hurle Stan depuis la cuisine.

— Juste Stan, m'informe Isaac d'une voix endormie. Ça va mon pote ?

— Je me suis pris la casserole sur le pied !

— Tu veux de l'aide ?

— Non, c'est bon.

Isaac secoue légèrement la tête, sûrement à cause de la maladresse de son ami. Un stanislasor, plus dangereux qu'un vélociraptor ? Je glousse malgré moi et me presse contre Isaac.

— Pourquoi tu ris ? chuchote Isaac en m'embrassant la joue.

— Pour rien…

Je me réinstalle confortablement pour me rendormir.

Je jette un coup d'œil à ma montre, Clémentine a vingt minutes de retard ! On patiente avec Julia dans une salle au deuxième étage de la bibliothèque universitaire.

— Cette connasse nous a posé un lapin.

— Elle n'a pas intérêt. On l'a croisée et on lui a dit et répété plusieurs fois qu'on se voyait aujourd'hui !

— Oui Miranda, je sais. J'étais avec toi…

Je soupire longuement en surveillant l'entrée du regard. On n'a réservé la salle que pour une heure, le temps s'écoule trop vite. Je remarque que Julia et moi avons machinalement fait du zèle. Sur nos feuilles respectives se trouvent une problématique et un plan plus que bien détaillé, avec déjà de nombreux exemples.

Clémentine daigne enfin se montrer, je la vois nous chercher alors qu'on lui avait précisé où nous trouver… Une forte odeur de tabac franchit le seuil de la porte avec sa propriétaire. La reine soleil s'installe en face de moi sans s'excuser le moins du monde.

— Où sont tes feuilles ?

— Pas besoin, Miranda. J'ai tout dans la tête, explique-t-elle en pointant son front du doigt.

Oh putain ! Julia soupire bruyamment en réarrangeant ses feuilles. Elle n'a rien fait, je rêve ! C'est quoi, cette excuse à la noix ? Sans perdre une minute de plus, je commence à présenter mes idées en justifiant mes choix. J'énumère dans les grandes lignes mes exemples, vu que normalement, on a toutes lu le livre… Julia m'écoute en acquiesçant, son plan doit avoir des similitudes avec le mien. Quant à Clémentine, à chaque fois que je propose quelque chose, elle ponctue mes phrases avec des « oui », « OK » ou autres « j'y ai pensé aussi ». Julia s'empresse à son tour de prendre la parole, elle aimerait boucler la préparation pour pouvoir réviser un minimum avant d'aller travailler au restaurant. Elle a droit au même traitement de faveur que moi de la part de Clémentine. Que ça peut être agaçant, bon sang !

— On t'écoute.

Je serre les dents dans un sourire factice lorsque j'entends la troisième membre du groupe reformuler nos idées sans rien ajouter de neuf. Elle essaie de faire passer nos propositions pour les siennes, ça m'énerve !

— Oh, le prof ! s'enthousiasme Clémentine à peine son discours terminé.

Elle se lève, je cherche automatiquement du regard l'objet de son attention : Stanislas dans un rayon.

— Repose ton gros cul sur cette putain de chaise.

Outrée, elle me dévisage longuement, ne sachant pas comment réagir.

— Tu ne l'as pas entendue ? gronde Julia, à bout de patience.

— On n'a pas fini et il y en a qui ne vont pas tarder à se rendre au travail !

Clémentine s'assied, feignant d'ignorer nos remarques. Je sais qu'elle n'a pas de problème pour payer ses études, elle est entretenue par ses parents.

— De toute façon, il est homo.

J'aimerais lui clouer le bec mais je me ravise. C'est ma victoire personnelle sur elle. Je ne prendrai pas le risque de dévoiler mon secret, ça nuirait à la carrière de Stan. C'est mentalement lessivé par cette entrevue presque inutile que notre trio se sépare dans des directions opposées. Quand je pense qu'il y a encore la rédaction à faire pour que notre professeur ait la copie, j'en pleure d'avance !

8

Un tendre baiser me tire doucement du sommeil, Isaac sourit en me caressant la joue.

— Tu as bien dormi, Miranda ?

Je hoche la tête, l'esprit encore embrumé.

— Tu bosses aujourd'hui, non ?

— Oui, mais pas avant dix heures…

— Il est dix heures trente.

— Quoi ?!

Je bondis hors du lit. Je vais me faire virer !

— Tu pourrais me déposer, s'il te plaît ?

J'enfile rapidement mes vêtements, mon rythme cardiaque s'accélère dangereusement. Isaac secoue les clés de sa voiture qu'il a déjà en main. Il est habillé et plus prêt que moi. Je saisis mon sac à main, mon portable n'a plus de batterie. Le réveil ne pouvait pas sonner !

J'ai la peur au ventre, il n'y a pas trop de circulation mais la voiture n'avance pas assez vite. Je regarde avec appréhension autour de moi. J'ai besoin de ce travail !

— Respire, Miranda.

Isaac pose sa main par-dessus la mienne.

— J'essaie…

Il arrête son véhicule près des grandes portes du centre commercial.

— Je viendrai te chercher ce soir.

— Merci.

Je lui souris et me précipite vers le magasin. Je prends mon service, Viviane a encore ses écouteurs et range des vêtements abandonnés après essayage. Sauvée !

Un peu avant la fermeture, la patronne m'a demandé de laver les vitrines qui sont vraiment sales. Les gens sont des porcs ! On ne touche pas une vitre, et encore moins avec des doigts dégoûtants. J'ai été grillée ce matin c'est sûr ! Normalement, ce sont les stagiaires qui font ce boulot ingrat ! Me voilà obligée de grimper sur l'escabeau et, comme si ce n'était pas assez chiant comme ça, Viviane me tient compagnie. La dernière cliente est partie quelques minutes auparavant et ma collègue doit s'ennuyer…

— Et donc je l'ai envoyé bouler. Il m'a prise pour qui ? Je suis une femme indépendante ! Je n'ai pas besoin de mecs dans ma vie. Nous ne sommes pas des bêtes obsédées par le sexe !

Je rougis jusqu'aux oreilles en pensant au partenariat. *Ne dis rien, ça lui passera !* Le téléphone de la boutique sonne, me libérant de son étrange discours. Je sens une main se poser sur ma fesse. Surprise, je sursaute et glisse en arrière. Stan me rattrape et me serre brutalement contre lui. Heureusement qu'il a d'excellents réflexes, j'aurais pu me fracasser le crâne !

— Ne refais plus jamais ça, Miranda.

Je me redresse et m'écarte de ses bras rassurants.

— C'est ta faute ! Tu m'as fait peur.

Fautif, il se pince un peu les lèvres.

— Miranda ! m'appelle Viviane en courant vers nous, une bombe lacrymogène à la main.

Comprenant qu'elle a l'intention de s'en prendre à Stan, je me place d'instinct devant lui. Ça doit être très drôle d'un point de vue extérieur car étant donné qu'il est plus grand et plus musclé, je dois avoir l'air d'une crevette devant un rocher.

— Je le connais, détends-toi !

— T'es sûre ?

— Oui Viviane !

— Oh…

Déçue, elle regagne l'intérieur du magasin. Je me tourne vers Stan qui regarde, perplexe, ma collègue à travers la vitrine.

— Elle est folle à lier.

— Un peu mais elle n'est pas méchante, crois-moi !

J'aurais pu avoir pire comme collègue, Clémentine par exemple. Ça aurait été un cauchemar de la supporter à la fois à l'université et au travail !

— Tu la défends malgré ce qu'elle t'a dit ?

— Tu m'épies, Stanislas ? En plus, elle peut dire ce qu'elle veut !

— T'es d'accord avec elle ? Donc t'es qu'une grosse chienne en…

Je plaque ma main contre sa bouche, supprimant l'écart entre nous.

— On peut être d'un avis différent et quand même défendre quelqu'un !

— Donc tu l'aimes bien ? me demande-t-il en reculant légèrement.

— Pas du tout, elle me casse les couilles.

Je vérifie qu'elle n'a rien entendu malgré mes chuchotements. Stan me sourit et ramasse la raclette qui s'est écrasée sur le sol. Il vaut mieux elle que moi… Je récupère mon super outil de travail.

— Tu as bientôt fini ?

— Il me reste la partie de droite.

Je remonte sur l'escabeau en le surveillant du coin de l'œil. Stan s'adosse contre un pilier du centre commercial en croisant les bras.

— Isaac m'a dit qu'il viendrait me chercher…

Je continue mon ouvrage en essayant de me dépêcher. Je n'ai qu'une envie : rentrer !

— Il a eu un empêchement de dernière minute. Si ça t'ennuie, je me casse.

Je me retourne vers lui, faisant bouger l'escabeau. Je ne sais pas par quel miracle j'ai réussi à conserver mon équilibre. Stan s'est redressé l'espace d'un instant, prêt à intervenir.

— Si ça t'ennuie, toi, tu peux y aller…

Stan s'adosse à nouveau contre le pilier sans rien ajouter. Je sens bien qu'il aimerait être ailleurs plutôt que là à m'attendre… Je termine la vitrine et range le bazar causé par le nettoyage. Viviane me salue en dévisageant Stan. C'est moi qui ai l'honneur – la charge – de fermer le magasin !

— Merci de m'avoir attendue.

Il esquisse un sourire puis on quitte l'énorme bâtiment. Sa voiture ne prend pas la direction de mon chez-moi.

— Ce n'est pas la bonne route, Stan.

— Si.

Je comprends rapidement qu'on se dirige vers son appartement. Stan déverrouille la porte de son logement.

Sa sonnerie SMS retentit, il sort son portable de sa poche sans conviction.

— Je mangerais bien japonais ce soir !

— Je te laisse passer la commande, je dois appeler quelqu'un, déclare-t-il en abandonnant sa veste en cuir au portemanteau.

— Une préférence ?

— Choisis, je ne suis pas difficile.

Stan se dirige vers sa chambre et s'y enferme. Qu'est-ce qui lui prend ? Je jette un coup d'œil à la salle de bains puis à la chambre d'Isaac, aucun signe de lui. C'est étrange à quel point je peux me sentir chez moi ici. Comme Stan, je laisse mes affaires au portemanteau. Je m'installe ensuite sur le canapé pour chercher le numéro d'un bon restaurant japonais sur mon portable.

— Non, je ne veux pas le savoir ! hurle Stan depuis sa chambre.

Je tourne machinalement la tête vers la porte.

— Tu aurais dû me le dire, mamie.

— …

— Non ! Mais comment j'aurais pu… ?

— …

— Non, attends. Hélène m'a dit qu'ils avaient eu un souci avec leur moto. Pas qu'ils étaient à l'hôpital parce qu'ils s'étaient plantés dans la sphère pendant la répétition !!

Stan a l'air très en colère, c'est en lien avec le cirque… Je décide de commander, s'il me découvre à écouter son appel, il me tue direct. Trente minutes plus tard, le livreur arrive et repart aussitôt payé. Je pose tout sur la table de la cuisine. Pendant ce laps de temps, je n'ai perçu que des bribes de conversation. Stan a dû se dire qu'il faisait trop de bruit car il a baissé d'un ton. Je m'apprête à frapper à sa porte, juste pour le prévenir que le dîner est prêt.

— Tu ne peux pas m'interdire de venir la voir, mamie ! Le temps de faire la route, je peux être là dans deux heures et…

— …

— Qu'est-ce que j'y peux ? Melvin a toujours été un fouteur de merde !

— …

— Laisse Miranda en dehors de ça.

Me laisser en dehors de quoi ? Il aurait pu mettre le haut-parleur ! Pourquoi sa mamie Beth lui parle de moi ?

— Oui je sais… J'espère que ses frères iront mieux. OK, bisou.

Je me décide à toquer, déclenchant l'ouverture à la volée de la porte.

— Le repas est là…

Stan me fixe, son portable à la main.

— Est-ce que tout va bien ?

— Non Miranda, tout ne va pas bien.

Il jette violemment son téléphone sur son lit. Je regrette ma question et pourtant je ne peux retenir la suivante :

— Il y a eu un problème au cirque ?

— Une… une amie a eu un accident avec ses frères et ma grand-mère n'a pas pris la peine de m'en avertir ! J'ai passé la majorité de mon enfance là-bas et ma propre famille m'exclut !

— Je suis désolée…

Stan s'assied sur son lit, une main sur ses yeux. Sachant de qui il s'agit vraiment, je me sens de trop… Pourrait-il avoir encore des sentiments à son égard après tout ce temps ? Mon cœur est à nouveau oppressé pour une raison inconnue.

— Je vais rentrer, tu as sûrement envie d'aller la voir.

Stan relève aussitôt la tête et m'observe avec un regard que je ne lui connaissais pas.

— Non, reste s'il te plaît.

J'ai l'impression qu'il voudrait se justifier mais il se retient. La situation est très gênante…

— À table ?

Pour toute réponse, il me suit silencieusement jusqu'à la cuisine. Le repas se passe sans un bruit et semble durer une éternité. J'ai envie de le réconforter mais je suis bloquée à l'idée qu'il pourrait me repousser.

— Je vais prendre un bain.

— OK…

Stan s'enferme dans la salle de bains. Putain, c'est bizarre tout ça ! Je jette les emballages à la poubelle avant de me diriger vers la chambre d'Isaac. Il ne m'en voudra pas si je m'installe ! Je lui envoie un SMS pour savoir à quelle heure il pense rentrer. Je pose ensuite mon portable sur la table de chevet.

J'aimerais bien rejoindre Stan dans la baignoire… Si ça avait été son colocataire, je n'aurais pas hésité une seule seconde. Il doit avoir besoin de s'isoler et pas que je vienne le coller. J'aurais dû apporter mon exemplaire de Proust pour m'avancer.

— Stan ?

Je me dirige vers la salle de bains puis frappe doucement à la porte.

— Stan ?

— Quoi ? répond-il, grognon.

J'essaie d'ignorer le ton de sa voix, d'autant plus qu'il a des circonstances atténuantes… Pour mon bain à deux, j'ai bien fait de ne pas demander !

— Je peux t'emprunter ton exemplaire de Proust, s'il te plaît ?

— …

— Stan ?

— J'ai entendu ! Il est sur mon bureau.

J'ai le droit d'aller dans sa chambre ?!

— Tu rentres, tu ressors aussitôt, Miranda.

— Oui !

Je cours à la pièce interdite avant qu'il ne change d'avis. À peine la porte ouverte, je saisis le livre à l'endroit indiqué. Mes yeux se figent sur les photos accrochées au mur en face de moi. Sur plusieurs d'entre elles, Stan et Isaac sont avec leurs amis à différentes occasions. Sur d'autres, je reconnais Stan avec les artistes du cirque, Loulou en modèle miniature y est aussi ! L'une des photos me frappe plus particulièrement : devant le chapiteau, Stan est bras dessus, bras dessous avec une jolie fille qui tient un casque de moto. Ils sont clairement adolescents ! Outre le fait que Stan a l'air joyeux, ils sont très proches… Malgré la présence autour d'eux de deux garçons à peine plus vieux que Stan, qui possèdent un air de famille avec l'inconnue ! Ça doit être elle, son premier amour, entourée de ses frères, je ressens la même pointe de jalousie que dans la caravane.

Je sors de sa chambre en fermant la porte. Bien calée contre l'oreiller d'Isaac, je cherche la page où je me suis arrêtée. Je continue la lecture de ce cher tome deux en essayant d'entrer dans l'histoire plutôt que de me mêler de ce qui ne me regarde pas… Plusieurs minutes plus tard, les paupières lourdes, je ferme le livre. Je voudrais prendre une douche mais je n'ai pas entendu Stan sortir de la salle de bains. Je me déshabille, enfile un tee-shirt d'Isaac et éteins la lumière. Tant pis, ça attendra !

Je me réveille en sursaut en entendant du bruit dans la chambre.

— T'es là princesse, murmure Isaac en posant son portable sur la table de chevet.

Je lève ma tête endormie de l'oreiller.

— Tu rentres tard…

J'ai du mal à contenir mon bâillement.

— J'avais des personnes à voir.

— Tu n'as pas répondu à mes messages.

— Mon portable était en mode silencieux, désolé.

— Hum.

Je me blottis sous la couette, j'ai tellement envie de me rendormir. Une sonnerie de téléphone retentit soudain, je gronde devant ce son qui me semble si insupportable !

— Quoi ? aboie Isaac en décrochant.

Il sort rapidement de la pièce, la porte de l'appartement claque. *Bah alors ?* Je cède à la curiosité et quitte le lit pour aller espionner. Ce n'est pas son genre d'élever la voix… Je ne capte que des bribes de conversation, à qui parle-t-il ?

— Je t'ai déjà dit de ne plus m'appeler.

— …

— Je t'emmerde.

Qu'est-ce qui se passe ? Isaac raccroche et mon instinct me pousse à courir pour ne pas être repérée. Je saute sur le lit pile au moment où il franchit le seuil de l'appartement. Je me glisse sous la couverture, le cœur prêt à exploser dans ma poitrine. Une fois dans la chambre, Isaac retire ses vêtements et vient me rejoindre.

— Tu vas bien ?

— Pourquoi ça n'irait pas ? demande-t-il en passant sa main dans mon dos. Dors, princesse.

— Tu ne m'as jamais appelée comme ça avant…

— Bon, écoute Miranda, je suis fatigué. Je veux dormir.

Je me raidis devant ce ton sec, je repousse son bras et m'éloigne pour ne plus sentir son contact.

— Bonne nuit, Isaac.

Il soupire bruyamment et se met dos à moi.

Alors qu'Isaac s'est endormi depuis un bon moment, je n'y arrive plus ! Je m'assieds sur le lit, repliant mes jambes. Je n'ai pas envie de reprendre ma lecture de Proust et les seuls livres à disposition sont dans la chambre de Stan. Je me lève. Peut-être qu'en marchant un peu ?

Mauvaise idée ! Dans le noir, je me cogne l'épaule contre la porte. Je me fige un instant mais ça n'a même pas réveillé Isaac ! Je choisis la pire option en m'installant devant la télé. Bien sûr, quand je l'allume, le son est beaucoup trop fort. Je m'empresse de le baisser en appuyant à fond sur le bouton. Je rejette ma tête en arrière, et une frayeur de plus à mon actif ! Je zappe sans conviction, à moitié affalée sur le canapé. La porte de la chambre de Stan s'ouvre, il va m'incendier ! Mal réveillé, Stan s'approche et décale mes jambes avant de s'asseoir.

— Désolée pour la télé…

— Donne-moi la télécommande.

Il zappe à son tour, il n'y a rien à cette heure ! Stan s'arrête sur un programme pour adultes où la sodomie est de rigueur. Je sens son regard sur moi tandis que l'actrice pousse des cris anormaux.

— N'y pense même pas, Stanislas.

Je tourne la tête vers lui pour appuyer mes propos.

— Tu me prêtes des intentions que je n'ai pas.

— Mouais…

Mes yeux se posent à nouveau sur la télévision et les simulateurs à l'écran. Je me mets à rire subitement, je suis en train de visionner un film porno avec Stan.

— Qu'est-ce qui te fait rire ?

— La situation.

Je me redresse et lui retire la télécommande des mains. Je coupe la télé, la pièce n'étant plus éclairée que par la lumière artificielle des lampadaires. La télécommande atterrit sur la petite table à côté du canapé. Je m'assieds à califourchon sur un Stan qui semble plus réveillé que précédemment. Ses mains se posent sur mes cuisses dissimulées sous le tee-shirt trop large. À travers son bas de pyjama, je sens son érection et je ne peux m'empêcher de me demander si j'en suis la source. Mes doigts courent sur son torse nu sous son regard intéressé.

— Tu sais que ton haut ne cache rien ? m'interroge Stan en contemplant abusivement ma peau nue.

— Rien que tu n'aies déjà vu…

Un sourire apparaît au coin de ses lèvres. J'ai encore très envie de l'embrasser, le fruit défendu sûrement… À défaut, ma bouche s'attarde dans son cou pour pallier ce désir. Ses mains se faufilent sous mon tee-shirt pour se rapprocher de mes hanches. Stan soupire de contentement en découvrant que je ne porte aucun sous-vêtement. Je lui mordille brutalement la jugulaire et le fais presque bondir. Sous l'impulsion de l'excitation, il me renverse sur le côté. Leur canapé a beau être grand, j'ai cru que j'allais me casser la figure. Je me pince les lèvres pour ne pas en rire. Stan se glisse entre mes cuisses sans me laisser le temps de me calmer.

— Tu ne t'arrêtes donc jamais…

— En tant que représentante des chieuses de la ville, je me dois de conserver une bonne réputation !

— Voyez-vous ça…

Stan s'allonge sur moi, pendant un instant j'ai l'impression que sa bouche va toucher la mienne… Pourquoi ai-je toujours envie de l'embrasser, mais lui non ? Tour à tour, ses dents et sa langue effleurent la peau de mon cou tandis que je m'accroche à lui. Une de ses mains se perd dans mes cheveux pendant que l'autre redescend en suivant la courbe de mon flanc. Je tressaille en sentant ses doigts caresser mon intimité humide mais ils ne s'arrêtent pas là. Stan se redresse sans cesser de lécher mon cou et baisse son bas de pyjama. Son sexe pénètre brutalement le mien, m'arrachant un gémissement de douleur.

— Stan…

Il s'agite lentement en moi comme pour se faire pardonner. Cette douceur ne lui ressemble pas et pourtant elle m'excite bien plus que d'habitude. Ses lèvres reliées à nouveau à ma peau m'aspirent, Stan est en train de me faire un suçon dans le cou. J'aurais voulu le repousser mais je ne veux pas qu'il s'écarte. Stan finit par me relâcher, fier de sa bêtise.

— T'es content de toi ?

Ma voix trahit le plaisir qu'il me donne en ce moment même.

— Dis-moi que ça ne t'a pas plu, Miranda.

Il me donne plusieurs coups de reins qui me font gémir de plaisir, je me cambre pour le sentir encore plus en profondeur. Stan ralentit puis son corps se sépare du mien, il retire son bas de pyjama et moi, mon tee-shirt. Il me fait asseoir sur lui pour que je prenne la relève. Je prends mon temps pour l'insérer en moi, mes mouvements sont ensuite très lents pour me venger sensuellement. Frustré, il enfonce les doigts dans mes cuisses pour résister à la tentation de reprendre le contrôle. Je passe mes mains dans ses boucles blondes, me rapprochant suffisamment pour que nos souffles se mêlent. Stan me laisse pourtant faire, mes lèvres à quelques centimètres des siennes ne réclament que leur contact. Il me surveille et je sais pertinemment qu'il va détester si je tente quelque chose…

— On devrait s'envoyer en l'air dans une salle de cours à la rentrée.

— Tu veux me faire courir des risques, murmure-t-il en se laissant aller sous moi.

— Tu as peur qu'on te trouve en train de baiser une de tes étudiantes ?

Un spasme secoue mon corps à cette pensée et vu l'expression que Stan affiche, il a dû ressentir la même chose.

— Je te prends au mot.

Sa main se positionne sur ma joue, son pouce la caresse avant de se loger sur mes lèvres. Je les ouvre pour en sortir ma langue qui l'effleure. J'attrape ensuite son pouce pour le mordiller. Stan se redresse aussitôt, comme piqué, puis me soulève pour mieux me reposer sur la table basse. À genoux devant moi, il a des assauts plus ardents. Je m'agrippe au plateau et resserre mes cuisses sur mon partenaire, profitant de chaque instant. Le contact du bois sur mon corps me déclenche un spasme nerveux et l'orgasme ne tarde pas à suivre. Je sens Stan jouir, il attend plusieurs précieuses secondes avant de se retirer.

Stan se lève et se dirige vers la salle de bains sans un mot. Je secoue la tête et cours le rejoindre. Je le pousse pour rentrer mais il me saisit au niveau de la taille. En me débattant faussement, je le fais reculer et Stan se cogne malencontreusement l'épaule. Je me fige aussitôt de peur de me prendre une soufflante. Stan a comme un court temps d'arrêt. Ses mains se mettent à me chatouiller, j'en ris et je me sens glisser sur le sol tout en essayant de repousser gentiment mon attaquant. Je me retrouve les fesses par terre et, le temps de reprendre mon souffle, la porte se referme sur moi. *Putain, l'enfoiré !*

— Stan !

— T'avais qu'à être plus rapide.

Je gémis de rage et me relève pour tambouriner à la porte.

— Ouvre tout de suite !

— Sinon quoi ?

— Je vais défoncer ta porte.

— Avec tes bras de poulet, laisse-moi rire.

J'entends l'eau couler dans la baignoire. Machinalement, j'appuie sur la poignée et, miracle, ça s'ouvre. Stan n'essaie pas de se retenir de rire, il se moque de moi, là !

— T'es qu'un gros con !

— Je ne t'ai jamais dit que je l'avais verrouillée.

Honteuse de la situation, je marche d'un pas décidé vers la baignoire et n'hésite pas une seule seconde à entrer alors qu'il y est déjà.

— Donne-moi ça.

Stan m'asperge le visage d'eau, je tourne instinctivement la tête, me voilà trempée de haut en bas. Outrée, j'essaie de lui retirer le pommeau de douche des mains. Je me prends encore de l'eau dans la figure. Je réussis tant bien que mal à retourner son attaque sournoise contre lui. J'ai droit à un regard faussement agacé avant de me reprendre de l'eau. Je ne sais pas pourquoi on se met à rire devant cette bataille enfantine.

— Approche, Miranda.

Je m'exécute, un peu méfiante cette fois. Stan se contente pourtant de mouiller ma peau. Je lui lance un regard suspicieux, m'attendant d'une minute à l'autre à un retour de bâton. Il s'arrête et fait passer l'eau sur son corps. J'en profite pour me savonner au gel douche. Je n'arrive pas à savoir à quoi Stan pense, ses yeux quittent les miens uniquement pour se fermer. La tête penchée en arrière, il humidifie ses longs cheveux.

— Je suis sûre que tu utilises un fer à boucler.

Il ferme le robinet, raccroche le pommeau avant de s'essuyer le visage avec les mains.

— Tu m'as percé à jour, merde.

Je lui tire la langue et commence à me rincer. La température redescend, sûrement liée à la chute de l'euphorie passée. Je le contemple se laver, ma présence ne le dérange aucunement. Une fois ma peau rincée, j'éclabousse de nouveau Stan qui me lance un regard appuyé.

— Sors de cette baignoire ou je te mets une fessée, exige-t-il en me reprenant le pommeau.

— Je t'en prie !

J'agite outrageusement mon fessier avant de sortir vite de la baignoire, empêchant sa main de s'abattre sur mon derrière. C'est seulement quand mes pieds touchent le sol que je me rends compte de mon erreur. Je glisse en arrière, m'asseyant par chance sur le rebord de la baignoire. Je sens le bras de Stan autour de moi, il a essayé de me rattraper. Mon cœur bat tellement vite que mes oreilles en bourdonnent. Je ricane en visualisant la douleur à laquelle j'ai échappé. Je prends mon temps pour me redresser, décalant lentement le bras de Stan.

— Tu as une serpillière ?

— Placard à côté de la porte.

J'avance prudemment, mes pieds pataugent dans l'eau. J'ai échappé à une chute, ce n'est pas pour y plonger maintenant ! Je m'enroule dans une serviette avant d'accéder au placard, laissant des empreintes de pas sur mon passage. Je jette la serpillière sur la flaque et, du bout du pied, j'essaie d'éponger au mieux. Stan se rince puis me regarde, surpris, quand je lui tends deux serviettes. Il sort de la baignoire, place la première autour de ses hanches et la seconde sur sa tête.

— Ceci n'est jamais arrivé, commente-t-il en poussant la serpillière avec son pied.

— Je vais peut-être tout dire à Isaac…

Je lui adresse un sourire mutin tout en joignant mes mains derrière mon dos. D'un pas, Stan franchit l'espace qui nous séparait, m'imposant sa hauteur. Comme je contemple sa peau encore ruisselante, mon sourire ne flanche pas. Je lorgne ses lèvres, il sait que c'est ce que je veux. Stan sourit à son tour, un brin provocateur.

— Pas si je le lui dis avant toi.

Il fait demi-tour, me laissant sur le carreau.

— Stan !

Je me presse à sa suite, quelle nouille !

— Tu choisis mal celui à qui tu souhaites faire du chantage.

— T'aurais pu jouer le jeu !

— Ça aurait sous-entendu que je voulais te faire plaisir. Et ce n'est pas le cas.

— Tu sais comment on appelle les gars comme toi ?

Je me plante devant lui, pile dans l'encadrement de la porte de la chambre d'Isaac.

— Un enfoiré affectif, Stan.

Grande fan de *Bridget Jones*, je me devais de la lui lancer !

— Pour ça, il faut qu'il y ait plus que du cul, non ?

Pendant que je réfléchis à la question, il recule dans son lieu secret… Je me mordille le pouce, je sais pertinemment que Stanislas ne me donnera jamais ce que je veux. Alors pourquoi je me sens obligée d'insister ? Je retourne dans la salle de bains pour abandonner la serviette sur le porte-serviettes. Isaac dort toujours à poings fermés quand je regagne son lit. Je me couche, encore en proie à une légère euphorie.

Au matin, je me réveille toute seule. Je m'étire longuement puis quitte mon cocon chaud.

— Isaac ? Stan ?

Le silence me répond, il n'y a que moi dans le grand appartement. J'entre à nouveau dans la chambre et vérifie mon portable. Trois appels manqués et une quinzaine de SMS de Claire pour savoir à quelle heure je pense arriver. Pff, la journée va être longue… Je lui écris que je viens de me lever et que je serai là dans une heure. Je me douche hâtivement pour éviter une éventuelle saturation de ma boîte vocale. Le suçon que je peux apercevoir dans le miroir tandis que je me sèche n'est pas discret. Comment vais-je cacher ça ? Ça marcherait avec mon fond de teint ? Je soupire en quittant la salle de bains. Je m'approche du coin cuisine et y trouve des viennoiseries accompagnées d'un petit mot : « Claque bien la porte en partant. » Ça, c'est du Stan tout craché ! Je souris en attrapant un croissant tout frais. Le sachet vide termine sa course dans la poubelle. Je m'habille et quitte leur logement en obéissant à la lettre.

Chez moi, j'enfile de vieux vêtements et trouve un foulard dans ma commode. À quel moment je l'ai acheté ? À part côté maquillage, je ne suis pas très coquette, notamment en accessoires. J'ai envoyé un SMS à Claire pour la prévenir que j'étais en chemin, ce message est resté également sans réponse.

J'arrive en bas de l'immeuble des filles. Je ne le sens pas du tout ! Oui, encore… J'appuie sur l'interphone, c'est Lou qui décroche. Par-dessus sa voix, j'entends celle de Claire qui est en train de lui crier dessus. La porte s'ouvre, je m'engouffre dans le bâtiment et monte les trois étages. Leur dispute parvient jusqu'à la cage d'escalier…

— Bonjour !!

— Salut, bredouille Claire en disparaissant dans la chambre.

— Il était temps que tu arrives, j'allais commettre un meurtre. J'ai mis la sous-couche il y a deux jours, donc il ne nous reste plus qu'à peindre.

J'accroche ma veste au portemanteau, les meubles sont protégés par des bâches et regroupés au milieu de la pièce.

— Tu ne viens pas, Claire ?

— Non Miranda, me répond-elle depuis l'autre pièce.

Le volume de la télévision augmente. Comme une furie, Lou quitte le salon pour pénétrer dans leur chambre.

— Je te promets que si tu ne baisses pas le son, je te la balance par la fenêtre.

Effet instantané. Lou revient en claquant la porte. Je nous regarde toutes les deux dans des habits défraîchis, on n'a pas fière allure !

— Dis-moi ma cocotte, c'est quoi ça ?

Elle tire sur mon foulard, je lui attrape les mains pour l'arrêter.

— Rien du tout.

— Ne te fous pas de moi, Miranda. C'est le torchon que Claire t'a offert il y a des années.

Ah bah voilà, je me disais aussi !

— Il est très bien ce foulard…

— Ouais, si on veut. Pourquoi tu le portes ?

— Et si j'en avais seulement envie, hein ?

— Allez petite coquine, montre-moi ton suçon.

Je rougis d'avoir été si aisément découverte, je la laisse me retirer mon foulard.

— Alors, lequel t'a fait ça ? glousse Lou, preneuse d'informations.

— Stanislas…

— Eh ben, j'aurais juré que c'était l'autre !

On commence à peindre chacune de notre côté. Je lui parle de ma dernière dispute avec Isaac sans oublier de détails…

— Il était peut-être juste mal luné !

— Ça m'a fait bizarre… Je l'ai bien énervé en plus !

Je me pince les lèvres, j'ai l'impression d'avoir commis une énorme boulette. Isaac avait l'air d'une nature si patiente au début…

— Une petite gâterie et on n'en parle plus !

— C'est comme ça que tu résous les conflits, toi ?

Je lui tire la langue, m'arrêtant de peindre pour bien la fixer.

— Elle peut se brosser, chuchote Lou en désignant la chambre d'un mouvement de tête.

Je lui souris puis continue de m'appliquer. C'est la première fois que je le fais et je veux que ça soit parfait !

— D'ailleurs… On devait partir en week-end à la montagne prochainement avec un couple d'amis, mais ils ont annulé à cause de leur boulot. Tu viendrais ?

— Pourquoi pas… J'en profiterai pour demander à Isaac de m'accompagner ! Ça sera l'occasion de me racheter.

— Dis-lui de ne pas prévoir de tee-shirt de rechange !

— Pourquoi tu dis… ?

Je fais volte-face en comprenant qu'elle veut se rincer l'œil.

— Nan !

On se met à rire toutes les deux.

— Ça suffit de parler de garçons ! hurle Claire en déboulant dans le salon.

J'en ai été tellement surprise que j'en ai lâché mon pinceau, heureusement, il a atterri sur le papier journal ! Claire claque la porte, nous laissant bouche bée par son apparition éclair.

— Décidément, elle est vraiment de mauvaise humeur…

— Elle ne digère pas que je mange à la fois des saucisses et des moules.

J'ai un temps d'arrêt devant cette métaphore plus que douteuse.

— Je ne veux pas relever.

— Ne joue pas les prudes avec moi, Miranda.

Je lui jette de la peinture en réponse. Lou regarde sa manche tachée et au lieu de peindre, on s'amuse à s'en lancer.

Il est plus de dix-huit heures quand nous terminons la pièce. Nos vêtements sont couverts de taches, on aura bien ri ! Lou me propose de rester manger mais je suis clairement de trop, je décline. Au lieu de rejoindre mon logement, je me rends à celui des garçons. Je sonne à l'interphone, il semblerait qu'il n'y ait personne. Je sors mon portable pour appeler Isaac, pas de réponse. J'essaie Stan qui décroche directement.

— Oui ?

— Salut Stan, c'est moi ! Je passais dans le quartier et je suis en bas de l'immeuble…

— Je suis chez ma tante.

— Ah OK… Je ne vais pas t'embêter plus longtemps.

— À plus.

Je raccroche en me sentant complètement nulle…

— Eh !

Isaac arrive du parking, un grand sourire aux lèvres.

— Ça fait longtemps que tu attends ?

— Non… J'ai essayé de t'appeler.

— Mon portable est resté là-haut. Et Stan est parti bosser ses cours avec sa tante.

Je lui souris, n'osant pas m'approcher.

— Un de mes collègues est souffrant et refuse de se faire remplacer. J'ai dû me déplacer pour récupérer sa progression. Il n'a aucun respect pour mes vacances.

Isaac pose sa main sur ma hanche et m'attire légèrement vers lui en ouvrant la porte.

— Ne te plains pas, je n'ai qu'une semaine dont je ne pourrai même pas profiter !

Tout le poids du monde me tombe sur les épaules. J'ai aussi promis à Julia de travailler à la BU avec elle. Je crois que je ne vais pas passer beaucoup de temps chez moi ! Cela dit, ce n'est pas une mauvaise chose. On prend l'ascenseur, je me blottis dans les bras d'Isaac, dépitée.

— Je suis certain que tu vas gérer.

— Hum… Au fait… je… suis désolée pour hier…

— C'est plutôt à moi de l'être. Excuse-moi.

J'esquisse un sourire, ravie.

— Tu t'es roulée dans un pot de peinture ?

— J'ai aidé une amie à peindre son salon.

Isaac entre le premier dans l'appartement, je ferme la porte derrière nous.

— Ça t'intéresse, un week-end à la montagne ?

Il ne dit rien, attendant que je développe ma proposition.

— Tous frais payés, avec mes copines et moi…

— On dirait une sortie en couple.

— Oui, un peu… Mais c'est gratuit !

— Tu marques un point.

Isaac m'embrasse le front et me serre tendrement contre lui.

— Ça sera avec joie, Miranda.

— Tu me sauves la vie !

Tenir la chandelle, ou plutôt faire l'arbitre seule pendant deux jours ne me plaisait guère…

— Tu veux passer chez toi pour te changer ?
— Ce n'est pas de refus !

À peine arrivé à mon appartement, Isaac verrouille ma porte et s'approche de moi avec un sourire enjôleur.
— Ta proposition n'était donc pas innocente ?
Je prends des airs exagérément outrés tout en positionnant caricaturalement mes mains sur mes hanches.
— Tu devrais faire du théâtre.
— J'aurais l'air débile !
— C'est sûr que si tu avances en te fiant à l'opinion des autres…
Je n'ai pas le temps de répliquer qu'Isaac me soulève dans ses bras. Je souris avant de l'embrasser. Il s'engouffre dans ma chambre et me dépose sur le lit sans s'éloigner de moi. Il défait mon foulard, son regard change brièvement en découvrant le suçon.
— J'ai joué avec Stan cette nuit…
— Aucun problème.
Isaac sourit, faisant totalement abstraction de la marque sur ma peau.
— On n'est pas exclusifs, Miranda.
— Oui, je sais…
Pourquoi je me suis sentie obligée de me justifier ? Ses lèvres s'unissent sensuellement aux miennes avant de passer aux choses sérieuses…

9

— Applique-toi, Miranda.

— Mais je ne comprends rien !

J'étire mes jambes pour faire disparaître le fourmillement que je ressens, en évitant de me cogner dans la table basse. J'envie Stan qui est assis confortablement sur le canapé. Enfin, jusqu'à ce qu'il abatte à nouveau le livre de *Grammaire Méthodique du Français* sur ma tête, m'arrachant un cri de surprise.

— Tu fais ça encore une fois, je te le fais bouffer, et pas du bon côté !

— Alors concentre-toi.

Stan replonge dans ses notes pendant que je trime sur mon français médiéval. Je suis curieuse mais je ne vois pas ce qu'il écrit. Je me renfrogne, je n'arrive vraiment à rien dans cette matière ! Je soupire et prends une autre feuille d'exercices, avec un peu de chance, ça sera plus facile… Eh bien non, c'est encore pire ! Je lâche la feuille et appuie ma tête contre la table.

— Tu ne révises pas assez, Miranda.

Je me redresse brutalement face à cette remarque désobligeante.

— Je ne te permets pas.

— Tu t'y attelles combien d'heures par semaine ?

Je gonfle les joues en essayant de calculer mais je n'en ai aucune idée. En première année, j'ai toujours réussi à m'en sortir avec quinze de moyenne générale sans réel effort. Cependant ce semestre, ma méthodologie ne m'a pas grandement facilité la tâche…

— J'y vais au feeling.

— Donc tu ne bosses pas assez, sinon tu le saurais.

— J'ai un travail à côté, monsieur.

— Quand j'étais en licence, je faisais de la mise en rayon dans un magasin.

Je recule en grimaçant.

— T'as réponse à tout à ce que je vois !

— Surtout aux fausses excuses.

Je n'ai pas le temps de le rabrouer que je me prends un coup de livre sur la tête.

— Stan !

— Je ne te lâcherai pas tant que tu n'arriveras pas à boucler ces exercices.

L'agacement commence à monter en moi. J'en ai ras le bol de ne pas quitter le sol pour faire un truc qui m'insupporte.

— Je te demandais juste les réponses pour le partiel, à l'origine !

— Tu sais que t'exagères, je ne suis même pas prof dans cette matière.

— Rappelle-moi pourquoi tu me harcèles comme ça, hein !

— Parce que tu m'as supplié à genoux. Tu me fais perdre mon temps Miranda, alors que je pourrais déjà avoir fini mon travail !

Je me mordille la lèvre inférieure, c'est douloureux. Je reprends mon stylo et essaie de faire quelque chose de constructif. J'ai l'impression d'être en plein devoir avec le regard du professeur sur moi, prêt à rire de la moindre bêtise écrite… C'est le stress ultime et un de mes cauchemars les plus récurrents, avec celui d'arriver nue à un exposé.

Finalement, je réussis à entamer la partie sur la traduction. Je devine plus le sens que je ne le déchiffre, mais au moins, ça me donne des pistes pour l'exercice précédent. Je suis tellement à fond dans ce devoir maison que je ne remarque qu'un peu tard que Stan s'est rapproché de moi. Je sens son visage près du mien. Sans quitter ma feuille des yeux, je sais qu'il lit ce que j'ai écrit.

Plusieurs minutes plus tard, j'ai fini le recto de la page et je suis gonflée à bloc pour faire le verso. Je tourne la tête vers Stan, il est si proche que je dois décaler mon visage pour le voir nettement. Il sourit et son regard croise le mien.

— Qu'est-ce qu'il y a ?

Ma voix s'éteint, je me force à sourire. À tous les coups, je me suis bien plantée…

— Tu as inversé quelques notions mais c'est pas mal.

— Vraiment ?

— Je devrais peut-être te taper plus souvent avec la *GMF.*

Il fait mine de relever le livre, je lui attrape les poignets pour freiner son geste.

— Je ne plaisante plus, Stan.

Il force, tout en affichant un sourire presque sadique.

— Qu'est-ce que tu vas me faire, Miranda ?

— Provoque-moi et tu vas vite le savoir.

Je me lève et réussis à le repousser suffisamment pour ne plus risquer de bosse. Je lui retire la grammaire des mains et m'installe à califourchon sur lui. Stan m'observe, intrigué. De la main, je tapote sa joue avant de me redresser. Il prend un air légèrement vexé et moi, je me rassieds par terre, prête à terminer la feuille.

— On peut réviser la partie sur les noms ? Je crois que c'est ce qui me pose le plus de problèmes.

— …

Je me retourne vers Stan qui se penche en se frottant la mâchoire du bout des doigts.

Une bonne heure plus tard, je jette un coup d'œil à mon portable.

— Oh merde !

Je fourre mes affaires dans mon sac puis cours vers le portemanteau.

— Où tu vas ? m'interroge Stan sans quitter son canapé.

— J'ai promis à Julia de déjeuner avec elle et de réviser à la BU !

J'enfile mes chaussures et ma veste aussi rapidement que possible.

— À plus, Stan.

Je ferme la porte sans attendre sa réponse. Je devrais arriver avec dix minutes de retard selon mes estimations. Mon sac pèse une tonne avec les cours à travailler. Je devrais imiter Julia et prendre mes notes sur ordinateur. Le hic, c'est que je me connais, je risque de vagabonder sur le Net…

Depuis la vitre du tramway, j'aperçois mon amie patienter devant le Subway. Je me dépêche, elle est couverte de la tête aux pieds, ses mains dans les poches.

— Je ne te fais pas la bise, j'ai la crève.

— Tu aurais dû m'attendre à l'intérieur.

Je me presse pour lui ouvrir la porte, on s'engouffre dans le bâtiment presque trop surchauffé.

— Je suis désolée, je révisais le français médiéval. Je n'ai pas vu l'heure.

— T'inquiète pas, j'étais aussi en retard alors que je suis sur le campus.

Julia rit avant de placer son mouchoir sous son nez.

Je savoure mon donut au chocolat, quoi de mieux qu'un dessert bien gras avant d'intenses révisions ? Après le repas, on fonce se mettre au chaud à la bibliothèque universitaire. Pauvre Julia, elle fait peine à voir avec tous ses mouchoirs usagés et son nez rougi. Moi, à sa place, j'aurais décommandé pour comater sous la couette devant une série !

— T'es sûre que tu ne veux pas rentrer ?

— Je vais bien.

Quand je pense qu'elle doit se rendre au restaurant où elle travaille d'ici quelques heures, elle a toute mon admiration !

Julia jette un coup d'œil à l'heure de son ordinateur, c'est le moment d'y aller ! Elle est adorable, elle fait un crochet pour me déposer au centre commercial. Je n'aurais jamais cru dire ça mais c'est plaisant de rester debout au boulot !

En début de soirée, je regagne mon appartement. Je file à la douche, j'ai les pieds glacés ! Je m'enroule dans le peignoir et décide de me préparer un bon petit plat. Mon portable sonne alors que je viens de poser les ingrédients sur le comptoir.

— Coucou Lou !

— On va en boîte ? Attends, merde, j'ai mangé un Twix et ça a collé mon tel.

Je laisse échapper un rire.

— T'as twixé ton portable ?

— Je ne vais pas relever, Miranda.

On éclate de rire puis le dilemme m'apparaît ouvertement. Sortir avec les copines ou réviser en pyjama ? Je touche ma tête en pensant à Stan, ou plutôt à son livre de grammaire…

— Pas ce soir, Lou. La semaine prochaine si tu veux, j'aurai retrouvé un rythme normal !

— Ça marche, gros bisous.

— Bisous.

Elle raccroche et je fixe, perplexe, mon téléphone. Je me sens un peu nulle de l'avoir plantée mais arriver peu fraîche au boulot demain matin, j'ai déjà donné ! J'enfile mon pyjama et mange devant un jeu télé. Je suis en panne de séries à visionner en ce moment. Et puis j'ai tendance à me faire des marathons, ce qui est vraiment mauvais pour mes études. Mon assiette terminée, je la pose dans l'évier. Je m'assieds à mon bureau et c'est parti !

Il est vingt-trois heures quand la fatigue a raison de moi, c'est satisfaite que je me glisse dans mon lit.

À l'approche du week-end, je n'ai pas compté mes heures de révision. J'espère que Stanislas n'a pas l'intention de poser la question. Pour me détendre, Isaac m'a invitée au bowling avec son colocataire. On ne s'est pas vus de la semaine, plongée dans mes révisions avec Julia et occupée au magasin, je n'avais plus de temps libre. Cette période de vacances m'a donné l'impression d'être encore plus fatiguée qu'à l'accoutumée !

Ma patronne a bien compris que j'étais plus disponible pour bosser... Et moi qui ai vraiment besoin de ce travail, je n'ai jamais rien osé lui refuser. Avec un peu de chance, elle va être plus souple pour les vacances de Noël. Je l'ai prévenue plusieurs semaines à l'avance que je retournais chez mes parents. L'année dernière, je m'y étais prise trop tard et j'ai été de corvée avec les stagiaires !

Gonflée à bloc, j'entre dans le bâtiment et loue une paire de chaussures. Les garçons m'attendent déjà en buvant des boissons à côté d'une piste.

— Tu es en retard, Miranda.

Je dévisage Stanislas. *Bonjour hein !*

— Horaires vacances du tramway.

Un rictus s'affiche sur mon visage. Je me tourne vers Isaac qui m'offre à boire, il avait prévu le coup, lui !

C'est à mon tour de jouer et Stan se décide à m'enquiquiner niveau études.

— Mais puisque je te dis que je n'ai pas compté !

Les mains dans les poches, il m'adresse un regard que j'interprète comme un « T'as encore rien fait ». Son jean descend légèrement, dévoilant le creux de ses hanches. Mes yeux observent sa peau visible entre son tee-shirt et son pantalon. Je craque... Je lance machinalement ma boule sur la piste sans vraiment viser.

— Tu peux me regarder quand je te parle.

Je redresse aussitôt la tête, vexée. C'est la meilleure !

— Je t'écoute, Stanislas.

— Répète ce que j'ai dit.

Je lui fais un doigt d'honneur. Évidemment, aucune quille n'est tombée avec mon lancer merdique.

— Tu ne sais pas viser, commente Stan juste derrière moi.

— C'est parce que t'es trop près, tu me gênes !

Je récupère ma boule, prête à tenter ma chance une seconde fois.

— Arrête avec tes excuses de perdante.

— Tu t'es déjà pris une boule de bowling sur le pied ?

— Si tu fais ça Miranda, je te mets une fessée devant tout le monde.

Je rougis puis recule, il en est capable !

— Pfff.

Je lance et j'arrive à faire tomber deux quilles !

— Tu t'améliores, bravo ! m'encourage Isaac en applaudissant.

Je pousse de la main Stanislas avec un air hautain. Je m'installe ensuite sur les genoux de son ami, je prends une gorgée de mon soda. Pendant que Stan joue, j'approche ma bouche de l'oreille d'Isaac.

— On devrait se barrer tous les deux.

— On est venus avec la voiture de Stan.

Je grimace et lui embrasse la joue avant de me glisser sur le siège d'à côté. Stan a fait un strike, c'est donc de nouveau le tour d'Isaac. Ils sont doués ! Je commence d'ailleurs à me demander si Stan ne tricherait pas en me déconcentrant volontairement… Le fauteur de troubles vient s'installer près de moi pour se désaltérer. Je tourne la tête vers lui et calcule de manière approximative le nombre d'heures de révision.

— Vingt heures.

— Quoi ?

— C'est le temps que j'ai révisé cette semaine.

Je vais omettre de lui préciser que j'en ai travaillé plusieurs avec Julia. Il pourrait croire que je n'ai rien tenté de mon côté. Stan me sourit, je hausse les épaules puis quitte mon siège pour jouer.

Pendant le trajet du retour, Stan semble préoccupé. Isaac m'a confié que sa thèse lui prenait sérieusement la tête et qu'il en avait plus que marre. D'autant plus que sa directrice de thèse est imbuvable, notamment avec les remarques désobligeantes, voire inutiles, qu'elle se permet avec lui… Assise à l'arrière, je me décide à lui préparer de la bouillie au chocolat pour lui changer les idées. L'autre jour, en ouvrant les placards, j'ai trouvé des tablettes de chocolat, ça devrait faire l'affaire ! Je suis sûre que c'est Isaac qui en grignote !

Stan gare sa voiture puis la verrouille à peine ai-je fermé la portière. Pense-t-il déjà à la charge de travail qui l'attend dans son appartement ? Isaac sort les clés de son véhicule de sa poche.

— Tu sors encore ?

— Miranda, nous ne sommes pas en couple, tu te souviens ?

Je croise les bras en cherchant ardemment le rapport.

— Oui mais quand même !

— Je t'adore tu sais, avoue-t-il en m'embrassant la joue.

Isaac recule et m'adresse un clin d'œil avant de rejoindre sa voiture. Je le salue de la main tandis qu'il quitte le parking en faisant de même.

— Stan ?

Où est-il encore passé ? Sympa, il aurait pu m'attendre pour monter ! J'appuie sur le bouton de l'interphone en face de leur nom.

— Non, c'est un faux numéro.

Je plisse les yeux en fixant l'appareil dont émane la voix.

— Stan, tu vas m'ouvrir cette porte.

— Sinon quoi ? Tu vas souffler dessus ?

J'appuie mes bras sur le mur et prends une grande inspiration.

— Je vais sonner chez tes voisins jusqu'à ce que quelqu'un daigne débloquer la porte. Et après je viendrai tambouriner à celle de ton appartement.

— Je t'attends.

Je vais lui arracher la tête. Je me creuse les méninges pour trouver quelque chose de plus astucieux et moins fatigant quand je me rappelle le dessert.

— Bon, bah je voulais te préparer une bouillie au chocolat mais tant pis…

Je fais mine de partir, sachant pertinemment que Stanislas ne peut pas me voir. J'entends le système de déverrouillage de la porte d'entrée et m'engouffre à l'intérieur. C'est amusée que j'entre dans l'ascenseur qui me dépose à l'étage des garçons. Décidée à aller jusqu'au bout de mon idée, je m'apprête à frapper du poing sur la porte, juste pour le plaisir d'embêter Stan. Bien sûr, il ouvre à ce moment-là, je stoppe aussitôt mon geste.

— J'ai cru que tu ne viendrais jamais.

Stan esquisse un sourire provocateur et recule avant que je ne le pousse. Il referme derrière moi, me regardant virer mes chaussures.

— Ton ventre a parlé ?

— J'ai envie de savoir ce que c'est…

J'acquiesce en tentant de cacher que je n'en ai fait qu'une fois dans ma vie, largement aidée par ma mère. Je me lave les mains avant de chercher les ustensiles et ingrédients nécessaires. Je jette un coup d'œil à Stan qui s'est assis dans le canapé pour travailler.

— Au fait, de quoi parle ta thèse ?

— Les bruits dans l'œuvre de Marcel Proust, cas particulier *Du côté de chez Swann.*

Ah le sujet de malade, il est fou ce type…

Dans mon souvenir, c'est de la Maïzena qu'il faut mettre, mais de la farine, ça devrait marcher ! Je casse les œufs et j'ajoute le sucre, après l'avoir pesé. Je ne me rappelle plus exactement la recette et si je regarde sur Internet, Stan va se moquer. Je verse le lait directement dans le saladier, et enfin la farine. J'ajoute le chocolat fondu au micro-ondes et commence à touiller avec une cuillère en bois. Il n'y a pas à dire, le fouet électrique, c'est plus simple !

— C'est quoi ça ? demande Stan qui vient d'apparaître à côté de moi.

Ma bouillie liquide a une couleur étrange et des grumeaux de farine à la surface.

— De la bouillie au chocolat !

J'ai tenté d'être convaincante. La dernière fois, le chocolat marquait déjà la couleur ! Aurais-je commis une erreur quelque part ? Stan hausse les sourcils, très dubitatif sur mes talents de pâtissière.

— Ne dis rien, Stanislas.

— T'as préparé combien de ces trucs ?

— Un seul, avec ma mère. Va jouer, tu me déconcentres !

Un grand sourire se loge sur ses lèvres et il part rejoindre son cher canapé.

À force de mélanger, ça commence à avoir une meilleure couleur, plus chocolatée. Je vide le tout dans la casserole à feu moyen en continuant de touiller. Au bout de quelques minutes, le mélange devient opaque et des bulles apparaissent.

— C'est prêt !

J'essaie de placer la pâte dans les ramequins trouvés dans le placard, bien plus petits que ceux de mes parents. J'en mets plus sur le comptoir que dans les récipients.

— Attends.

— Non, je gère.

Stan fourre les mains dans ses poches, vexé que je refuse son aide. Je pose la casserole dans l'évier et fais couler l'eau à l'intérieur. Je rattrape grossièrement mes bêtises avec du papier essuie-tout. Je tente d'éponger mais ça aggrave le problème, tout ça sous le regard horrifié de mon voisin.

— Isaac va nous tuer, déclare-t-il en me poussant pour réparer mes conneries.

Une fois les déchets jetés, Stan s'adosse au comptoir pour admirer la bouillie qui refroidit.

— Maintenant, on patiente.

— OK.

On va s'asseoir tous les deux sur le canapé. Stan allume la télé, sûrement pour faire une pause dans son travail. Après un temps que je juge raisonnable, je me décolle de ma place.

— Ça doit être bon.

Stan me suit de près et s'apprête à saisir un ramequin mais je chasse sa main.

— Non !

— Quoi ?

— Ça se mange froid.

Stan prend un air déçu en croisant les bras.

— Après le dîner.

Je l'entends soupirer en prenant la direction de la télé. Je range soigneusement les récipients dans le frigo. Qu'est-ce qu'il est impatient, ce gars !

On a mangé simplement, des pâtes avec du jambon. On ne fait pas plus basique. Je pense que Stan est pressé de goûter le dessert. À la première cuillère, je comprends à sa tête qu'il trouve ça bon.

— Alors ?

— J'adore.

Je souris, à la fois fière et soulagée, ça aurait pu être dégueu ! La prochaine fois que j'aurai ma mère au téléphone, je lui dirai que j'ai réussi !

En ce début de soirée, j'ai tapé l'introduction et la partie deux de notre exposé ainsi qu'un bout de conclusion. Je n'aime pas écrire sur les sites de partage de documents, j'ai toujours l'impression que ça rame avec ma connexion de merde.

Je copie un premier morceau pour le coller dans le fichier partagé. Julia a déjà fini et, apparemment,

Clémentine aussi. Une fois mon travail placé, je m'attelle à tout lire pour vérifier l'enchaînement des paragraphes. Julia a fait la première partie, c'est ce qu'on avait prévu. Je dois juste modifier ma première phrase pour éviter la répétition avec sa transition. Est-ce que la mienne va avec la partie trois de Clémentine ? Elle n'a écrit que le petit A pour l'instant. Enfin, ça, c'est ce que j'ai cru avant de découvrir son bâclage plus que certain. Sa partie représente à peine la moitié de ma première sous-partie, ce n'est pas possible ! Et il y a des coquilles !

Sous le choc, j'attrape mon portable pour appeler Julia. Comme connectée, c'est elle qui déclenche la sonnerie de mon téléphone. Je décroche en souriant, ma camarade a dû voir que le document était en théorie terminé.

— T'as lu sa partie, Miranda ? Je vais faire une syncope !

— Respire !

— Non mais attends, t'as lu ce que j'ai lu ? Je ferai abstraction des fautes sur cinq lignes !

Ah ça… Une relecture aurait pu éviter les trois quarts des siennes.

— Je vais faire son boulot.

— Tu ne devrais pas Julia.

— C'est ça ou avoir une note de merde !

Une part de moi a envie de rire, ce n'est pas le genre de Julia de se mettre en colère. Je n'insiste pas, quand mon amie a pris une décision, elle s'y tient fermement.

— Attends Julia, je m'occupe du petit A et B, et toi, du C et de la conclusion. Comme ça, on se partage le travail.

Je déteste les conclusions, elles me coûtent toujours des points !

— Ça marche ! Sinon je trouve que nos parties s'enchaînent bien.

— Oui !

— Elle me fait trop pitié, la Clémentine.

— Dis-toi qu'on ne lui rend pas service, ça nous rajoute surtout du travail…

— Ne m'en parle pas. Je révise tellement que je rêve que les livres me dévorent !

On rit devant cette image plus qu'improbable.

— Bon, je me remets au boulot !

— Bonne soirée !

— Merci, à toi aussi ! Bisous.

Elle raccroche et je vois la partie trois de notre collègue de promo disparaître du document. « La partie de la couillonne » s'affiche brièvement. Sacrée Julia ! Ses mots apparaissent au fur et à mesure tandis que, personnellement, je m'attaque aux deux premières sous-parties avec notre plan sous les yeux.

10

Lou avait besoin de s'amuser, je l'ai donc accompagnée en boîte. Après un verre, on est allées se déhancher sur la piste, la musique emplissant nos oreilles. Évidemment, on a eu droit à deux gros lourds, mais Lou les a gentiment envoyés balader. Devant son ton acerbe, ils n'ont pas insisté. Alors que Lou me fait tourner sur moi-même, j'aperçois au loin Isaac... J'ai un temps d'arrêt parmi cette foule en perpétuel mouvement. L'Apollon discute au bar avec une fille dont il a l'air proche, si j'en juge par la main féminine sur sa cuisse. Je ne peux pas entendre ce qu'il lui dit à cette distance mais vu comment elle glousse...

— Qu'est-ce qu'il y a ? me demande Lou par-dessus le bruit.

Avec une mine déconcertée, je lui indique du pouce Isaac. Elle le remarque aussitôt puis me jette un coup d'œil pour agir selon ma réaction.

— Je vais lui casser la gueule ?

— On n'est pas exclusifs, ni même en couple...

Lou hésite sur la démarche à suivre devant mon attitude. Je ne suis ni en colère ni triste, juste estomaquée.

Au fond, je me doutais qu'Isaac ne restait pas sagement assis à m'attendre…

— On y va ?

Lou acquiesce et me suit vers la sortie. Est-ce que Stan fréquente lui aussi d'autres femmes ? Mon cœur se serre à cette idée. Pourtant, ce n'est pas lui que j'ai vu ce soir avec une pouf ! En montant dans sa voiture, mon amie n'arrête pas de me surveiller.

— Je vais bien, Lou !

— Certaine ? Je peux encore faire demi-tour pour lui casser les dents.

— Non, vraiment, ce n'est rien…

Lou conduit jusqu'à mon immeuble, on parle du week-end à la montagne qui approche. Ça risque d'être un peu bizarre maintenant mais on fait ça juste pour s'amuser, il n'y a rien de mal. C'était me voiler la face qu'imaginer que Stan et Isaac étaient en mode pause, comme dans *Les Sims*, pendant mon absence… C'est naturel et ce n'est qu'un jeu, je ne dois vraiment pas perdre ça de vue.

— C'est de la masturbation intellectuelle !

— Tu exagères Lou, c'est pour le fun !

— Ne te laisse pas briser en mille morceaux, OK ?

— Promis !

— Baise bien !

Je lui tire la langue en quittant son véhicule. En regagnant mon appartement, je m'interroge soudainement sur les nombreux refus de Claire. À chaque fois que je lui ai proposé quelque chose, elle a dit non. Devrais-je encore insister ou bien la laisser tranquille ?

La semaine a vite défilé, j'ai mieux récupéré que durant les vacances universitaires ! À la pause de midi, je suis passée au supermarché acheter des Mikado au goût chocolat. Je n'ai pas oublié la proposition faite à Stan sur son canapé. On va voir s'il a le cran d'aller jusqu'au bout…

J'en ai ras le bol de Proust, on n'en verra jamais la fin ! Je fixe mon exemplaire, il reste un peu moins du quart et l'histoire n'a pas décollé ! Comment les autres font-ils pour repérer des trucs que je n'ai pas vus dans ce livre ? Julia semble aussi perplexe que moi. Je jette de rapides coups d'œil à l'horloge murale, je suis tellement pressée de me retrouver seule avec Stan…

À la fin du cours, mon amie file à son rendez-vous chez le médecin et moi, je traîne. Ça ne me ressemble pas de devoir gagner du temps comme ça ! Une fois le dernier étudiant sorti, je ferme la porte derrière lui. Mon sac toujours sur ma table, je coince un Mikado entre mes lèvres. Stan acceptera-t-il de faire le *pocky game* avec moi ? Un sourire en coin se dessine sur sa bouche tandis qu'il m'observe venir à lui.

— On peut savoir ce que tu fabriques ?

Je hausse les épaules en bougeant le biscuit. Si j'essaie de parler, c'est sûr, il va s'écraser sur le sol… Plantée devant Stan, je redresse bien la tête.

— Si tu voulais créer du lien, il fallait me le dire…

Mon corps vibre au son de sa voix. Il se penche vers moi, m'empoignant au passage les hanches. Il attaque l'autre bout du Mikado, nos lèvres sont si proches que je sens son souffle. Mes doigts caressent ses bras, j'ai juste envie de le brusquer pour satisfaire mon désir. Mes yeux se ferment, je vais enfin pouvoir l'embrasser…

J'entends le Mikado se casser, j'ouvre aussitôt les yeux. Stan s'est redressé tout en finissant de manger sa part. Un sourire provocateur apparaît sur son beau visage. J'aurais dû me douter que ça ne pouvait pas être aussi facile… Je ricane en m'asseyant sur le bureau du professeur. Je tire ensuite brutalement Stan, il se rattrape, ses bras prenant appui autour de moi. C'est à mon tour de lui adresser un sourire provocateur. Il m'incite à m'allonger d'un mouvement de torse. Sa main caresse un pan de ma jupe puis ma cuisse à travers le tissu. Il se demande sûrement comment retirer mon collant sans perdre de temps à me déshabiller. Redressée sur mes coudes, j'attends de voir sa manière d'agir…

— Alors professeur, on patauge ?

Ses mains saisissent mes jambes pour me faire glisser de la table. Je laisse échapper un petit cri de surprise. Sous mon regard outré, Stan me tourne sur le côté. Mes pieds touchent à nouveau le sol, mon ventre contre le bureau. Je sens ses mains s'insinuer sous ma jupe, il retire d'un mouvement vif mon collant et ma culotte avec. Il se penche sur moi, je frémis au contact de son souffle tiède sur ma nuque. Ses doigts caressent mon intimité, je veux me redresser mais Stan me maintient semi-allongée avec son autre main.

— Stan…

Ses lèvres effleurent ma tempe, créant, couplées avec l'ouvrage de sa main, une sensation encore plus agréable. Je retire mon pull pour me retrouver en débardeur, j'ai vraiment trop chaud. Le bruit de sa braguette ne tarde pas à se faire entendre. Je veux toucher sa peau mais Stan me donne une claque sur la main, la chassant sans ménagement. En réaction, mon index tape avec force la surface du bureau.

— Arrête ça, Miranda.

— Sinon quoi ?

La violente fessée que je me prends me calme instantanément.

— Mais ça fait mal ! Stan, tu dégages tout de suite.

Avant de m'être redressée totalement, je sens son sexe se frayer un chemin en moi. Je laisse échapper un gémissement de bien-être.

— Dis-moi que tu veux que je me retire et je le ferai.

Je ferme les yeux pour mieux profiter de mon partenaire.

— Non, reste…

Je devine qu'il sourit quand sa bouche vient mordiller mon épaule.

— Tu te rends compte, Stan, qu'on passe rarement par la case préliminaire.

— J'aime bien aller au cœur des choses.

— Je n'aurais pas employé ce mot.

Son coup de bassin me fait presque bondir.

— Pourquoi ? Tu penses que je devrais m'attarder plus ?

Sa main glisse sous ma jupe pour venir caresser mon sexe. Je me laisse faire, secouée par des spasmes de plaisir. Après de multiples coups de reins plus enivrants les uns que les autres, mon corps réclame de prendre les choses en main.

— Attends, s'il te plaît.

Stan ralentit la cadence avant de se retirer. Je le bouscule en me redressant, une manière de le punir… Je le pousse vers la chaise où il tombe un peu brutalement, les pieds liés par son pantalon.

Je me penche pour vite enlever une de mes chaussures et une partie de mon collant avec ma culotte. Je m'assieds à califourchon sur mon amant, sous son regard brûlant. Alors que j'insère son sexe dans le mien, le désir de l'embrasser est encore plus pressant. Je me déchaîne sur lui pour évacuer cette frustration. Stan me contemple prendre du plaisir à lui en donner, ses doigts resserrent leur emprise par intermittence sur mes hanches.

Une porte qui claque dans le couloir me fait sursauter. On tourne tous les deux la tête vers la porte de la salle comme si elle pouvait s'ouvrir d'un instant à l'autre… L'excitation montant au plus haut point, je ralentis pour profiter de l'euphorie. Stan se relève pourtant, me plaquant sur le bureau. Il tente de résister à l'envie de terminer maintenant, je peux le lire dans son regard. Je cambre le dos pour sentir davantage ses assauts.

Face à la salle de classe vide, je le sens s'activer en moi. Quelques minutes auparavant, mes camarades de promo étaient encore assis là. Les visualiser en train de me regarder prendre mon pied avec Stan provoque la montée de chaleur avant l'orgasme. Je jouis à l'idée de ce fantasme que je serais incapable de mettre en application. Stan pousse un dernier râle rauque puis se retire.

— À quoi tu pensais ?

Je m'assieds sur le bureau et fais bouger mon collant toujours accroché à ma jambe.

— Si tu m'avais embrassée, tu l'aurais su !

Je baisse les yeux vers ses lèvres puis me dépêche de me rhabiller. Il ne manquerait plus que quelqu'un nous surprenne ! Stan secoue la tête et remonte son boxer et son pantalon.

— On mange japonais, ce soir ?

Il m'observe, hésitant un court instant, puis me répond par l'affirmative.

— Prends tes affaires, on y va.

Je m'exécute, très satisfaite. Dans sa voiture, je grignote mes Mikado plus par gourmandise que par faim. J'en tends un à Stan qui se penche légèrement sans lâcher la route du regard. Il le mange sans utiliser ses mains, toujours fixées sur le volant. Je souris, profitant de ce moment comme si c'était le dernier. Je me sens présentement proche de lui, et pas seulement physiquement…

Bien entourée des garçons sur le canapé, j'essaie de deviner qui est l'assassin de l'épisode de *Cold Case*. Après le dîner, Isaac nous laisse pour rejoindre des amis de passage. Je lui fais un rapide signe de la main pour replonger dans l'histoire. C'est amusant, la porte se ferme et ça ne me dérange plus. Peut-être que le voir avec une autre m'a définitivement remis les idées en place. Depuis un moment maintenant, rester seule avec Stan ne me gêne plus… Enfin, ce n'est pas vraiment le mot car j'appréhendais toujours un peu.

Je me décale à la place encore chaude d'Isaac et mets mes pieds sur Stan. Il pose une main sur mes chevilles nues. L'appartement est pile à la bonne température, même avec un tee-shirt trop large d'Isaac, je n'ai pas froid.

— C'est lui le tueur !

— Tu dis n'importe quoi, Miranda. C'est sa femme.

— Tu paries ?

Un sourire moqueur se dessine sur ses lèvres.

— À toi de lancer les hostilités.

Je souris en balançant lentement la tête.

— Si le jardinier est le coupable, tu m'embrasses sur la joue.

Stan se mordille la lèvre inférieure puis annonce avec un sourire des plus sadiques :

— Mais si c'est sa femme… Je te retire des points sur ton prochain devoir.

Une alarme s'allume dans mon cerveau à l'idée de ma moyenne qui risque de chuter bien bas.

— Quoi ? Tu ne peux pas !

— À qui iras-tu te plaindre ?

Je croise les bras, vexée que mon petit jeu tourne au vinaigre. Pitié, faites que le jardinier soit le tueur dans cet épisode. Alors que mon esprit est sous pression, la page pub apparaît, j'émets un cri de protestation. Stan laisse échapper un rire, ce qui attire tout de suite mon attention. Il pousse mes pieds pour se lever du canapé. Le bruit de la porte de la salle de bains qui se ferme me fait presque sursauter. J'essaie de me concentrer sur ma respiration, tout va bien. Les publicités s'enchaînent sans jamais s'arrêter. Je jette les emballages du dîner dans la poubelle et m'affale à nouveau dans le canapé.

L'épisode recommence, Stan soulève mes jambes pour reprendre sa place d'origine. Mon cœur va exploser dans ma poitrine, chaque indice semble réfuter mon hypothèse. Et puis soudain, miracle, le jardinier a tué le mari avec la complicité de sa femme !

— Match nul !

Je frappe plusieurs fois dans mes mains, soulagée de ne pas voir ma note bêtement diminuée.

— Prochain pari ?

— Non, je ne joue plus avec toi !

Les doigts entrelacés sur mon ventre, je prends un air faussement boudeur. Stan m'observe tout en souriant faiblement, je pourrais presque croire qu'il est un peu déçu…

Deux épisodes plus tard, je lutte pour ne pas m'endormir. Cette série est tellement addictive que j'ai envie de connaître la fin ! Les paupières lourdes, je sombre pourtant dans le sommeil. Dans un état de semi-conscience, j'ai l'impression qu'on me porte. Une douce chaleur couvre mon corps puis le contact froid des draps me frappe. Une sensation ancienne comme quand j'étais enfant et que ma mère me mettait au lit. On me borde et un baiser vient caresser ma tempe.

— Bonne nuit, maman…

Je me blottis dans le lit et c'est le trou noir.

Je me réveille doucement dans le lit d'Isaac. Allongée sur le dos, je me demande comment j'ai atterri ici. Ma main à la place habituelle d'Isaac m'indique qu'il est parti depuis longtemps, s'il a dormi dans son lit…

— Salut, déclare Stan en entrant dans la chambre.

— Bonjour…

Je bâille en m'étirant longuement.

— T'as bien dormi, Miranda ?

— Oui. Merci de m'avoir mise au lit…

— De rien. Par contre, pour tes fantasmes je préfère « papa » à « maman ».

Je rougis et attrape l'oreiller pour le lui lancer. Stan recule, plié de rire, avant de disparaître de l'encadrement de la porte.

Je me prépare tranquillement dans la salle de bains, jonglant avec mes différentes étapes de maquillage. Encore un week-end passé avec les garçons, c'est affreux de me dire qu'un jour je ne pourrai plus faire ça ! C'est toujours un peu froid avec Isaac, il semble avoir des préoccupations plus importantes. Je crois qu'il s'est lassé de moi, mais il m'avait bien prévenue…

Stan va me déposer à l'université vu qu'il doit récupérer des livres à la BU. Bien sûr, c'est le jour où j'ai un partiel que sa voiture ne démarre plus… Sans perdre un instant, il verrouille son véhicule. Je ne sais pas s'il se retient de grogner pour ne pas me stresser plus ou si pour lui, ce n'est qu'une broutille. On marche jusqu'au tramway, mes joues sont giflées par le vent frais. Une fois à l'abri, je soupire de soulagement. C'est blindé ce matin ! Je me rapproche de Stan pour éviter de me faire bousculer.

— Je déteste prendre le tram.

— Moi, ça dépend des jours…

Il hausse les épaules, se tenant à la barre en hauteur. En fait, je pense que je préfère le froid au wagon plein de monde.

— On va couper par le parc, ça sera plus court.

J'obtempère, je n'ai pas envie de courir jusqu'au bâtiment de lettres ! La pluie a mouillé le tour du plan d'eau. Stan avance d'un pas sûr et moi, je fais des petits pas tout en essayant en vain d'adopter son rythme. Quand je le rattrape enfin, je manque de glisser, je pousse un petit cri en m'agrippant à son bras.

— Si tu tombes, tombe toute seule.

— Merci Stan, je me sens très rassurée grâce à toi.

Je le relâche aussitôt pour lui montrer que je peux me débrouiller. Mon équilibre est mis à rude épreuve mais je réussis à le conserver. Je lance un regard plein de fierté à Stan qui en rit.

Alors qu'on approche du rassurant trottoir, Stan manque de glisser à son tour, se rattrapant à moi. On se regarde avant de se mettre à rire. On fait encore quelques pas bras dessus bras dessous mais les voix que nous entendons nous poussent à nous séparer. Je me mordille les lèvres, j'aurais aimé rester encore un petit moment collée à lui.

— Merde pour ton partiel !

— Merci ! Bosse bien !

Je le quitte à la bibliothèque universitaire et remonte jusqu'à mon bâtiment. Dans le couloir, Julia révise debout, appuyée contre le mur. Elle me fait distraitement la bise et replonge aussi sec dans ses notes. Je m'approche pour profiter de ses fiches de révisions. C'est une des matières où j'ai le plus travaillé, notamment à la BU, avec mon amie, on devrait s'en sortir.

À la fin du partiel, on échange nos réponses en rejoignant notre salle. Il était assez facile pour ceux qui ont bien suivi. Certains de mes collègues pestent contre la difficulté du devoir. La prof avait précisé de ne pas réviser, qu'il suffisait de venir en cours… Pauvres malheureux qui ont cru que c'était la vérité !

Notre exposé est prêt pour cette après-midi. Julia et moi répétons pendant la pause déjeuner. Ce n'est qu'une formalité, on le connaît parfaitement mais ça nous rassure de le relire une dernière fois. On est le cinquième groupe à passer, ça laisse lentement monter la pression. Pour ne rien arranger, la porte de la salle est restée ouverte. Je n'aime pas l'idée que les gens traversant le couloir puissent m'entendre, c'est psychologique je crois !

Clémentine, Julia et moi avons toutes les trois nos feuilles. Personnellement, c'est plus pour me rattraper en cas de blanc dans mon discours. Les exposés me stressent beaucoup moins qu'en première année où je pouvais à peine décoller les yeux de mon support. Julia a posé sa feuille sur le bureau et tient le livre ouvert à la page de l'extrait que nous avons eu. On a aussi envoyé par email le document terminé à madame Martin qui aime avoir une trace de notre travail.

Je commence l'introduction, passant aisément mon regard sur les étudiants présents. Les studieux prennent déjà des notes mais la grande majorité rêvasse ou bavarde. J'aurais pu faire pareil si l'enseignante ne s'était pas mise au premier rang alors que nous sommes juste derrière… Julia enchaîne par une lecture fluide de notre extrait puis entame avec conviction sa partie.

Je prends la relève en présentant notre deuxième partie et, à mon grand contentement, la prof hoche la tête, comme elle l'a précédemment fait. Elle écrit avec soin sur son calepin. Pour l'instant, tout va bien. Je termine ma transition et c'est maintenant au tour de Clémentine. Et là, malheur ! Elle lit sa feuille en butant régulièrement sur les mots, on dirait qu'elle découvre le texte ! C'est le genre de bêtise qui peut coûter des points avec beaucoup de nos enseignants. Je jette un coup d'œil discret à la prof, son stylo sous le menton, elle fixe notre collègue avec une attitude indéchiffrable. J'ai besoin d'un miracle.

Mon regard s'évade vers la porte de la salle d'où mon corps rêve de s'échapper. Stan est dans le couloir, adossé contre le mur, bien caché de mes collègues de promo. Un léger sourire sur mes lèvres répond au sien. Stan est visible uniquement de notre trio mais Clémentine est scotchée à sa feuille et Julia est trop dévorée par le stress. Mon regard navigue de Stan à la classe pour ne pas éveiller les soupçons sur sa présence. Depuis combien de temps est-il là ?

J'ai du mal à ne pas rire en voyant Stan lever les yeux, la bouche entrouverte. Lui aussi partage notre opinion sur Clémentine et sa présentation bancale. Les bavardages montent d'un cran, je pense qu'ils jugent la troisième membre… Pourtant, je me sens visée alors que je ne suis pas du tout la fautive ! Julia conclut un peu hâtivement et c'est la fin de notre exposé. Nous attendons le verdict de la prof qui expose les différents points. Avancer les éléments positifs en opposition avec les négatifs a toujours été sa manière de faire pour dédramatiser. Mon amie se frotte nerveusement la main. Je tire discrètement sur la manche de son pull, elle s'arrête en baissant la tête.

— C'est un bon travail, les filles.

Elle nous autorise à regagner nos places, je lui demande la permission d'aller aux toilettes. Ma prof accepte à la condition que j'attende que le prochain groupe ait fini pour revenir. Je trouve ça normal, ils n'ont pas à être interrompus ! Je la remercie et file hors de la salle. Stan n'a pas bougé, je lui fais signe de venir avec moi. Le nouveau trio entame son introduction pendant qu'on rejoint le hall du bâtiment.

— Tu es venu spécialement pour moi ?

Je le taquine, les mains dans les poches arrière de mon jean.

— Je passais dans le couloir quand j'ai entendu ta voix.

Je souris avant de lui demander son opinion sur le contenu. Ça pourra m'aider à savoir à quel point ma note va ou non maintenir ma moyenne.

— Tu t'en es bien tirée, ton amie aussi. Par contre, l'autre…

— Ne m'en parle pas, j'ai peur de connaître les résultats.

Stan me rassure en évoquant plusieurs points pertinents de notre exposé, notamment de ma partie. Il a vraiment écouté ce que j'ai dit… Il met en avant autant le fond que la forme. Mon élocution est excellente et c'était plaisant à entendre. Mes joues s'empourprent, je n'ai pas l'habitude de recevoir autant de compliments, surtout de la part de Stan.

— C'est gentil… Et encore, on a frôlé la catastrophe ! Tu aurais vu sa partie avant qu'on la retravaille avec Julia ! Et pour la préparation, elle est venue les mains dans les poches !

— Il y a toujours des gens comme ça.

— Ça ne t'énerve pas, toi ?

— Oh si ! Mais comme toi, Miranda, j'ai dû serrer les dents.

— J'aurais dû la balancer ?

Il hausse les épaules, hésitant un instant avant de répondre :

— J'avais un prof en L3 qui, quand tu dénonçais, partageait ta note par solidarité.

— Oh la vache.

Les enseignants ne sont-ils pas censés nous soutenir et éviter ce genre de choses ?

— Dans le doute, il vaut mieux s'abstenir.

J'acquiesce en me sentant plus légère. Le stress que je ressentais a pratiquement disparu, ça m'a fait un grand bien de discuter avec lui.

— Je dois te laisser, déclare Stan en regardant l'horloge murale, j'ai cours.

— Amuse-toi bien !

— Et toi, ne vagabonde pas trop dans les couloirs.

Je lui tire la langue et le vois sourire en montant à l'étage. Je souris bêtement en rejoignant ma salle de cours. Je dois encore patienter pour y entrer, j'en profite pour passer réellement aux toilettes. Je regarde mon reflet dans le miroir tout en savonnant mes mains. Je n'arrive pas à chasser ce sourire béat dû soit à la fin de l'exposé, soit à la présence de Stan… Au distributeur, je sors ma monnaie pour acheter deux chocolats chauds dont un sans sucre pour Julia.

Je me repère vite dans le plan du groupe. Ils en sont à la conclusion, le « pour conclure » m'a aiguillée. La prof fait son débriefing et dès qu'elle libère mes collègues, j'en profite pour faire mon apparition.

— Vous avez raison Miranda, nous allons faire une pause, s'enthousiasme-t-elle avec un large sourire.

Toute la promo se met à rire et moi aussi.

— Si je peux être utile, madame.

Madame Martin quitte le premier rang pour récupérer son portefeuille. La salle se vide pour une dizaine de minutes selon ses instructions. Julia et moi discutons de l'exposé, tout en profitant de nos boissons. La pièce est à peine chauffée en plus, ça fait un bien fou d'avoir du chaud entre les mains ! On se défoule sur le cas de Clémentine, mon amie est furieuse. Elle pense que notre note va s'en retrouver impactée. De mon côté, je tente de la rassurer comme Stan l'a fait pour moi.

Madame Martin revient avec son café fumant, elle s'assied sur son bureau, face à la salle. Julia se risque à poser la question qui brûle les lèvres de tous les étudiants déjà revenus :

— Madame ? Dans combien de temps vous nous donnerez les notes, s'il vous plaît ?

La prof sourit et prend une gorgée de sa boisson.

— La semaine prochaine.

Une exclamation générale de joie retentit.

— Et pour la dissertation ?

— Pareil, Miranda. J'ai bientôt fini le paquet, il y a de bonnes choses et d'autres un peu moins…

Tout le monde retient son souffle, le sujet était délicat mais pas infaisable. J'adore cette enseignante, passionnée dans ses propos, ses cours sont toujours attractifs. Sans oublier qu'elle ne met pas trois cents ans à corriger nos copies, ce qui n'est pas négligeable !

11

En ce milieu d'après-midi banalisée pour des ateliers d'insertion professionnelle, je franchis le hall de mon immeuble. Ça tombe parfaitement avec mon week-end ! Ça m'aurait embêtée de sécher les cours. Je pousse la porte avec mon sac et j'aperçois la voiture de Stan. Qu'est-ce qu'il fait ici ? J'ouvre la portière et me penche en avant pour le regarder.

— Isaac est malade, déclare-t-il alors que je m'apprêtais à le saluer.

Je passe mon sac à l'arrière puis m'installe côté passager. Je suis certaine qu'il n'a pas envie d'être là, vu sa tête…

— Tu sais, ce n'est pas grave. Je peux tenir la chandelle pour mes copines. Tu peux rentrer chez toi…

— Trop tard, je suis là.

Stan enclenche la marche arrière, j'attache ma ceinture en lui communiquant l'adresse. Pendant les minutes qui nous séparent de l'appartement des filles, je me sens mal à l'aise. Je suis contente que Stan vienne mais ça ne semble pas réciproque… En plus, il est silencieux et je ne sais pas quoi dire pour entamer une conversation intéressante !

Une fois à destination, je descends de sa voiture. Lou et Claire sont déjà en train de se crier dessus. Le week-end va être long… Je jette un coup d'œil à Stan, un rictus apparaît sur son visage.

— Coucou les filles !

Lou me salue brièvement de la main puis jette un sac dans son coffre, Claire boude et m'ignore totalement.

— Vous vous souvenez de Stanislas ?

— Salut, lui lance Lou.

Il lève la main en se forçant à sourire.

— Elle m'énerve ! crie soudainement Claire en tapant du pied.

— Tu peux te calmer un peu ?

L'intéressée me fusille du regard comme si je l'avais insultée.

— On va prendre deux voitures, propose Stan en m'attrapant le bras pour me ramener à son véhicule.

— Quoi ? Mais non ! s'emporte Claire en essayant de me retenir.

— Moi, ça me va !

Je tire Stan pour vite rejoindre sa voiture.

— Miranda ! gémit Claire d'une voix enfantine.

Je grimpe dans l'habitacle et m'attache en fixant mon amie qui s'en prend de nouveau à Lou. Stan boucle sa ceinture avant de démarrer le moteur.

— C'est la première fois que tu me fais une proposition qui me plaît autant !

Un sourire en coin se dessine sur ses lèvres.

— On peut aussi faire demi-tour, Miranda.

— Et dire non à un week-end déjà payé à la montagne ?

Il me regarde d'un air amusé. On suit la voiture de Lou et, aux grands gestes que je perçois, je me dis qu'elles ne doivent pas s'ennuyer… Je suis bien contente d'être au calme avec Stan !

Au bout de deux heures, on fait la première pause. Lou fonce vers la station-service, laissant Claire dans la voiture.

— J'ai besoin d'un café, commente Stan en se détachant.

— Et moi d'aller aux toilettes !

Je rejoins rapidement Lou, elle me tient la porte avec un regard qui m'implore de me dépêcher. Heureusement pour nous, il n'y a pas la queue pour passer.

— Je vais monter avec ton blond et toi, tu vas avec Claire, déclare Lou depuis sa cabine.

— Sûrement pas ! Je le garde, mon Stan !

En remontant mon pantalon, je me fige. « Mon Stan », mais d'où ça vient, ça ? J'entends mon amie glousser puis la chasse d'eau. En sortant, je croise le regard espiègle de Lou.

— Je ne vais pas te le voler !

— Ça me serait égal, dis-je d'une voix peu convaincue.

Je me lave les mains et, perplexe, considère mon reflet dans le miroir.

— On ne dirait pas !

— De toute façon, tu as quelqu'un je te rappelle !

— C'est le week-end de la dernière chance.

— Quoi ?!

Je fais volte-face vers Lou et lui attrape les bras. Elle grimace en sentant le contact de mes mains humides à travers son chemisier.

— Tu ne sais pas tout, Miranda.

— Bah dis-moi, je t'écoute !

— Je n'ai pas envie de t'en parler.

Elle se dégage et sort des toilettes, me laissant hébétée. Lou… Je frotte mes mains contre mon pantalon en sortant à mon tour. Je vois mon amie franchir la porte du bâtiment, telle une furie. Stan est à la machine à café, son gobelet à la main, il m'observe arriver jusqu'à lui.

— T'en fais une tête.

— Pas maintenant, Stan, pas maintenant… Il faut que je mange quelque chose.

Il me tend le petit biscuit fourni avec le café, j'esquisse un sourire en ouvrant le sachet. Je grignote en surveillant Lou marcher avec son portable à l'oreille sous le regard courroucé de Claire. J'ai peur de comprendre ce qui se passe…

Stan jette son gobelet à la poubelle puis passe dans la partie boutique de la station-service. Je surprends ses yeux sur moi tandis qu'il fait la queue à la caisse. Il a raison, on devrait rentrer. Le week-end s'annonce mal, je ne le sens pas du tout. Si Lou m'a proposé de venir, c'est pour jouer les médiatrices et je ne suis pas sûre de pouvoir arbitrer quoi que ce soit. Stan revient vers moi et me donne un paquet de brownies ainsi que ses clés.

— Va t'installer, j'arrive, m'enjoint-il en posant une main tendre sur mon épaule.

Je hoche la tête et sors du bâtiment, un peu peinée. Mon cœur se serre, je sais que mes amies ont des soucis et pourtant, je le prends personnellement. J'ai l'impression de ne servir à rien. Lou s'éloigne en me voyant arriver dans sa direction. Ce n'est pas comme si j'allais lui sauter dessus pour avoir des réponses ! Je grimpe dans la voiture de Stan en essayant de me convaincre que tout ira bien. L'angoisse m'attaque face à ce sentiment d'impuissance.

Stan entre dans le véhicule et, dès qu'il claque la portière, j'éclate en sanglots. Il me regarde surpris, je place mes mains sur mon visage. Je sens les doigts de Stan m'attraper le bras pour me tirer à lui.

— J'en ai assez d'être prise entre les deux !

Ma justification semble si stupide, j'ai accumulé trop de choses ces derniers temps… Le visage plaqué contre son torse, je pleure à chaudes larmes. Stan me frotte le dos avec une étonnante douceur. Je m'agrippe à son tee-shirt, malgré moi je m'attends à avoir une remarque. Mais je suis frappée par son silence. Ça m'oppresse presque plus que la situation conflictuelle de mes copines.

Au bout d'un moment, je finis par reprendre mon calme et me redresse, les membres engourdis. La boîte de brownies a chuté sur le sol, je la ramasse pour la reposer sur mes jambes.

— Je suis désolée…

Je me mordille le doigt en me maudissant d'être si fragile. Je m'essuie les yeux, je ne voulais pas que Stan me voie comme ça…

— Ce n'est rien, déclare-t-il en ouvrant le carton.

Il déchire un sachet de brownies.

— Ouvre la bouche.

Je m'exécute et il m'offre le gâteau que je rattrape avec ma main pour éviter de mettre des miettes partout. J'esquisse un sourire pour le remercier mais ça ne déclenche rien chez Stan. Il prend un brownie avant de faire démarrer la voiture, il frotte ensuite sa main sur son jean et s'engage sur l'autoroute.

Soudainement, je me réveille. *Merde, je me suis assoupie !* Je jette un coup d'œil par la vitre comme si ça pouvait me fournir une indication. *Aïe, ma nuque !* Je pose ma paume dessus pour calmer la douleur. La voiture roule toujours, je ne sais pas où nous sommes.

— J'ai dormi longtemps ?

— Quasiment quatre heures.

Je m'étire doucement pour ne pas gêner Stan.

— Tu aurais dû me réveiller…

— Pour que tu pleurniches, non merci.

Stanislas, le retour.

— Attends, quatre heures ? Est-ce que tu as fait une pause au moins ?

— Je suis un conducteur prudent, Miranda.

— Les filles ne se sont pas arraché la tête ?

— Aucune idée. Elles se sont arrêtées sur une aire d'autoroute avec station et moi, je me suis posé sur une aire de pique-nique.

Stan connaît la destination, il aurait eu tort de les coller…

Je suis affamée quand nous arrivons enfin à l'hôtel. Les brownies n'auront pas fait long feu avec Stan et moi. Je ne vois pas la voiture des filles, nous sommes donc les premiers. On monte nos affaires dans la chambre de style très rustique, après tout, pourquoi pas ? Au rez-de-chaussée, j'envoie un message à mes amies pour savoir où elles en sont.

— On va les attendre avant de dîner, me propose Stan en se dirigeant vers le distributeur de l'hôtel.

Il nous prend un paquet de M&M's et je remarque que le restaurant semble plein, on fait bien de patienter. Je mange quelques friandises puis jette un coup d'œil à mon portable : toujours pas de nouvelles.

— Je suis sûr qu'elles vont bien.

— J'attends encore un peu puis j'appelle la police.

Il sourit et moi je soupire en silence. Je suis Stan jusqu'à la terrasse, le soleil va se coucher et on a une assez belle vue ! Je m'approche du rebord en bois pour admirer au plus près les derniers rayons. Le vent est frais mais c'est peu dérangeant face à l'immensité environnante. L'hôtel est bâti juste en haut d'une colline, ça donne un de ces effets !

— Que c'est beau…

Les mains de Stan se posent sur mes hanches et m'attirent à lui.

— Qu'est-ce qui te prend ?

— Tais-toi, marmonne-t-il en plongeant son regard dans le mien.

Je vais pour lui répondre de ne pas me parler de cette façon, lorsque je surprends des bribes de conversation sur le « blond très sexy » qui m'accompagne. Deux jeunes femmes le reluquent sans la moindre gêne ! Non mais oh ! J'agrippe son tee-shirt et enfouis ma tête contre son torse, en jetant un regard haineux à ces pétasses. Vertes de jalousie, elles s'éloignent toutes les deux. Bon débarras !

— Stan, ça ne vaut pas un baiser de cinéma devant ce coucher de soleil ?

Je redresse la tête et ses lèvres effleurent furtivement les miennes. Je n'ai pas le temps d'accentuer ce contact qu'il relâche déjà son étreinte.

— Ne te méprends pas, elles nous épiaient encore.

Stan rentre, me laissant en plan sur l'immense terrasse déserte. Mes doigts sur mes lèvres, je suis presque troublée…

— Tu es là, Miranda.

Lou arrive depuis une autre porte avec deux verres d'alcool. Je croise aussitôt les bras, je n'ai pas oublié son attitude à la station-service.

— Ah, tu te rappelles de moi ?

Elle détourne le regard, gênée.

— Je ne veux pas qu'on se fâche. Je dois déjà gérer avec Claire…

Lou s'assied à une table et pose le second verre à l'autre bout du plateau. Elle admire le soleil couchant. Je me décide à la rejoindre, j'ai besoin de m'asseoir.

— Où étiez-vous ?

— Problème de pneu. J'ai dû attendre qu'on vienne m'en livrer un !

Soulagée qu'elles soient arrivées entières, je ne lui reprocherai pas d'avoir laissé mes messages sans réponse.

— Tu peux comprendre que vivre avec Claire, c'est pesant !

— Comme tout le monde, elle n'a pas que des bons côtés.

— Elle me rend folle !

Lou se renfrogne en buvant une gorgée de son verre.

— Stan m'a embrassée.

Elle avale de travers et se met à tousser. Pour une fois que ce n'est pas moi !

— Quoi ? Comme ça ?!

— En fait, c'était plus un smack qu'autre chose, voire moins. Oui, moins.

Je bois une gorgée de mon verre, comme pour me donner du courage. C'était trois fois rien en plus…

— T'as aimé ?

— On mange tous les quatre, ce soir ?

Le sourire de Lou dévoile ses dents face à ma tentative désespérée de changer de sujet.

— Je ne veux plus en parler, merci. Alors ?

— Oui Miranda, en espérant que Claire se soit un peu calmée.

Je soupire de désespoir rien qu'à l'idée qu'elle nous fasse un scandale en public…

En ce début de soirée, nous sommes assis à une table près des vitres, Stan à ma droite et Lou en face de moi. Claire a fait un détour par les toilettes et le serveur nous apporte nos commandes avant son retour.

— Tu devrais peut-être aller la chercher, Miranda.

— C'est ta petite amie, je crois.

On tourne la tête vers Stan qui commence à dîner.

— Elle arrive, commente-t-il en sentant nos regards sur lui.

Claire se rassied à côté de Lou, toute penaude. L'ambiance reste pesante, mais au moins Lou et moi discutons travail pour que le silence ne retombe pas.

— Vous prendrez un dessert ? demande le serveur en nous rapportant la carte.

— Non merci, déclare Stan en quittant sa chaise.

— Moi non plus. Je dois le rattraper, il a le numéro de la chambre !

Claire veut s'y opposer mais je suis déjà partie à la suite de Stan. Je me glisse dans l'ascenseur avant qu'il n'appuie sur le bouton.

— Salut !

— Salut, me répond-il avec un demi-sourire.

C'est drôle, ce sont les premiers mots qu'on a échangés lors de notre rencontre…

— J'ai cru que ce repas ne finirait jamais !

— Pareil pour moi, Miranda.

Stan bâille en s'appuyant contre la paroi de l'ascenseur.

— J'en connais un qui va faire un gros dodo !

— Et moi j'en connais une qui a intérêt à me laisser dormir.

— Alors là tu peux courir ! J'ai l'intention de t'agresser sexuellement pendant ton sommeil !

— Hum hum ! lance une voix féminine.

Les portes de l'ascenseur se sont ouvertes sur des petites grands-mères qui me fixent bizarrement…

— Bonsoir !

Cette tentative pour paraître cool est totalement ratée ! Stan s'engouffre dans le couloir, je l'entends pouffer de rire.

— Ça suffit !

Il continue et je lui frappe l'épaule pendant qu'il tape le code. La porte s'ouvre, Stan m'attrape par les hanches pour me faire entrer. Je me décale pour ne pas gêner la fermeture automatique de la porte. À peine le seuil franchi, Stan se laisse tomber sur le lit.

— Tu crois que ça va finir en bain de sang ?

— Si ta copine se détendait un peu, ça irait mieux pour son couple.

— Lou veut que je prenne parti.

Je m'adosse au mur en croisant les bras. Cette situation m'exaspère !

— Ne le fais pas.

Merci Stanislas, j'y aurais jamais pensé seule !

Le sourire aux lèvres, il rampe jusqu'à l'oreiller pour bien s'installer. Je monte sur le lit puis m'allonge sur Stan. Je glisse mes mains sous son tee-shirt pour caresser son dos. Ma main serpente ensuite vers le creux de sa hanche, Stan frémit sous mon contact.

— Miranda, susurre-t-il les yeux clos.

Son corps se soulève légèrement, permettant à mes doigts de se faufiler jusqu'à son sexe. Je le malaxe, augmentant ses râles, tout en déposant de rapides baisers sur son dos musclé.

— Déshabille-toi, m'ordonne Stan.

Je roule sur le côté et m'exécute en commençant par le bas. Stan se lève et retire ses vêtements sans me quitter des yeux. Ce n'est pas la première fois que je le vois nu mais je ne m'en lasse toujours pas. Alors que j'enlève mon haut, il m'attrape les cuisses pour m'attirer à lui. Sa bouche attaque mon sexe et me fait couiner de plaisir. Je jette mon soutien-gorge sur le sol en me dandinant sous sa caresse humide.

Mes cuisses contre ses épaules nues, je passe mes mains sur mon buste m'attardant sur mes seins pour augmenter mon bien-être. Stan me voit agir et me mordille, accentuant mon désir. Il frotte ses lèvres contre l'intérieur de ma cuisse. Sa langue remonte ensuite de mon ventre à la naissance de ma poitrine. Je le fais basculer sur le dos avant d'empoigner son pénis pour l'insérer en moi. L'autre jour, je lui reprochais le manque de préliminaires, mais je ne lui en donne pas le temps non plus… Stan se contracte et observe la réaction qu'il produit sur mon corps. Je m'active sur lui, ses doigts s'enfonçant dans ma peau, il renverse sa tête en arrière. Il laisse échapper des râles qui m'excitent de plus en plus.

— Doucement Miranda, tu vas me faire jouir.

— C'est un peu le but !

— Pas trop vite, murmure-t-il en se redressant.

Son sexe s'enfonce encore plus dans mon intimité. Je ralentis, secouée par des spasmes de plaisir. Haletante, je passe mes bras autour de son cou et plaque mes lèvres contre sa joue. D'un vif mouvement, Stan me renverse, me dominant de tout son corps. Il s'agite lentement, me mettant face à un plaisir qui ne cesse de monter.

Stan me donne un bref coup de hanches, j'ai envie de repasser au-dessus de lui. Il doit l'avoir senti car désormais, ses mains bloquent mes poignets contre le matelas, me privant de tout mouvement. Un sourire carnassier se dessine sur ses lèvres tandis qu'il me contemple. Quelqu'un tambourine à la porte de notre chambre.

— Miranda ! Je dois te parler.

Claire a toujours le chic pour arriver au mauvais moment ! Le torse de Stan se rapproche de mon buste, me faisant me concentrer à nouveau sur mon partenaire.

— Ne réponds pas, me chuchote-t-il à l'oreille, en continuant ses assauts.

Je me cambre en souriant.

— Embrasse-moi, Stanislas…

— Tu ne veux pas que je te tienne la main non plus ?

— Si…

Stan glisse ses doigts entre les miens puis m'embrasse la joue. C'est une maigre compensation mais je prendrai tout ce qu'il m'offrira… Claire frappe un dernier coup à la porte, ses plaintes s'éloignent dans le couloir.

Je jouis quelques instants avant Stan. Ma main libre court dans son dos pour se loger sur sa nuque et l'oblige à rester. Je ne veux pas qu'il s'en aille tout de suite, il s'appuie sur ses avant-bras pour ne pas m'écraser. Je prends plaisir à sentir nos corps encore emmêlés, nos respirations saccadées. Stan dépose un baiser sur ma mâchoire puis se laisse tomber sur le côté. Je soupire à l'idée d'aller voir Claire. Je sens que ça va m'énerver alors que je suis si détendue.

— Stan ?

Je tourne la tête vers lui, il s'est déjà endormi. Je crois que je peux dire sans me tromper que je l'ai achevé ! Je souris et tire la couverture sur lui.

— Dors bien…

Je lui embrasse le front et file à la douche. Le seul point positif dans cette histoire, c'est que Claire tente de rétablir le dialogue… Je m'habille en contemplant Stan dormir, imprimant pour toujours cette vision de lui dans mon esprit.

Le couloir est désert, je frappe à la chambre des filles mais personne ne m'ouvre. *Où es-tu passée, Claire ?* Je descends au bar et surprends mon amie en train de draguer ouvertement le barman. Mais qu'est-ce qu'elle fabrique ?!

— Claire ?

— Oh Miranda ! Je te présente, euh, machin. Il est sexy, hein !

Je fusille du regard l'homme en question qui s'en va aussitôt servir d'autres clients.

— Tu es ivre ?

— J'ai bu que quatre verres, c'est rien.

— Laisse-moi en douter ! Viens, je te ramène à ta chambre.

— Non, encore un !

Elle s'empresse de terminer le verre qu'elle a en main. Est-ce qu'elle était déjà torchée quand elle a toqué à ma porte ?

— S'il te plaît, Claire.

Je saisis son bras pour la tirer hors de sa chaise. En me repoussant, elle me frappe involontairement à la joue. Je prends sur moi pour ne pas gémir de douleur, je ne m'y attendais pas à celui-là.

— Oh pardon, Miranda, pardon.

Claire veut attraper mon visage entre ses mains mais je recule en sentant son haleine chargée.

— Tu vas remonter immédiatement dans ta chambre !

— Mais non, je te promets que ça va.

Je secoue la tête, les larmes aux yeux. C'est quoi, cette situation de merde ? Résignée, Claire quitte à regret sa chaise. Elle fait des grands gestes au barman qui préfère l'ignorer. Mon amie appuyée sur moi, je regagne l'ascenseur. Et merde, c'est quoi le code pour entrer dans sa chambre ? Claire se laisse glisser sur le sol en riant. Je perds patience, j'ai envie de lui hurler dessus. À l'heure qu'il est, je devrais être allongée tranquillement avec Stan, bien au chaud sous la couette, plutôt qu'ici, à jouer les chaperons ! Je voudrais qu'il vienne m'épauler comme à la station-service. Je sors mon portable et tente de téléphoner à Lou qui ne répond pas…

— Non, ne l'appelle pas, je gère, bredouille Claire en titubant pour se relever.

Évidemment, elle tape des numéros au hasard et ça ne déverrouille rien du tout. Je l'aide à s'asseoir et me résous à faire la même chose. Claire pose sa tête sur mes genoux et moi, je colle la mienne au mur, la nuit va être longue.

Après plusieurs tentatives infructueuses pour joindre Lou, je décide d'appeler l'accueil de l'hôtel en leur expliquant la situation. Heureusement, je tombe sur un réceptionniste compréhensif qui nous envoie quelqu'un pour vérifier l'identité de Claire. C'est à ce moment que Lou fait son apparition et congédie poliment celui qui aurait pu être notre sauveur. Furieuse, je pousse Claire pour me relever.

— Tu étais où, bordel ?!

— Tu vas la fermer, grognasse ? crie un résident de l'hôtel depuis sa chambre.

— Ta gueule !

Je pense que je lui ai cloué le bec car il n'y a pas eu de réponse.

— Je voulais être un peu seule…

D'un geste de la main, je désigne Claire allongée sur le sol. Je ne dois pas hurler, la situation est déjà assez pénible pour tout le monde.

— Miranda, elle a recommencé…

— Quoi ?

— C'est ce que je voulais te dire…, m'explique Lou en lançant un regard appuyé à sa petite amie.

— Tu ne me feras jamais avaler qu'elle est devenue alcoolique du jour au lendemain.

Lou baisse les yeux pour confirmer mes propos. Putain, je n'ai rien vu ! Je suis une pitoyable copine…

— Je pensais que tu la trompais !

— Quoi ?! Mais je l'aime !

— Je t'ai vue au téléphone à la station-service.

— C'était ma remplaçante qui n'est pas foutue de faire son taf ! Écoute, je… je ne voulais pas t'en parler parce que moi-même, j'étais dépassée…

On se regarde toutes les deux sans savoir comment continuer cette étrange conversation.

— Tu m'aides à la coucher, s'il te plaît Miranda ?

Lou tape le code et bloque la porte avec son pied. Elle saisit ensuite Claire par les aisselles et moi par les pieds.

— Soulève, tu tiens rien là !

— Excuse-moi Lou mais si tu avançais plus vite !

Avec du mal, on arrive à allonger Claire sur le lit.

— Je vais prendre soin d'elle, m'informe, sûre d'elle, son amoureuse.

— Ça va aller ?

Mon amie me sourit avant de me prendre dans ses bras.

— Merci…

— À demain, Lou.

Déboussolée, je lui frotte tendrement le dos et quitte sa chambre pour regagner la mienne. Stan est en train de se rhabiller quand je franchis le seuil.

— Stanislas ?

— Ce n'est pas ce que tu crois.

J'ouvre grands les yeux et fonce dans la salle de bains. J'allume la lumière, personne. Il n'y a pas assez de place sous le lit, j'ouvre le placard de la chambre, à défaut.

— Qu'est-ce que tu fais, Miranda ?

— Je cherche l'autre fille, tiens !

Il me regarde, dubitatif, et secoue légèrement la tête.

— Tu n'étais plus là et j'ai entendu ta voix dans le couloir. J'ai cru que tu avais besoin d'aide.

— C'est gentil mais le problème a été résolu !

Il soupire de soulagement puis vire son pantalon et son boxer pour se retrouver nu.

— Tu voulais venir à mon secours ?

Je glousse en sautant sur le lit.

— Non, pas du tout.

Stan se recouche et moi, je baisse les épaules, un chouïa déçue.

— Je… tu sais…

Est-ce que je dois lui dire pour Claire ? Non, ça ne va pas l'intéresser…

— Quoi ? murmure-t-il en plongeant son regard dans le mien, sa main sur mon genou.

Je lui détaille tous les événements depuis que je suis sortie de notre chambre. Et contrairement à ce à quoi je m'attendais, il m'a attentivement écoutée…

— Ça s'arrangera.

Je lui souris, je sais que Stan n'a pas juste dit ça pour passer à autre chose.

— Maintenant tu m'excuses, je vais regarder si je ne suis pas trop défigurée.

— Ah, c'était ça.

Je fais volte-face vers lui.

— Quoi ?

Stan se pince les lèvres, retenant un rire. Je me précipite vers le miroir de la salle de bains, l'endroit de l'impact a un peu rougi mais rien de bien méchant.

— T'es pas sympa, Stan !

— C'était pour vérifier que tu étais encore réactive !

Au matin, je suis la première réveillée, Stan est allongé sur le dos. Je ne sais pas pourquoi mon esprit rapproche cette vision avec la Belle au bois dormant. J'ai envie de glousser, ce n'est pourtant pas une bonne idée. Je voudrais profiter de la situation, il a failli m'embrasser hier. Qu'est-ce que ça signifiait ? Que j'ai plus de droits ? Je dépose un léger baiser sur ses lèvres.

D'un mouvement brusque, le Beau au bois dormant me repousse, très énervé. Stan me dévisage tandis que je baisse les yeux, honteuse. Je suis à peu près sûre que ce n'est pas de cette façon que la princesse a réagi...

— Prends tes aises, surtout ! s'exclame-t-il en se débarrassant de la couette pour se lever.

— Pardon Stan...

Je l'entends fulminer de colère en s'enfermant dans la salle de bains. Je pose ma main sur mon front. *Qu'est-ce qui m'a pris ?* Je m'habille et hésite à frapper à la porte pour le prévenir.

— Je descends...

Pas de réponse, le contraire m'aurait étonnée. Pourquoi fait-il tout un plat pour un simple baiser, hein ?! Je petit-déjeune seule, en me réconfortant à l'idée que les filles vont faire la paix. De mon côté, je suis perdue, ma bourde fait que Stan me déteste pour de bon.

Après m'être rassasiée, je remonte à la chambre où je le trouve vêtu d'un pantalon. Il enfile un tee-shirt après m'avoir jeté un vague coup d'œil.

— Est-ce qu'on va passer la journée comme ça ?

Il se tourne vers moi, retenant à peine un rictus.

— Je suis vraiment désolée. J'ai commis une erreur, d'accord ?

Stan détourne le regard, son silence me rend folle ! Il se dirige vers moi, ou plutôt vers la porte, je me place devant lui pour le freiner.

— Tu ne vas pas bouder tout le week-end quand même ?

— Ça, t'aurais pu y penser avant, non ?

En réponse à ses mots tranchants, je le pousse au niveau du torse.

— C'est pour cette raison que j'avais demandé à Isaac de venir. T'es qu'un mec à problèmes !

Stan se redresse, piqué par ma remarque.

— Si tu savais, ma pauvre, déclare-t-il en s'apprêtant à sortir dans le couloir.

— Tu me prends bien pour une conne si tu crois que je ne sais pas qu'il en baise d'autres !

Son poing retient la porte qui se refermait sur lui.

— Isaac le faisait déjà avec celles qui t'ont précédée. La seule condition est qu'il se protège à chaque fois.

J'ignore pourquoi Stan me révèle tout ça... Pour noyer le poisson ou bien pour me rassurer ? Je ne peux pas laisser la situation pourrir. Non, c'est trop tard.

— C'était seulement pour jouer... Pourquoi tu rends les choses encore plus difficiles ?

— Parce que c'est douloureux pour moi.

Stan sort et la porte close met définitivement fin à notre conversation. Troublée, je me déshabille et fonce dans la cabine de douche. C'était quoi ce « C'est douloureux pour moi » ? Je voulais juste l'embrasser parce que j'en avais envie mais ce n'est pas réciproque. Je m'enveloppe dans une serviette et me brosse les dents sans grande conviction. Je crois qu'il est temps de rompre le contrat, ça me touche bien plus que je ne l'aurais imaginé. Ça n'a plus rien d'amusant aujourd'hui...

J'entends la porte de la chambre s'ouvrir, je resserre machinalement la serviette sur mon buste. Je rince ma bouche avant de ranger ma brosse à dents dans ma trousse de toilette. Alors que je vais sortir, je découvre Stan appuyé contre l'encadrement de la porte.

— Tu as réussi ta mission, tes copines n'ont pas arrêté de se faire les yeux doux.

Je ricane malgré moi, il y aura eu au moins du positif ce matin. Pauvre Claire, elle doit avoir une sacrée gueule de bois !

— Elles ne t'ont pas dévoré ?

— Claire et Lou sont plutôt cool en fait…

Je souris et lui tapote le torse en quittant la salle de bains. Je m'assieds sur notre lit, encore honteuse.

— Stan ?

Il se retourne vers moi, étonné par le faible son de ma voix.

— On est à combien de fois ?

— C'est Isaac qui tient les comptes.

J'essaie de cacher ma surprise, j'aurais parié sur Stanislas pourtant ! J'ai un petit pincement au cœur, Isaac n'aura été qu'un beau mirage.

— Je voudrais juste savoir une chose…

Stan m'observe, le dos contre le mur, attendant la question fatidique.

— Qu'est-ce qu'il a pu t'arriver pour qu'un baiser t'irrite à ce point ?

— Ça me rappelle des mauvais souvenirs…

J'acquiesce, je sens qu'il n'est pas prêt à m'en révéler davantage.

— Rassure-toi, je ne t'embrasserai plus jamais !

Un faible sourire glisse sur ses lèvres, j'ai l'impression que ce n'est pas suffisant à ses yeux.

En ce milieu de matinée, nous nous baladons sur un sentier. Lou porte le sac à dos avec nos précieux sandwichs et bouteilles d'eau, Stan voulait s'en charger mais elle l'a rabroué ! Mes copines marchent en tête, main dans la main, et échangent de rapides bisous. L'amour semble plus fort un lendemain de cuite ! Bizarrement, Stan est à la traîne, c'est mieux comme ça… Je vis très mal ce week-end, je n'arrête pas de me dire que lundi, tout va changer. Je vais retrouver ma vie de célibataire et perdre tout un tas de choses, notamment lui… Des miaulements me tirent de mes réflexions. Je m'approche des buissons où je découvre deux adorables chatons, blancs aux yeux verts, qui se chamaillent.

— Il est trop chou, commente Claire en prenant le plus petit. Je le garde ! Tu t'appelleras Étoile.

L'autre chaton semble pleurer pour appeler son frère ou sa sœur. Je l'attrape doucement pour lui faire des caresses.

— Je vais le nommer Stanounet !

— On fait difficilement plus débile.

Je soupire. *Et moi qui pensais que ça pourrait le faire sourire !*

— Des gens ont dû les abandonner ici, déclare Lou en câlinant les chatons.

— C'est affreux ! s'emporte Claire, les larmes aux yeux.

On rentre à l'hôtel, Lou rallonge la note à la réception pour accueillir les animaux.

— Arrête de le tripoter, me réprimande Stan en me retirant mon chaton des mains.

Je hausse les épaules et fonce chercher des journaux pour protéger le parquet. Les autres rejoignent les chambres. C'est moi, ou Stan adore les chats ? Je monte ensuite à l'étage et frappe à la porte des filles. Je donne quelques exemplaires à Lou pendant que Claire câline son nouvel animal.

— Pense à faire ça avec Lou !

Mon amie me regarde, presque surprise de cet ordre.

— Et à baiser !

Lou se met à rire nerveusement comme si elle m'avait contaminée. D'habitude, c'est elle qui tient ce genre de propos !

— À tout à l'heure, Miranda.

— Pour le dîner, vingt heures max, hein ?

Je lui adresse un regard équivoque et sors dans le couloir. Je me retrouve nez à nez avec la vieille et son « Hum hum ». *Putain, mais elle me suit ou quoi ?*

— Bonsoir madame.

Je fais volte-face et me dépêche de déverrouiller la porte de ma chambre. En sécurité, je trouve Stan qui me fixe assis par terre, hilare.

— Quoi ?

— Deux fois !

Je rougis en ne comprenant pas de quoi il parle.

— Deux fois quoi, Stanislas ?

— La vieille, je l'ai entendue dans le couloir !

Je baisse la tête, vaincue. J'aperçois Stanounet, entre ses jambes croisées, essayer de grimper sur lui en poussant de petits miaulements. Je m'approche pour le caresser mais Stan repousse ma main.

— T'as une mission, Miranda.

Je lui donne une tape sur la tête avec mon tas de journaux puis commence à tapisser le sol.

Le dîner est vite expédié, je crois qu'on veut tous remonter câliner les chats. Enfin, vu comment Lou et Claire se dévorent des yeux, je ne suis pas sûre que le chaton soit le seul qui ait ce droit… Je me tourne vers Stan, lui, il ne me regarde pas comme ça. Déjà, présentement, il ne me regarde pas du tout. Les filles partent se coucher, on leur souhaite une excellente nuit.

— Courte, la nuit !

Bien sûr, devinez qui me surveille depuis la table voisine ? La vieille ! C'est une plaisanterie, elle a décidé de me stalker ? Elle reprend son discours animé avec d'autres personnes âgées.

— Stan, pourquoi tu ne me dévores pas des…

— Je n'ai pas envie d'avoir une indigestion, me coupe-t-il, la bouche pleine de son dessert glacé.

Ma mâchoire est prête à se décrocher, il m'a interrompue et en plus, il tape à côté. Je soupire, qu'est-ce que j'attendais comme réponse de toute façon ?

Stanounet a fait un petit pipi pendant notre absence, sur le journal, hourra ! Je squatte la salle de bains la première pour me laver les dents. Je récupère ensuite le chaton et m'allonge avec lui dans le lit.

— Tu ne devrais pas le laisser dormir avec nous. Il n'est pas encore propre, déclare Stan en se brossant les dents.

— Qu'est-ce que tu peux être rabat-joie !

Je l'ignore et continue de câliner mon chat. Il a uriné sur le papier journal, c'est qu'il a compris ! Stan entre dans la chambre en boxer et se glisse sous la couverture. Le chaton quitte mon ventre pour marcher avec ses petites pattes jusqu'à Stan sous son regard protecteur. Plusieurs miaulements plus tard, Stan l'aide à s'installer sur lui. Le traître animal se met en boule sur son ventre. OK, mon voisin est plus confortable que moi, message reçu.

Après notre dispute de ce matin, je ne me sens pas à l'aise. C'est de dos que je quitte mes vêtements avant de me couler sous la couette. Mes doigts tapotent mon ventre au chaud pendant que je me demande si je vais trouver le sommeil…

— Je pourrais t'accompagner chez le vétérinaire pour Stanounet.

Je tourne la tête vers Stan, surprise par sa proposition.

— Ça sera plus simple que prendre le tramway.

— C'est gentil, merci Stan.

Le ronronnement du chaton emplit la pièce comme une douce mélodie.

— On a passé un bon week-end ?

Je voulais lancer une affirmation mais ma phrase a plus sonné comme une question.

— Oui.

Je souris et saisis l'occasion pour me rapprocher de Stan. Il passe son bras par-dessous ma nuque et sa main se pose sur mon épaule. Je place ma tête sur son torse tiède et m'endors comme une masse.

Le gérant de l'hôtel, grand fan de chats, nous a offert de quoi voyager avec les chatons, deux caisses de transport et des croquettes. C'est très gentil de sa part !

J'allume la radio dans la voiture et, ravie d'avoir un petit chat, je me mets à chanter les paroles du premier single de Dorian's Crows. Stan me lance un regard perplexe.

— Ne fais pas genre que je chante mal, j'étais membre de la chorale au lycée !

— Je suis plutôt impressionné en réalité.

J'en reste bouche bée, ne sachant pas comment rebondir. Dans l'euphorie du moment, je m'exclame :

— Je suis heureuse que tu sois venu Stan.

Il sourit sans quitter la route des yeux.

— Même si t'es quand même un con.

Je lui tire bruyamment la langue, sa main s'abat sur ma cuisse, me faisant glousser. Je profite de cette source de chaleur pour poser ma main dessus. Sa main se redresse, je pense qu'il va la retirer mais c'est tout le contraire, il m'attrape doucement les doigts. *Stanislas, tu me rends folle...* La route est longue, je m'endors, bercée par les mouvements de la voiture.

— Miranda ?

J'ouvre les yeux en entendant mon prénom. Il me faut un peu de temps pour réaliser que la voiture est garée sur le parking devant mon immeuble. Le froid de ce début de soirée vient saisir mon corps tandis que je détache ma ceinture. Isaac, penché vers moi, m'observe, manifestement amusé par mon état.

— J'ai remplacé Stan, il était cuit.

Je me lève avec l'impression d'être dans le gaz, j'avance en mode automatique jusqu'à la porte du bâtiment. Je n'aspire qu'à me rendormir, et sur une surface plus confortable qu'un siège. Concentrée sur mon unique envie, je puise dans mes dernières forces pour rejoindre mon appartement. Ignorant Isaac, je me laisse tomber sur mon lit. J'entends sa voix et je devine qu'il parle au chat. Je sombre rapidement dans le sommeil sans même avoir pu le remercier.

Le réveil sonne brièvement puis est coupé. J'émerge en me rapprochant de son corps chaud. Je me blottis contre son torse nu de la même manière que ce week-end. Je voudrais qu'il passe un bras autour de ma taille pour me maintenir près de lui. J'aimerais relever la tête et le trouver aussi éveillé que moi. Je déchante quand ce n'est pas son odeur que je sens, ni ses bras qui me serrent, ni lui... Je me redresse comme si une décharge électrique avait parcouru mon corps. Isaac me regarde, surpris, avant d'afficher son sourire habituel.

— Tu as dormi comme un bébé.

Je tire la couette sur moi, je suis encore habillée et je ne sais pas ce que je cherche à cacher. Il m'a déjà vue nue, alors avec des vêtements... Je relâche fébrilement la couverture et lui lance un regard atterré.

— Tu ne m'embrasses pas, Miranda ?

— Je ne me suis pas lavé les dents hier soir.

Je quitte le lit en envoyant valser la couette pour me précipiter pieds nus dans la salle de bains. Au passage, je réveille mon chaton qui dormait près de sa caisse, je suis désolée ! Je m'enferme et fonce dans la cabine de douche après avoir prestement retiré mes fringues.

L'eau coule sur ma tête, j'essaie de faire le vide. Mais je n'y arrive pas ! Qu'est-ce qu'il vient de se passer ? J'ai repoussé Isaac parce que j'étais… j'étais déçue qu'il ne soit pas Stan. Je me savonne entièrement en tentant de ne pas y penser. J'aurais tellement aimé que ce week-end dure plus longtemps. Stan me manque alors qu'hier on discutait encore…

Je sors de la salle de bains en serviette, j'aurais dû emporter des vêtements de rechange ! Isaac siffle en me voyant apparaître peu vêtue. Je souris, flattée de son intérêt, pourtant je me sens bizarre. Il franchit en deux pas la distance qui nous sépare et me prend dans ses bras. Mes mains tenant fermement ma serviette, je n'ose pas bouger.

— Tu as passé un bon week-end ?

— C'était sympa oui…

Je suis si mal à l'aise, pourquoi ?

— Et toi, tu vas mieux ?

J'en profite pour me dégager de son étreinte.

— Oui, répond-il après avoir hésité un instant.

— OK.

— Tu devrais retourner te coucher, tu es un peu pâlotte.

— Tu m'as peut-être contaminée !

J'essaie de faire de l'humour mais ni ma voix ni mon cœur ne suivent cet élan. Ça sonne tout bonnement faux. J'ai envie de saisir mon portable et d'appeler Stan. Juste pour entendre sa voix et recréer ce qu'il m'a offert dernièrement. Pourtant une part de moi sait que c'est fini. Un peu gêné, Isaac se masse la nuque puis s'approche à nouveau.

— Je vais te laisser te préparer. Tu m'appelles si t'as besoin ?

J'acquiesce en silence, je voudrais qu'il soit déjà parti pour réfléchir ! Isaac m'embrasse le front, un sourire chaleureux aux lèvres. Il caresse Stanounet puis quitte mon appartement sans se retourner. Soulagée, je m'assieds dans mon canapé et attrape le chaton qui court maladroitement vers moi. Il a l'air d'adorer la texture de ma serviette. J'ai encore du temps avant d'aller en cours mais je ne dois pas trop traîner non plus.

Le soir en rentrant chez moi, je remarque que j'ai reçu un SMS de Stan. Je déverrouille aussitôt mon écran pour en lire le contenu. Il a pris rendez-vous chez le vétérinaire et précise qu'il viendra me chercher après-demain à dix-huit heures. Je souris, à la fois surprise et heureuse qu'il l'ait fait de lui-même… Ça aurait pu être des paroles en l'air !

— Il pense à toi, chaton.

Stanounet miaule en réponse, j'ai l'impression qu'il est aussi ravi !

Dans la salle d'attente du vétérinaire, deux chiens et un lapin attendent sagement leur tour avec leur maître respectif.

— Stanounet est au nom de madame ou monsieur ? demande la secrétaire en remplissant un fichier informatique.

C'est à ce moment-là que je capte que bientôt, je ne reverrai plus Stan et j'ai appelé mon chaton comme lui !

— Madame, répond Stan devant mon manque de réactivité.

Je donne mes coordonnées, Stan a passé les doigts à travers la grille de la caisse de transport. Stanounet trouve ça réconfortant, il y frotte son adorable petite tête !

Selon le vétérinaire, mon chat est âgé d'au moins trois mois et il est en parfaite santé. J'ai bien vu son regard quand j'ai appelé Stan devant lui… *Note à moi-même : arrêter de donner des noms idiots à mes animaux.*

12

Le cerveau saturé, je décide de laisser mes révisions de côté pour aller prendre l'air. Je devrais acheter quelque chose pour remercier Stan. Il a refusé que je paie la moitié de l'essence et ce n'est pas faute d'avoir essayé ! Je vais lui apporter le goûter, ça lui fera sûrement plaisir. Je file à la boulangerie pour acheter diverses viennoiseries, je ne sais pas ce qu'il préfère, ni Isaac d'ailleurs. Je monte dans le tramway pour rejoindre leur immeuble. Il a plu dernièrement, les flaques inondent les trottoirs et la chaussée.

Je sonne à l'interphone en espérant que quelqu'un réponde. Je devrais penser à leur envoyer un message avant de me ramener à l'improviste !

— Oui ?

— Coucou Isaac, c'est moi.

— Ah, Miranda, ça va ?

Le ton étrange de sa voix me fait tilter.

— Je te dérange ?

— Non, à vrai dire j'allais sortir.

En fond sonore, je suis quasi sûre d'avoir entendu la porte d'entrée s'ouvrir.

— Stan est là ?

— Il est malade.

Mon cœur s'arrête l'espace d'un instant, c'est leur code pour m'éviter ? La porte de l'immeuble s'ouvre sur une grande blonde qui fuit mon regard. Bonjour la discrétion ! J'en profite pour me glisser à l'intérieur du bâtiment. L'ascenseur me lâche pile devant Isaac, étonné de me trouver ici. Il a sûrement cru que j'étais partie !

— Miranda…

— Je ne pourrai jamais manger tout ça seule !

J'agite mon sachet de boulangerie devant son nez.

— Je veux entrer.

Je ne lui laisse pas le choix, Isaac se résout à déverrouiller la porte de leur appartement.

— Je…

— Tu dois sortir, j'ai compris.

Au moment où il s'apprête à me suivre pour m'arrêter, je le bloque dans l'encadrement de la porte.

— Et bonjour à ta blondasse !

Je claque la porte, l'imaginant choqué de l'autre côté.

— Stanislas !

Tu vas voir si tu peux m'éviter après notre week-end ! Je jette le paquet sur la table et fonce dans sa chambre.

— Stanislas !

— Pitié, ne hurle pas, supplie-t-il en posant ses mains sur sa tête.

— Oh…

Je le vois se recroqueviller sur lui-même. Les rideaux sont tirés pour obtenir une faible luminosité. Merde, je doute qu'il joue la comédie !

— T'as besoin de quelque chose ?

— Un peu d'eau.

Je me précipite dans la cuisine pour lui en apporter. Stan s'assied tant bien que mal dans son lit et boit doucement comme pour contrôler son tremblement. D'une main, je touche son front brûlant.

— Tu ne devrais pas rester ici, j'ai la grippe.

— Eh bien je l'attraperai.

Je m'assieds sur le bord du lit en souriant. Cette idée m'enchante peu, d'autant plus que la dernière fois, j'étais en terminale. J'avais attendu une bonne heure dans la salle d'attente du médecin avec ma mère. Je me rappelle juste que ma tête me tournait tellement que j'ai failli chuter de ma chaise… Ah oui, sans oublier le nez en chou-fleur, la fièvre, la gorge en feu et les horribles médicaments !

— Tu es en pleine période de révisions pré-partiels, Miranda.

— Tant pis ! Au pire, il y a les rattrapages si je me plante.

Franchement, ça ne doit pas être si terrible vu que certaines personnes de ma promotion valident leurs semestres en grande partie ainsi ! En plus, si je peux être utile à Stan…

— Et puis comme ça, tu joueras les infirmiers sexy avec moi !

Stan ricane avant de me tendre son verre vide, il s'allonge en poussant un soupir de soulagement. Je pose ma main sur sa joue chaude, Stan accentue ce contact en pressant sa main contre la mienne.

— Miranda, t'as les mains froides.

— Pour une fois que ce n'est pas toi…

Il esquisse un sourire et tente de se rendormir. Je retire lentement ma main quand je sens que sa respiration est plus régulière. Je quitte sa chambre aussi silencieusement que possible. Comment vais-je m'occuper, moi ? Je fais un bond sur le côté en découvrant le deuxième tome de Proust sur la table basse. Non, le destin, c'est moche ! Je rebondis à nouveau quand je croise le regard d'Isaac, appuyé dans l'encadrement de sa chambre. Il me fixe, manifestement peu enclin à la convivialité.

— Je croyais que tu étais parti…

Tout de suite, c'est moins drôle. Je pose le verre dans l'évier et me retourne vers Isaac qui a toujours les bras croisés.

— Tu es la première qui préfère Stan à moi.

— Quoi ?

— D'habitude, les filles me collent sans s'intéresser à lui.

— Il faut un début à tout, non ?

Isaac esquisse un sourire sarcastique. C'est moi ou son ego a été violemment touché, là ?

— Tu as passé beaucoup de temps ici, Miranda.

— Tu me vires ?

Mes doigts agrippent nerveusement le bord du comptoir, je ne suis pas du tout prête à avoir cette conversation !

— Non.

— Vraiment ? Car on dirait que tu vas me mettre dehors.

Isaac baisse les yeux et semble chercher ses mots.

— Ce que je veux dire, c'est qu'avec les autres, on passait plus de temps au lit que dehors…

Je hausse les épaules, après tout, c'était dans le contrat ! Qu'essaie-t-il de me faire comprendre ?

— Et c'est un problème ?

— Non.

Il sourit puis se redresse.

— Si j'ai instauré le cent fois, c'est parce que je ne voulais pas que Stan se renferme définitivement sur lui-même. Les bons côtés du couple sans les mauvais…

— Sans l'honnêteté non plus.

Isaac va répondre mais je trouve cette discussion inutile, je lève la main pour l'interrompre.

— Ne va pas croire que je suis fâchée, hein.

— Tu me rassures, je pensais que la porte dans la figure était une marque de jalousie.

Je rougis, il est vrai que je me suis laissé emporter…

— Désolée. Mais tu peux y aller, je veille sur Stan !

Isaac franchit les quelques mètres qui nous séparent et, d'une main sous le menton, me force à le regarder.

— Je t'apprécie beaucoup, tu sais.

Un sourire crispé s'affiche sur mon visage, il tient sûrement le même discours à toutes les filles…

— On t'attend, je crois.

Isaac acquiesce et fait un pas en arrière. Si ça, ça ne signifie pas que c'est définitivement cuit ! Je ne pourrai plus jamais le voir pareil.

— Merci d'être venue, pour lui ! déclare-t-il en se rapprochant de la porte d'entrée.

— Attends !

Sa main accrochée à la poignée, Isaac patiente pour avoir ma question.

— C'est la fille qui prendra ma place ?

Je dois savoir si cette pétasse va me remplacer, si elle vivra les mêmes choses que moi avec Stan…

— Je vais déménager.

— Ah bon ?

— On m'a offert l'opportunité d'être coach dans une salle de sport à l'autre bout du pays.

— Mieux que prof, je suppose…

Son sourire en dit plus long que n'importe quelle phrase.

— Si tu veux mon avis, ça n'amuse plus Stan, ce petit jeu à trois.

C'est sur cette affirmation qu'Isaac s'éclipse hors de l'appartement. Mais qu'est-ce que ça veut dire ? Que Stan en a marre de me voir ? Je soupire en marchant vers le canapé puis m'y laisse glisser en mode larve. J'appelle Lou sur son portable, ça m'ennuie d'abandonner Stanislas, mais également mon chaton !

— Vii ?

— J'ai besoin que tu me rendes un grand service, s'il te plaît ?

— Dis-moi tout, ma cocotte.

Je passe ma main dans mes cheveux en pensant sérieusement que j'abuse de son amitié.

— Je suis chez Stan et il est malade, donc…

— Je fonce chez toi, d'accord.

— Si ce n'est pas de la télépathie ça.

— C'est pour ce genre d'occasion qu'on a échangé nos clés, non ?

— Ce n'est pas plutôt parce que Claire s'est déjà enfermée dehors alors que tu étais en Angleterre ?

— Si, aussi.

On en rit, Lou était partie quelques jours chez sa mère. Notre pauvre Claire avait dû venir poireauter devant mon immeuble car, évidemment, son portable n'avait plus de batterie. Une chance pour mon amie que je n'étais pas restée traîner sur le campus !

— Je t'embrasse !

— Bisous, bisous, Miranda.

Lou raccroche et je souris bêtement à mon téléphone avant de le laisser choir sur mon ventre. Je tends le bras pour attraper le livre sur la table basse et me plonge dans sa lecture.

Une bonne heure plus tard, la porte de la chambre s'ouvre sur un Stan vraiment mal en point, vêtu uniquement d'un boxer.

— Où tu vas comme ça ?

— Aux toilettes, maman.

— Les fantasmes, c'est au lit monsieur.

Je lui tire la langue, provoquant un faible sourire sur son visage fatigué. Quand Stan sort de la salle de bains, je me redresse pour le voir lentement prendre la direction de son lit.

— Tu te sens comment ?

— À l'agonie.

Il grimace en regagnant sa chambre.

— T'as pris tes médicaments ?

— Oui maman, me répond sa voix depuis l'autre pièce.

— Dommage, je voulais te mettre un suppositoire !

Je me mords les lèvres pour ne pas rire, attendant sa réponse. Je l'entends faussement râler de ma connerie. Je souris puis baisse les yeux vers mon livre. *À nous deux, Proust. Je veux te terminer aujourd'hui !*

J'envoie un SMS à Isaac pour savoir s'il revient manger avec nous. J'ouvre tous les placards, manifestement, ils n'ont pas pensé à faire les courses. Arf. Bon, bah on va se sacrifier pour une pizza ! Sur Internet, je cherche le numéro du pizzaïolo du coin.

— Stan, tu as une préférence pour la pizza ?
— Sans anchois.
— Une boisson particulière ?
— Coca.
— Avec une bonne glace à la pistache ?
— Tu lis dans mes pensées, Miranda.

Je souris puis passe commande. *Suis-je la seule qui ait besoin de marcher en téléphonant ?* J'ai aussi pris une canette de Coca pour moi. Pas de nouvelles d'Isaac... *Pourquoi je me tue à lui envoyer des messages ? Ah tiens quand on parle du loup*... La sonnerie SMS retentit.

C'est gentil ma belle mais je suis au resto avec des amis.

Plus besoin d'excuses à deux balles XP.

Le MMS que je reçois avec le selfie d'Isaac souriant avec des hommes attablés dans un restaurant chic me fait m'excuser platement.

C'est rien, passe une bonne soirée avec Stan !

Il est charmant, il veut partager ses microbes avec moi :D

XP

Je me sens coupable d'avoir été dure avec lui. Après tout, Isaac a été clair dès le début, ça ne devrait pas m'affecter. J'entre dans la chambre de Stan et bondis sur son lit, évitant soigneusement les mouchoirs contaminés. Si je trouve des gants, je les ramasserai, il y en a une montagne partout !

— J'ai bientôt fini Proust !

— C'est bien, Miranda, déclare-t-il sans un quelconque intérêt.

Je tapote l'épaule de Stan qui esquisse un sourire.

— T'as vraiment une sale tête ce soir !

Nouvelle grimace de sa part, je devrais lui taxer un euro à chaque fois, la richesse m'attend !

— M'en fous, tu m'as déjà dit que j'étais beau !

— Ah oui ? Je ne m'en souviens plus, dis donc !

Il me donne une tape sur le genou et se mouche à nouveau. Je déteste être enrhumée, j'ai toujours l'impression que je vais mourir par suffocation.

— Le livreur devrait arriver dans trente minutes.

— Ça ne va pas changer ma vie.

— Je m'ennuie !

— Me regarder agoniser n'est donc pas un spectacle divertissant ?

— Bof, en fait.

On se met à rire. C'est quoi cette conversation encore ? Je m'allonge à ses côtés et me rapproche au plus près de son corps.

— Miranda, les microbes.

— Tant pis ! T'as la grippe, pas la lèpre, ça se soigne !

Il me regarde avec insistance.

— Si tu veux que je m'éloigne, assume et dis-le…

Je fais mine de me redresser, Stan m'attrape le bras pour m'attirer à lui. La tête sur son torse nu, je sens son cœur battre et sa respiration encombrée. Je me blottis contre son corps, caressant sa peau du bout des doigts.

— Va mettre tes mains dans le frigo et reviens.

— Tu vas devoir te contenter de ce que je t'offre, Stan.

— Hum.

Sa main se pose dans mes cheveux.

— Donc si je comprends bien, on finit plus tôt vendredi ?

Pleine d'espoir, je redresse la tête devant sa mine dépitée.

— Ravi que tu prennes tes études et mon cours très au sérieux.

— Oh arrête, tu faisais la même chose !

Stan retient un sourire et détourne le regard. Je lui embrasse longuement la joue, son sourire ne faiblit pas.

— Je vais me doucher avant l'arrivée du livreur.

Sans lui laisser le temps de me répondre ou de me rabrouer, je quitte la chambre. Timing parfait, le livreur sonne alors que j'enfile mon haut. Je le paye avec le liquide qui restait dans mon porte-monnaie, il faudra que je passe à la banque en retirer.

— À manger !

Stan sourit en me voyant m'installer sur son lit avec le repas. Il tire son oreiller pour le caler dans son dos. Je sors du petit sac nos boissons avant d'en tendre une à Stan. J'ouvre ensuite la boîte à pizza encore toute chaude, les parts sont déjà coupées. Quand on se sert, sa main essaye de chasser la mienne. Je souris en attrapant pile la part qu'il voulait.

— Ce sont les mêmes, Stan.

— C'est toi qui le dis !

Après ce repas copieux, je débarrasse toutes nos cochonneries pour les jeter à la poubelle. Stan s'est rallongé, je l'entends soupirer, dépité d'être malade. J'entre dans sa chambre et le borde tendrement. Son regard perplexe sur moi, j'enfonce la couette entre le matelas et le sommier.

— Qu'est-ce que tu fais ?

— Je t'emprisonne, pourquoi ? Si tu roules et que tu tombes, je n'arriverai jamais à te relever.

— Merci Miranda. Je me sens très en sécurité.

Je lui dépose un volatile baiser sur le front. Non pas que j'aie peur des microbes mais Stan a été plutôt zen ce soir, je veux encore en profiter.

— Bonne nuit, Stan.

— Bonne nuit.

J'appuie sur l'interrupteur de sa chambre puis pousse sa porte pour qu'il ne soit pas dérangé par la lumière du salon. J'aurais voulu dormir avec lui mais je pense que ma présence ne peut que le gêner.

— Allez Proust, on y retourne !

— Laisse ce livre tranquille ! ordonne la voix amusée de Stan.

— Veuillez dormir, monsieur Stanislas.

Je l'entends rire tandis que je m'assieds dans le canapé.

Assises dans le couloir à l'abri des courants d'air, Julia et moi révisons pour le devoir de latin qui aura lieu dans une heure maintenant. Les deux tables du hall étaient déjà prises et la flemme nous a touchées pour nous rendre à la BU.

— On est sûres de cette source ?

— Miranda, dans tous les cas, il faut que tu connaisses les déclinaisons.

Je soupire en baissant la tête, c'est déprimant cette histoire ! Bon, c'est le dernier cours de l'après-midi et puis Zumba !

— Ne bouge pas, je vais chercher de quoi grignoter.

— Merci Julia !

Elle fonce au distributeur tant qu'il n'y a personne. Je replonge le nez dans le livre de latin. Les deux groupes de niveau sont à la même heure dans la même salle, la coïncidence est étrange. Fatalement, ça pue le devoir surprise !

— Non !

Je tourne la tête vers Julia qui croise les doigts devant la machine. Elle a été plusieurs fois victime de la malédiction du distributeur qui coince l'objet de sa convoitise. Je comprends sa réaction mais ça me fait toujours autant sourire !

— Hourra !

Elle sautille en récupérant son dû.

— Oh la vache, quelqu'un a oublié sa monnaie !

— C'est pas la tienne ?

— Non, j'avais le compte !

Julia reprend sa place initiale à mes côtés.

— Donne-moi un peu de ta chance pour le latin.

— À défaut, je t'en offre la moitié, propose-t-elle en séparant les barres chocolatées.

Je les prends avec plaisir et me remets à énumérer ces satanées déclinaisons à la noix.

— Tu t'es plantée, Miranda.

— Mais non, pas encore !

Je croque dans mon dernier morceau avant de me frotter les mains. Stan entre par la porte extérieure pour traverser le couloir.

— Bonjour monsieur, lui lance Julia.

— Bonjour.

Quand Stan croise mon regard, je lui souris et il fait de même. C'est vrai qu'il n'est plus en arrêt depuis hier. Je crains le pire pour moi, je n'ai toujours pas de symptôme grippal. Je suis certaine que ça va me tomber dessus sans prévenir !

— Je suis pressée d'être cet été, grommelle Julia, à bout de patience, en regardant sa montre.

— Oui, moi aussi…

J'observe Stan disparaître du couloir en montant le grand escalier. La fin des cours, le sable chaud, les copines, les glaces et autres plaisirs qui n'attendent que nous ! Je baisse les yeux, le cent fois sera fini d'ici cette période agréable…

— Tu as déjà des projets, Miranda ?

— Je pense qu'avec les filles, on se fera une semaine à la plage comme l'année dernière. Je n'ai rien planifié, tu sais bien que ce n'est pas mon truc ! Et toi ?

— Oui c'est vrai, ah ah ! Je pars encore en Italie. À croire que mes parents veulent définitivement s'y installer !

— C'est un beau pays.

— Ouais mais pas trois ans de suite pendant toutes les vacances estivales ! Je parle tellement bien Italien que je devrais le prendre en LV2. Je visais les États-Unis, en fait.

Je hausse les épaules, moyennement convaincue. Après tout, je n'y suis jamais allée, ça vaut sûrement le détour.

Les déclinaisons fraîchement imprimées dans mon esprit, je ne bute pas trop pour remplir le tableau de la feuille. Je bloque plus pour la traduction, quelle ignominie ! Ma tête va exploser à force de cogiter. Mes maux de crâne ne se sont pas calmés après le devoir, ni en allant prendre l'air à la fin du cours.

— Tu veux un médicament ? me propose Julia en sortant un flacon de cachets à placer sous la langue.

— Oui s'il te plaît.

Je grimace au contact du comprimé qui fond dans ma bouche.

— Ils ont mauvais goût par contre…

— J'ai remarqué. De l'eau !

Je sors la bouteille de mon sac de sport.

— Tu vas quand même à la Zumba ?

— Non, je vais rentrer. Je ne te fais pas la bise.

— Non merci.

Julia ricane et m'accompagne jusqu'au tramway. Le vent souffle, j'ai des saletés de frissons qui me parcourent. Comment les filles qui sont debout, pas loin des portes, peuvent sortir en minijupe par ce temps ? Je vais mourir de froid, c'est sûr. Tout à l'heure j'ai parlé trop vite en croyant m'être jouée de la grippe. Une crise d'éternuement me saisit en quittant le tramway. Je commence à me moucher régulièrement tout en regagnant mon appartement.

Stanounet lève à peine la tête du canapé, je me sens très flattée… Je n'ai même pas d'appétit, je sens les microbes à des kilomètres ! Nauséeuse, je me mets en pyjama et me couche aussitôt, j'ai sommeil. Et bien sûr, au lieu de se reposer, mon cerveau essaie de se rappeler si j'ai fait tout ce que je devais faire ce matin ! Changer la litière : check, donner à manger et à boire au chaton :

check, aller en cours : check. Sérieusement, « aller en cours » ? Comment je pourrais oublier ça ?

Je tente de me focaliser sur ma respiration pour arrêter de cogiter, j'ai la tête qui va exploser. J'ai très soif en plus. Je me résous à me lever pour récupérer une bouteille d'eau. Je prends au passage mon portable, ça pourra être utile pour me réveiller demain matin. Je vais envoyer un message à Stan pour me plaindre de sa transmission de microbes.

Complètement maladeeee.

Je pose mon téléphone sur la table de chevet et bois une grande gorgée d'eau. Je me mouche, j'en ai déjà marre alors que ça vient de débuter. Ça va être long, très long, jusqu'à la guérison… Plusieurs minutes plus tard, je reçois la réponse de Stan.

Meurs en silence.

Je vais l'assassiner, lentement…

À la première occasion, je te contamine.

Commence par m'ouvrir la porte.

Oh ? Je me précipite hors de mon lit, ignorant presque le vertige qui vient de me saisir. J'ouvre et m'appuie contre le mur, ça tourne un peu là. Je souris, Stan entre puis ferme la porte derrière lui.

— Pas de doute, c'est la grippe, déclare-t-il en posant sur la table le sac de courses qu'il avait à la main.

— À quoi tu vois ça ?

— Tu verrais ta tête.

— Stan, je suis malade depuis cette après-midi, tu ne me feras jamais gober ça.

— Évite de te regarder dans un miroir, lance-t-il en levant les mains.

Je plisse les yeux, ça se voit qu'il va mieux, lui. Je vais pour me redresser mais je me fige aussitôt, je n'aurais pas dû me lever aussi rapidement ! Je m'adosse au mur en fermant les yeux, ça va passer. Je ne dois pas paniquer pour si peu. Je sens les bras de Stan m'entourer et la seconde suivante, je suis dans ses bras telle une princesse de contes de fées.

— Franchement Miranda, t'abuses !

— Tu me dois bien ça, je t'ai soigné.

— Toujours à te plaindre.

— C'est ça qui fait mon charme, non ?

Je passe mes bras autour de son cou et penche la tête sur le côté pour bien attirer son attention. Une moue indécise s'impose sur son visage. Stan franchit prudemment l'encadrement de la porte de la chambre pour éviter que je me prenne le mur. Ça c'est sympa, je note. Il me laisse tomber comme une merde sur le lit, le rêve s'évapore soudain.

— Stanislas !

Il affiche un grand sourire puis place mes pieds sous la couette avant de me la jeter sur la tête.

— Je t'ai apporté de la soupe.

Stan s'éclipse et je laisse échapper une grimace en repoussant la couverture. Je déteste les aliments trop liquides tels que la soupe !

— Tu n'as rien mangé je suppose.

— Je n'ai pas faim…

Je l'entends préparer mon dîner et murmurer, il doit parler au chaton. J'ai envie de rire, je ne sais pas pourquoi, vu que je le fais aussi ! Je pose ma main sur mon front, j'ai chaud et froid. Mon corps s'est battu jusqu'au bout pour repousser les microbes mais ils l'ont vaincu ! Je m'enroule dans ma couette pour me réchauffer, sachant pertinemment que dans cinq minutes je vais me découvrir.

Stan arrive avec un bol de soupe et une cuillère.

— Qu'est-ce que c'est ?

— Soupe au potiron.

Pauvre de moi ! Je me redresse, me servant de l'oreiller pour m'installer confortablement. Stan me tend le repas que j'accepte sans grande conviction.

— Merci…

J'observe le liquide orangé et pâteux avec appréhension. De vieux souvenirs remontent en moi, ceux de mes parents essayant de me faire avaler cette affreuse texture. Au moins, Proust, il avait de la chance avec sa madeleine ! Je me force à dîner autant pour Stan que pour reprendre des forces.

— Alors ?

— Ce n'est pas mauvais en vrai…

Stan esquisse un sourire et attrape le chaton qui vadrouille à ses pieds. Il le pose ensuite sur le lit et Stanounet, intrigué par ce que je tiens, s'approche plus près.

— Tu n'en veux pas un peu, mon chat ?

Stan pousse un léger grognement dissuasif.

— C'était une blague !

Je termine mon bol à ma plus grande joie, Stan repart dans la cuisine avec la vaisselle.

— Quand t'étais malade, je t'ai apporté quelque chose de gras et de peu équilibré !

— Isaac est passé avant toi pour les repas.

Stan s'appuie dans l'encadrement de la porte.

— Soupe deux fois par jour.

— Beuh…

Il acquiesce longuement, je souris en m'allongeant sans lâcher la boule de poils. Le chaton se dégage de mon étreinte et se dirige vers le pied du lit tout en miaulant. Pourquoi préfère-t-il Stan à moi ? Stan s'installe au bord du lit et le chat en profite pour monter sur lui. *Sale bête infidèle, pfff !* Je tire la couette pour me cacher entièrement. Bien sûr, ça n'a servi à rien car je suis obligée de sortir le bras de mon cocon pour attraper un mouchoir. Comment mon état a-t-il pu se dégrader aussi vite ? C'est officiel, je n'arrive plus à respirer par le nez ! J'ai envie de gémir mon malheur mais ça n'avancerait strictement à rien. En plus, ça donnerait une occasion à l'autre énergumène de se moquer de moi.

— Ça s'est passé comment ton devoir de latin ?

— Vu que j'avais encore la pêche, plutôt bien. Je dois mieux bosser les exos de traduction par contre.

— J'ai toujours détesté ce cours.

— Ah bon ?

— J'avais grec au collège et au lycée, puis à l'université on m'a imposé cette horreur.

— Donc t'as eu mon prof ?

— Malheureusement.

Je ris, il doit partager mon opinion sur lui !

— J'ai froid…

Je grelotte en me blottissant sous ma couverture. Stan repose le chaton qui repart vers de nouvelles aventures, à savoir patrouiller dans la pièce de vie. Je lui ai laissé ma peluche, il s'en sert comme coussin. Mon chat ne m'aime pas. Mon invité retire ses chaussures et chaussettes, Stanounet fait son grand retour et s'allonge pile dessus. Les chats… Son haut et son pantalon finissent par terre, Stan me pousse pour se glisser sous les draps. Je proteste pour la forme alors qu'il m'oblige à me décaler. Sa main passe au-dessus de moi pour me rapprocher de lui, main froide évidemment.

— T'as les mains glacées !

Je colle mes pieds froids contre les siens, Stan essaie de se décaler à son tour.

— Stop, on ne fait pas un concours, Miranda !

Sa main se faufile dans mon dos, je me crispe.

— Stan !

Il se met à rire et m'attire davantage vers lui. Le visage contre son torse nu, je laisse sa chaleur m'envahir tandis que je me presse contre son corps. Mes doigts caressent lentement sa peau, sa main dans mes cheveux me rappelle notre sortie au zoo.

— Ta tante ne m'a pas reconnue la fois où on est sortis avec tes cousins.

— Elle ne reconnaît personne à part le premier de la classe, aucune mémoire des visages !

Je hausse les épaules, c'est tellement anecdotique. C'est dans un état pitoyable que je m'endors dans ses bras.

13

Quatre jours atroces ont passé, à tenter en vain de respirer par le nez et de lutter contre la grippe. Stan a été aux petits soins avec moi, il m'a même emmenée chez le médecin et a récupéré mes médicaments à la pharmacie. Dès qu'il avait du temps libre, il venait directement à l'appartement. J'ai l'impression que Stanounet n'a pas remarqué la différence car quelqu'un était là pour s'occuper de lui. J'ai un certificat médical que je dois impérativement déposer au secrétariat. Et une tonne de cours à rattraper, heureusement que Julia m'a tout envoyé par email. Par chance, je n'ai raté aucun examen !

— Au moins, je vais être immunisée pour les partiels !

— C'est certain !

Je souris, la tête appuyée sur mon coude enfoncé dans mon oreiller, j'admire Stan et son éternelle glace à la pistache.

— Ça a compté dans les cent fois ?

— Je t'ai déjà dit que ce n'était pas à moi qu'il fallait demander.

Je soupire, finalement, je n'ai pas envie de savoir…

— Je peux en avoir, Stan ?

— Tu le mérites ?

— J'ai eu la grippe donc je pense que oui.

Il quitte l'encadrement de la porte pour venir s'asseoir près de moi sur le lit. J'ouvre la bouche pour accueillir la cuillère avec un peu de glace.

— Qu'est-ce que t'es radin !

Stan ricane avant de m'en offrir plus. La bénédiction de retrouver le goût des aliments ! Alors que j'attends ma nouvelle cuillerée, Stan la mange. Son manège recommence.

— T'es sûr que tu veux jouer ?

Alors qu'il va plonger la cuillère pleine de glace dans sa bouche, je lui attrape le poignet pour l'obliger à me donner sa part. Stan ne force qu'à peine pour retenir son avant-bras, il se moque de moi !

— Je ne crains rien avec toi, Miranda !

Dépitée, je soupire en tirant de toutes mes forces mais rien n'y fait.

— Allez gamine, ça suffit.

Je le lâche et me laisse tomber sur le dos.

— Je vais partir.

— Oh…

Je tente de dissimuler ma déception. Stan ne pouvait pas rester indéfiniment ici, avec moi. Il me tend le pot de glace que je saisis avec la cuillère.

— On se voit bientôt ?

Ma voix a lamentablement chuté sur la fin, comme si je n'y croyais plus…

— Ouais, répond-il faiblement après une légère hésitation.

Mon beau blond me salue d'un signe de tête et disparaît de mon champ de vision. La porte d'entrée m'informe qu'il vient de quitter mon appartement.

À mon retour à la fac, je passe par le secrétariat pour déposer mon certificat médical et file en cours. J'ai imprimé les notes de Julia pour qu'on en parle en fin de journée. Je devrais peut-être envoyer un message à Stan. C'est ridicule, je l'ai vu hier…

— Miranda ?

— Oui Julia ?

— Tu ne m'écoutes plus cracher sur la reine soleil, je me trompe ?

— J'ai eu un temps d'absence mais je suis tout ouïe.

On rit dans le hall du bâtiment de lettres, la plupart des étudiants sont déjà rentrés chez eux à cette heure, ou terminent les derniers cours. Alternant travail et fous rires par rapport aux croustillantes informations ratées, on finit sur une note positive.

C'est l'esprit embrumé que j'arrive au travail. La journée promet d'être longue mais demain, je ne bosse pas ! Je suis un peu chagrinée par le cours de la veille avec Stan… Il a annoncé un devoir, tout allait bien alors, jusqu'à ce qu'il nous dise de ranger nos affaires pour garder deux copies doubles et un stylo. Je ne m'en suis pas trop mal sortie avec ses questions sur l'œuvre de Proust, bien que certaines aient été des plus vicieuses ! Non ce qui m'a embêtée, ce sont les rageux qui sont venus se plaindre à Stan ! Devant le temps d'attente, je n'ai pas pu lui parler et Julia m'attendait pour aller au ciné. J'ai l'impression que lui et moi, on se parle de moins en moins et ça m'attriste…

— Excusez-moi mademoiselle ?

— Oui ?

J'accroche le pull à son cintre et me tourne vers la quarantenaire qui s'impatiente. Mes collègues s'affairent autour de nous, la boutique ne m'a jamais paru aussi bondée, même un samedi ! Et encore, on n'a passé qu'une heure depuis l'ouverture, en ce jour de liquidation de la vieille collection.

— Il n'y a pas assez de choix dans ce que vous proposez.

Ça commence bien…

— Comment puis-je vous aider ?

— Vous ne m'écoutez donc pas ?

Oh que si... Dans le miroir à côté de moi, j'aperçois Stan passer avec un sac plein. J'ignorais qu'il faisait ses courses dans ce centre commercial. Je ne peux retenir un sourire en le voyant juger la femme en face de moi. *Si tu savais à quel point je partage ton avis !*

— Non mais regardez-moi, déclare-t-elle en empoignant le pull que je viens d'accrocher comme s'il s'agissait d'un vieux torchon. La coupe est merdique, et c'est quoi cette couleur ?

— Nous avons d'autres vêtements si celui-ci ne vous plaît pas.

— Vous parlez du côté professionnel des vendeuses ! Où sont-ils allés vous chercher ?

Je me force à sourire, je hais les clients comme elle. À croire que certaines personnes n'ont que ça à faire de leur journée…

— Apportez-moi des hauts très colorés en taille M.

Elle se dirige vers une cabine tandis que je grimace. Elle s'est crue dans un film américain ? En plus, la taille L serait plus adaptée à son bonnet, méchamment artificiel, mais si elle veut du M… Je croise le regard de la patronne qui m'encourage en levant un pouce vers moi. *Ah ah, merci, à l'aide !* Je saisis des hauts qui pourraient être à sa convenance, cette cliente ne montre aucun intérêt pour les femmes qui patientent pour avoir une cabine.

— Ce n'est pas trop tôt.

Elle m'arrache presque les vêtements des mains, je prends sur moi juste assez longtemps pour que le rideau nous sépare. Je retourne à mon rayon et je l'entends rapidement fulminer contre ses articles sous le rire des clientes qui font la queue. Je me retiens de rire à mon tour, le client est roi, n'est-ce pas ? Alors qu'une autre cliente demande mon aide, la femme aux implants râle en quittant le magasin.

— Eh bien voilà, j'aimerais la même tenue que vous…

Je souris, flattée, et conseille la jeune fille en m'adaptant à ses goûts. Enjouée, elle gagne la longue queue pour les essayages. Viviane range, ou du moins elle le tente, les vêtements abandonnés par la précédente cliente. Le vieux monsieur qui tient la buvette à proximité de la boutique, m'a appris dernièrement que

Viviane avait été pistonnée pour travailler ici. Sa mère serait une bonne amie du mari de la patronne…

Le reste de la journée, j'ai surtout eu des clientes désireuses de connaître les dates de la nouvelle collection. J'ai terminé par un adolescent tout gêné qui souhaitait acheter quelque chose pour l'anniversaire de sa petite amie. Il a fait défiler sur son portable les photos de sa dulcinée, me permettant de cerner ses goûts. Je pense avoir tapé juste, en tout cas il avait l'air ravi en sortant !

C'est complètement épuisée que je rejoins mon appartement. Je vérifie que Stanounet n'a besoin de rien avant de prendre une bonne douche chaude. Enroulée dans ma serviette, je remarque avec horreur que mon frigo est quasi vide. Je baisse les épaules, lundi, il va falloir faire les courses. Je me cuisine un truc rapide à manger et me décide à réviser. Je ne dois pas prendre de retard ou la note sera salée…

En ce début de soirée, j'ai dû laisser mon sac de cours à l'entrée à cause de la réglementation du supermarché. J'aurais pu aller à celui qui est près de chez moi mais il aurait fallu que je monte jusqu'à mon appartement avant de redescendre. Et je n'étais pas du tout motivée pour ça aujourd'hui non plus ! Je place dans mon sac de courses les produits nécessaires à ma survie et me dirige tranquillement vers les caisses. Une magnifique boîte de chocolats me fait très envie quand je sors du rayon. Je dois me montrer forte dans cette épreuve ! Je commence à m'éloigner puis fais volte-face pour mettre une des boîtes dans mon sac.

J'arrive aux caisses où une longue file est déjà présente et j'ai trop d'articles pour les caisses rapides ! Je soupire silencieusement en voyant les gens s'activer autour de moi. C'est bientôt Noël et les premiers cadeaux sont déjà achetés pour être planqués aux yeux des enfants. Je regarde ma super boîte qui n'attend que moi. Ah beurk ! Il y a aussi des chocolats à la liqueur dedans ! J'en connais une qui va être très contente, Claire les adore. J'en ai des frissons rien qu'en pensant à leur goût affreux !

Le magasin se retrouve soudain plongé dans le noir. La lumière des lampadaires éclaire toutefois l'entrée ainsi que les caisses. Bien sûr, plus rien ne fonctionne ! Les gens autour de moi ne tardent pas à manifester leur mécontentement. Nous sommes informés que l'électricité va très vite revenir. Au bout de quinze minutes, portable en main, certains abandonnent leurs articles pour sortir. J'aurais dû aller au magasin près de chez moi… Dix minutes plus tard, il ne s'est toujours rien passé. C'est long ! Je déverrouille mon écran et compose le numéro de Claire.

— Oui ?

— Je suis coincée au supermarché à côté de la fac parce qu'il n'y a plus de courant.

— C'est moche.

— Merci Claire, je n'avais pas remarqué.

Je souris en l'entendant ricaner. Ça fait un bail que je ne l'ai pas appelée juste comme ça…

— Si ça dure trop longtemps, tu pars.

— Sûrement pas. J'ai une boîte de chocolats, je ne la quitte plus.

— Pique-la ! m'enjoint la voix amusée de Lou.

— On va éviter…

Mon regard s'évade discrètement sur les côtés. Je n'ai pas trop envie qu'un vigile me plaque au sol !

— Il y a de la liqueur en plus.

— Je viens te chercher, me propose Claire avec un ton peu innocent.

— C'est le chocolat, glousse Lou qui vient de passer près du téléphone.

— Vu la taille de la boîte…

— On arrive !

Je ris et la conversation dérive vers les bienfaits sur le moral du chocolat. La lumière revient subitement, éblouissant presque les clients restants. Je raccroche et pose mes articles sur le tapis roulant. Après avoir payé, je récupère mon sac de cours puis quitte le magasin pour rejoindre le parking. Les filles m'y attendent déjà, Claire déverrouille le coffre et j'y place mes sacs.

— File-moi la boîte ! ordonne Lou en se retournant vers moi.

— Tu rêves !

Je ferme le coffre et me dépêche de m'installer à l'arrière. Je ne suis toujours pas habituée à voir Claire au volant ! Étoile signale sa présence dans sa caisse de transport par de petits miaulements.

— Coucou princesse.

Je passe machinalement mes doigts à travers la grille pour caresser la petite boule de poils.

— Son frère lui manquait trop !

— Oh, c'est mignon !

J'ouvre la porte de mon appartement, Stanounet s'empresse de venir nous saluer. Je jette un coup d'œil à sa gamelle, non, il lui reste à manger. Il doit être heureux de revoir de la famille ! Claire referme la porte puis libère son chaton qui court vers le mien. Ils s'amusent à se chamailler sous son regard attendri. Lou m'aide à ranger les courses mais je vois bien que nos yeux convergent dans la même direction : chocolats. On se précipite sur la boîte pour l'ouvrir, se gênant mutuellement.

— Tu ne sais pas faire, Miranda.

— C'est sûr que si je n'essaie pas…

Elle me donne un coup de hanche qui me fait reculer et arrache le film plastique. Le couvercle se renverse sur la table, nous dévoilant son délicieux contenu.

— Je veux la feuille en première !

Lou la saisit avant moi et la met bien haut pour que je ne puisse pas l'atteindre.

— Les aînées d'abord !

— T'as quatre mois de plus que moi, Lou !

— C'est bien ce que je dis.

On rit toutes les trois puis on rejoint le canapé.

— J'ai vu un truc marrant dans un film, commence Claire sous nos regards suspicieux, on va goûter les chocolats à l'aveuglette !

— Non !

— Mais pourquoi ?

— Parce que je vais tomber sur la liqueur et c'est dégueulasse.

— T'as pas de goût en même temps, Miranda.

Je prends un air faussement outré alors que mon amie acquiesce lourdement. Lou est entre nous deux, la boîte sur les genoux, elle nous sépare de ses bras.

— Ça suffit. On respire, si tu tombes dessus, tu auras droit à un deuxième.

Je soupire, cette solution ne me convient qu'à moitié.

— Et comme ça, tu ne mangeras pas tous ceux avec des noisettes.

J'affiche un sourire innocent devant ma culpabilité plus que certaine. En même temps, ce n'est pas ma faute si je n'aime pas le chocolat à l'orange ! C'est dans la joie et la bonne humeur qu'on alterne les pioches dans la boîte. Entre les grimaces et les « miam », on se moque gentiment les unes des autres. Je suis tombée deux fois sur le chocolat avec de la liqueur, malédiction !

Il est vingt-trois heures quand mes copines quittent mon appartement avec leur félin. Stanounet et sa sœur auront longuement joué avant de s'endormir blottis l'un contre l'autre. Ils ont à peine réagi à leur séparation et mon chaton est venu directement se coller à mes pieds.

Ça m'a fait plaisir de rompre ma routine et surtout de passer un moment avec mes amies sans parler garçons. Lou n'a émis aucun sous-entendu par rapport à eux. Pourtant j'aurais aimé lui parler de ma dernière rencontre avec Stan, lui dire à quel point je me sens bien avec cet homme même s'il me repousse… En bref, j'aurais voulu qu'elle me donne ses conseils avisés sans ouvrir la bouche.

Je m'enflamme bêtement quand mon esprit se focalise sur Stan. Lui qui disait virer les chieuses, il a été assez laxiste avec ma personne… J'aimerais tellement que ça ait une signification à ses yeux. Son attitude froide voire cassante est récurrente, Isaac m'en avait parlé une fois pour me rassurer. Ce n'est donc pas sa folle d'ex qui l'a transformé comme ça. J'aime beaucoup me mesurer à Stan et le remettre à sa place. Ç'en est presque devenu un jeu alors qu'au début, ça m'agaçait…

Ce soir, je n'ai pas pu m'empêcher de noter que Claire était plus détendue, j'en suis heureuse. Je me retrouve avec le ronronnement de mon chat comme unique compagnie. Je dois bien avouer que j'envie mes amies. J'aimerais avoir quelqu'un pour qui je serais importante et sur qui je pourrais coller mes pieds froids !

C'est le cœur lourd après cette agréable soirée que je me mets au lit avec Stanounet. Le fait que je l'aie transporté n'a rien changé pour lui, il effectue un tour sur lui-même avant de s'installer sur la couette. J'éteins la lumière et me glisse dans mon lit glacé malgré mon épais pyjama. Stan…

14

Je traverse le parc pour prendre le tramway, c'est plus court. De la fumée sort de ma bouche et mes chaussures glissent sur le sol boueux. Je fais un effort surhumain pour ne pas pousser des cris aigus à chaque fois que je pense que je vais tomber. Je surveille le chemin, espérant trouver une zone dégagée, peine perdue près d'un plan d'eau ! Heureusement, si je chute, il y aura peu de témoins !

Je n'avais plus de pantalon propre alors je me suis rabattue sur une jupe et des collants très épais. Mauvaise idée, très mauvaise idée ! À la fac, vu qu'ils ont été sympas d'allumer enfin le chauffage, ça allait encore ! Mon regard est soudain attiré par le fou qui lit un livre, tranquillement assis sur un banc.

— Stan ?

— Je profite qu'il fasse encore bon, déclare-t-il en levant les yeux vers moi.

— Je suis glacée !

— Tu as toujours froid, Miranda.

— Tu n'as qu'à me réchauffer !

Est-ce qu'il va me répondre ou vais-je me prendre un râteau ? Stan m'observe avec un sourire en coin puis replonge dans sa lecture. *Verdict ? Semi-râteau ?* Je m'installe à ses côtés, assez près pour essayer de lui voler sa chaleur.

— Sinon, pour le sujet du partiel ?

Il ferme son livre et me lance un regard lourd de sens.

— C'est légitime, c'est ta partie !

— Tu ne sauras rien.

— T'es pas cool…

Son regard se perd derrière moi et son propriétaire a comme un moment d'arrêt.

— Stan ?

Je m'apprête à assouvir ma curiosité quand Stan m'agrippe le bras et plaque sa bouche contre la mienne. Je lui rends son baiser en attrapant fermement sa veste. Il me presse contre lui, je goûte pleinement à ses lèvres pour la première fois.

— Viens…

Stan met fin à notre contact, range son livre dans son sac et me saisit la main. J'ai une impression étrange, celle d'être épiée… Je me retourne tout en marchant et croise le regard foudroyant de deux jeunes femmes. *Qu'est-ce que… ?*

Stan ouvre sa voiture et jette son sac sur la banquette arrière. Il retire sa veste qui subit le même sort, il claque la portière sans rien me dire. Je monte côté passager en observant mon voisin. Qu'est-ce qui lui arrive ? La fièvre du froid ?

Je m'attends à ce qu'il prenne la route de son appartement, mais non. Et moi, comme une neuneu, je n'ose rien lui demander, encore sous l'émotion de son baiser. Quelques minutes plus tard, Stan se gare sur le bas-côté d'une petite route de campagne déserte.

— Monte à l'arrière.

Je m'exécute immédiatement et il fait de même. J'ai à peine le temps de refermer la portière qu'il m'attire à lui pour m'embrasser. Je me laisse faire en caressant son torse à travers sa chemise. Pourquoi ses baisers me rendent-ils plus accro les uns que les autres ? Sa langue heurte la mienne en pénétrant mes lèvres. J'ai tellement envie de lui. Je m'assieds à califourchon sur ses jambes sans oser rompre notre contact. J'ai peur d'être repoussée si je m'arrête…

— Mets-toi dos à moi, murmure Stan, la voix chargée de désir.

Je me lève comme je peux, évitant de me cogner la tête contre le toit de la voiture. Je baisse mes collants en même temps que ma culotte tandis que Stan dégrafe son jean. Il soulève son bas-ventre pour retirer son pantalon et son boxer. Il m'attire ensuite à lui et me pénètre doucement alors que je suis bien excitée, je gémis de plaisir en le sentant entrer en moi.

Stan m'enlève mon haut puis couvre mon dos de baisers. Je m'agite sur lui, l'entendant pousser des râles de plaisir sans que sa bouche ne quitte ma peau. Je me penche pour retirer rapidement mes chaussures, mes collants et ma culotte. Je me redresse, coupant court à notre lien. Je me retourne pour m'asseoir sur Stan, je saisis son sexe pour l'insérer dans mon intimité sous son regard plein d'impatience. Je déboutonne sa chemise tout en l'embrassant langoureusement, ses doigts courent sur mes flancs pendant que je nous fais du bien.

D'un mouvement de sa main, son sac termine sa course au pied de la banquette. Stan me renverse sur le dos, je me retrouve avec une jambe sur la banquette et l'autre par terre. Il s'allonge tout en se mouvant ardemment en moi, son corps contre le mien, je m'accroche davantage à lui. Le plaisir monte en flèche et je jouis, provoquant un dernier râle de la part de Stan avant qu'il ne se retire. Il s'assied et je pose mes pieds sur lui, comblée.

— On devrait faire ça plus souvent, Stan.

Il me regarde, amusé par ma réflexion. Je me redresse pour approcher prudemment mes lèvres des siennes. Il me rend mon baiser, d'abord doucement puis plus abruptement. Ses mains dans mon cou, je retiens ses poignets. C'est trop beau pour être vrai, Stan va finir par s'éloigner comme il le fait toujours. Le souffle court, je pose mon front contre le sien.

— Je sens déjà les courbatures arriver.

— On va rentrer alors, Miranda.

Je souris et me décale à regret. On se rhabille avant de reprendre nos places initiales.

— Je te dépose chez toi ?

— Non, je veux profiter de ta super baignoire !

Stan sourit en secouant légèrement la tête. Encore, je veux encore ses lèvres et son corps…

À peine rentré dans son appartement, Stan se déchausse et retire aussi ses chaussettes. J'ai soif ! Je ferme la porte puis nous sers deux verres d'eau. On boit tranquillement sans se quitter des yeux. J'aimerais bien me coller à lui mais je refuse que l'euphorie descende trop vite.

— À la douche !

Je commence à me déshabiller de manière sensuelle devant son regard intéressé. Stan attend que je sois nue pour se rapprocher de moi, les battements de mon cœur me trahissent. Ma main se fraye un chemin sous sa chemise. Stan m'attrape par les hanches et me pose sur la table de la cuisine. Je tire sur son col pour qu'il m'embrasse, mon beau blond se fait désirer, il connaît l'effet que ça produit.

Sa main glisse sur mon entrejambe, m'arrachant un gémissement de plaisir. Stan m'embrasse fougueusement tout en ôtant son pantalon. Je l'aide à déboutonner sa chemise tandis qu'il se débarrasse de son boxer. Il me pénètre lentement, me contemplant prendre mon pied. Je me cambre pour le sentir encore plus… La porte d'entrée s'ouvre sur Isaac qui la referme aussitôt derrière lui.

— Ne vous arrêtez pas pour moi, je ne fais que passer !

Je souris et m'apprête à embrasser Stan qui détourne la tête. Il dépose un baiser dans mon cou et moi, je caresse son dos avant de réclamer à nouveau ses lèvres. Mon partenaire recule en baissant les yeux. Il se retire et se dirige vers sa chambre, me plantant sur sa table.

— Stan ?

Je m'assieds, choquée d'être abandonnée de cette façon. Stan s'arrête une fois de l'autre côté de l'encadrement.

— C'était une erreur, oublie ça.

— Je ne te suis pas…

— Je n'aurais pas dû t'embrasser, Miranda.

Mon cœur se serre dans ma poitrine.

— J'ai vu mon ex dans le parc et j'ai pensé que si elle me croyait en couple, elle ne viendrait pas me harceler…

— Tu t'es servi de moi…

Ses yeux verts sont braqués sur moi, son silence parle à sa place. Blessée, je secoue la tête et me précipite vers mes vêtements.

— Où tu vas ? me demande Isaac, surpris par la situation.

— Je rentre.

L'Apollon s'approche alors que je mets mon manteau.

— Je vais te ramener, me propose-t-il en souriant.

— Non merci Isaac. Je préfère rentrer par mes propres moyens. Être entourée de menteurs, ça ne va bien qu'un temps !

Il passe sa main dans ses cheveux, gêné. Mon regard se pose une dernière fois sur Stanislas, adossé à l'encadrement de la porte de sa chambre, les bras croisés. Je devine à son expression que tout cela lui est égal. Il ne me rattrapera pas et je peux aller me faire voir pour obtenir des excuses. Un pion, je ne suis qu'un putain de pion ! Je saisis mon sac et sors en claquant la porte. C'est ce qu'on appelle une sortie fracassante, non ?

Je me précipite dans l'ascenseur. À quoi je m'attendais, au juste ? C'était perdu depuis le début ! Stan qui m'embrasse et voilà que je me persuade que c'est bon, qu'on est passés à un stade supérieur… Je marche jusqu'au tramway puis direction mon appartement. Non mais quelle idiote, franchement ! Heureusement, les vacances de Noël commencent demain, après son cours…

Je rentre chez moi et jette mon sac sur le canapé, Stanounet court vers moi en miaulant.

— Comment tu vas ?

Je le prends dans mes bras.

— Hein chaton ?

Il frotte sa petite tête contre moi et je remarque sa gamelle vide. Je comprends mieux son intérêt soudain pour ma personne. Je lui donne ce qu'il désire et file à la douche. J'aimerais qu'elle me fasse tout oublier. Je ne peux pas retenir les larmes qui déchirent mon cœur.

Stan n'a pas essayé de me retenir… J'étais donc si quelconque à ses yeux ?

J'enfile mon pyjama et consulte machinalement mes emails sur mon portable. Le professeur de littérature médiévale est absent ! Hourra ! Il reste la question Stan… Je prépare mon sac pour les vacances puis réserve mon billet de train pour partir en début d'après-midi. C'est la mort dans l'âme que je me couche en compagnie de mon chat.

J'ai assisté à mes cours du vendredi matin et dès la pause de midi, je me suis sauvée. Julia a tenté de comprendre ma réaction mais je lui ai expliqué que j'avais la flemme de rester… J'ai insisté sur le fait que beaucoup de nos collègues de promo n'étaient même pas venus. Vaincue, mon amie m'a souhaité de bonnes vacances, reposantes…

Le trajet dans le train avec Stanounet s'est bien déroulé, il a dormi comme un bébé. Placée dans un carré, je n'ai pourtant pas eu de voisin, hourra ! J'ai pu laisser sa caisse de transport sur la table sans que ça ne gêne. C'est un livre à la main que j'ai passé le voyage, noyant ma peine dans les années 1940. J'ai dû prendre le bus pour rentrer à la maison, mes parents sont encore au travail. Dix minutes de marche plus tard, avec les miaulements d'un chaton qui en a marre de ne pas être installé de manière stable, j'arrive enfin dans la cour. Je pose la caisse et ouvre la porte, je jette mon sac dans la maison et libère mon chat.

15

Noël est dans quatre jours et je tourne en rond dans la grande maison. Stanounet n'est pas du tout dépaysé, il adore galoper au rez-de-chaussée. Mes parents ont prévu le nécessaire pour qu'il passe un bon séjour, lui aussi. Je suis sortie en ville pour faire le tour du marché de Noël. C'est si beau ! J'achète du vin chaud à la cannelle autant pour me réchauffer que pour étancher ma soif. Le gobelet entre les mains, je souffle sur la surface pour le refroidir. Quand j'étais enfant et que nous venions nous promener ici, mon père trempait toujours son cookie dans son vin. Je grimace en me remémorant les morceaux qui remontaient à la surface. Berk ! Pour moi, c'est l'un après l'autre, pas un mélange des deux !

En observant discrètement les couples évoluer autour de moi, évidemment plus amoureux que jamais, je me sens très seule. Pour m'attrister davantage, la musique diffusée en fond sonore n'est autre que *All I Want for Christmas Is You* de Mariah Carey. Je termine mon gobelet puis achète un cookie que je dévore en chemin.

J'essaie de me leurrer mais Stanislas me manque beaucoup. Je devrais l'appeler… Pourtant une part de moi me hurle de ne pas le faire. Je gémis de rage, c'est lui qui a tout rendu si compliqué ! Un couple que je croise me lance un regard choqué.

— Quoi ? Vous voulez ma photo ?!

L'homme tire sa petite amie loin de moi comme si j'étais une dangereuse créature.

— Et un joyeux Noël !

— À vous aussi, bredouille le duo en s'éloignant au plus vite.

J'enfonce mon bonnet sur ma tête et presse le pas pour rejoindre la maison de mes parents. Elle est légèrement excentrée de la ville, le trajet est faisable à pied en une petite demi-heure.

Ce soir, en famille, on est allés voir les illuminations en ville. Ça fait rêver ! Assise à l'arrière de la voiture, je suis retombée en enfance. Et je n'arrive toujours pas à me sortir ce connard de l'esprit ! *Putain !*

Nouveau jour de plus à penser qu'il sera identique au précédent… Ma sonnerie SMS retentit, je me jette sur mon portable abandonné sur le canapé.

Bon réveillon ! Alors tu ne t'ennuies pas trop chez tes vieux ?

Lou…

Merci à vous deux aussi. Vous me manquez !

Lui aussi, il me manque… Étrangement, Isaac ne me manque pas plus que ça. Peut-être parce que tout ceci n'était pas réel. Et que toutes les fois où il m'a regardée dans les yeux, il me mentait… Comment ai-je pu me laisser avoir par les mains du prince pour tomber entre les griffes du loup ? Quel était le pourcentage de chances pour que je sorte indemne de cette histoire ? Comment les autres filles qui sont passées avant moi ont-elles fait pour continuer leur route sans se retourner ? Et les suivantes… Je suis jalouse à l'idée qu'une autre puisse toucher Stan, me dérober ma place… Je me torture pour rien en plus ! Je ne dois pas me victimiser, j'ai partagé des bons moments avec les garçons et c'est ce que je veux garder à l'esprit. C'était juste pour s'amuser et rien d'autre.

Je continue de décorer le sapin, seule encore une fois. Quand j'étais petite, je partageais ce moment avec la vieille voisine, baby-sitter attitrée. Mes parents ont toujours été très pris par leur boulot dans le milieu médical, je devrais avoir l'habitude maintenant. Je regarde d'un œil distrait le téléfilm de Noël. Le personnage principal, suite à de multiples péripéties, embrasse enfin son amoureuse. Je souris, envieuse, avant de baisser les yeux sur le chaton qui joue avec une boule du sapin.

— Fais attention, Stanounet…

Après avoir terminé et sans vraiment lâcher le chat du regard, je m'attelle au dîner. Mes parents ne devraient plus tarder et ils trouveront le repas bien chaud. Je louche sur la bûche au chocolat, j'ai trop les crocs ! Nouveau SMS, je sors mon portable de ma poche arrière. C'est Claire cette fois-ci, qui m'envoie en fait un MMS. Sur la photo prise par Lou, je vois mon amie s'empiffrer de ce délicieux dessert que j'ai à portée de main.

— Tu veux jouer ?

J'entame la bûche et en coupe un morceau. Je prends une photo de moi et ma part. Le marathon des selfies à la con avec une bûche au chocolat est ouvert ! Une nouvelle photo de Claire s'affiche presque aussitôt, elle fait une grimace hilarante.

Arrête, elle va dévorer toute la bûche.

Ce message est signé Lou. Je n'ai pas le temps de lui répondre que mes parents franchissent la porte d'entrée.

— Tu ne nous attends pas ? demande ma mère en s'essuyant lourdement la commissure des lèvres.

Je l'imite, retirant l'excès de chocolat de ma bouche. Je me lave aussitôt les mains, si j'avais le malheur de lécher mon pouce, je me prendrais la soufflante antibactérienne en pleine face !

— Tu as décoré le sapin, commente, peu enthousiaste, mon père depuis le salon.

— Oui…

Il réajuste ses lunettes en entrant dans la cuisine.

— Tu penseras à le défaire avant ton départ, d'accord ?

— Oui, comme chaque année…

Le repas s'éternise entre les différentes discussions professionnelles. Mes parents s'occupent tout de même de savoir comment se déroule ma scolarité… Je n'arrive pas à me sortir Stanislas de la tête, voilà mon problème ! Je ne peux rien leur avouer, ça serait m'ouvrir et je n'en ai pas envie. Pour le moment, je ne veux me confier à personne, pas même aux filles. Et surtout pas à mes géniteurs qui me feraient la totale concernant les MST.

Au matin, je paresse longuement au lit. Stanounet ronronnant sur mon ventre, je passe la main dans son pelage.

— Il te manque aussi ?

Le chaton relève aussitôt la tête comme pour me répondre par l'affirmative. Enfin, c'est comme ça que je l'interprète avant de le voir se lécher la patte. Je voudrais dormir pour oublier mais je n'y arrive pas. J'attrape mon portable en essayant de ne pas faire tomber Stanounet. Un message de Lou m'attend.

Joyeux Noël !

Ce SMS est accompagné d'une photo de Lou embrassant la joue de Claire, elles sont aux anges malgré leur air endormi et leurs cheveux en bataille. Je leur envoie un selfie de moi, un clin d'œil et ma langue tirée à outrance avec Stanounet regardant mon portable. Il se demande sûrement ce que je fais. Adorable !

La seule certitude que j'ai, c'est que Lou va me tirer les oreilles en apprenant que je ne lui ai rien dit pour les garçons… Stanounet me quitte pour l'oreiller bien plus moelleux. J'en profite pour me rendre à la salle de bains. Enfant, j'adorais courir au salon pour découvrir mes nombreux cadeaux. Aujourd'hui, l'enthousiasme s'est malheureusement amoindri. Mes parents préfèrent effectuer un virement sur mon compte, plus rapide et moins prise de tête pour eux…

Personnellement, j'ai misé sur une bouteille d'un grand vin et ça leur a fait plaisir. Ils dorment encore quand je m'attaque au coffret du chocolatier. Grâce à la liste, j'exclus directement ceux avec la liqueur et cherche les bons chocolats au goût noisette. *Promis les parents, j'essaierai de ne pas tout manger.* Je jette un coup d'œil par la fenêtre du salon, j'aurais aimé un peu de neige. Qu'est-ce que les garçons peuvent faire à cette heure ?

16

Mes parents ont organisé une réception pour le réveillon du Nouvel An. Comme d'habitude, je me suis ennuyée avec des inconnus, collègues de travail des parents et leurs gosses. Une adolescente a étalé toutes ses affaires hors de prix sous mon sourire crispé. Ensuite un gros relou a tenté en vain de me draguer, je l'ai envoyé balader celui-là, en prétextant que j'avais déjà quelqu'un. Bien sûr, ma mère a entendu et a voulu en savoir plus. Je l'ai donc prise à part pour lui dire que c'était une technique à deux balles pour qu'on me laisse tranquille.

Dès que minuit a sonné, comme tout le monde, j'ai fait semblant d'être contente ! Et après j'ai prétexté un mal de tête dû à l'alcool, alors que j'étais plus sobre que sobre, pour monter dans ma chambre. L'année prochaine, je la commence en compagnie de mes copines et plus jamais ici. Je salue mes parents qui m'ont déposée à la gare avec le chaton dans sa caisse. Je n'ai reçu aucun message de Stan. Mais pourquoi ça aurait été le cas ? J'ai définitivement mis fin au contrat et donc plus de contact…

Enfin nous sommes rentrés au chaud ! Prendre le tramway avec un chat n'est pas une mince affaire, même si je suis arrivée avant les heures de pointe. Stanounet a l'air triste d'être revenu dans mon logement minuscule ! Je dois vérifier dans mon agenda la date de ses prochains vaccins.

C'est avec appréhension que je regagne le campus le mardi matin. Je ne vais pas à la Zumba, j'ai trop peur que les souvenirs ressurgissent sans crier gare. Julia me propose de me ramener vu qu'elle doit se rendre en ville. On en profite pour se raconter nos vacances, elle est partie en Espagne avec sa famille. Elle me détaille notamment son escapade avec un bel étranger… J'en connais une qui a le béguin ! Je la taquine sur le sujet avant de rejoindre mon immeuble.

J'ai séché de nouveau le cours de Stanislas en prétextant que j'étais malade. C'est pourri comme solution… Ma pauvre Julia ne doit rien comprendre aux récents événements ! Je mets à profit ce temps pour réviser. Mon portable sonne pile à l'heure où j'aurais dû terminer les cours. C'est Stan ! Je regarde l'écran afficher le nom de mon interlocuteur.

— Non !

Je quitte ma chaise de bureau pour ne pas être tentée de répondre. J'ai tellement envie d'entendre sa voix. La sonnerie finit par s'arrêter, aucun nouveau message sur ma boîte vocale. Je crains pour la semaine prochaine…

Un cours annulé par un prof en arrêt maladie, accident de ski, c'est moche pour lui. À la BU, j'en profite pour imprimer les notes que Julia a prises du cours de Stan tout en soupirant désespérément. Notre dossier pour une autre matière est aussi en impression pendant que ma camarade m'attend dans une salle réservée à l'étage. Je vagabonde de la mini-pièce au seuil de la porte, jetant des regards aux éternels retardataires. C'est amusant de les voir courir comme des dératés, sachant pertinemment qu'ils vont être en retard !

Je me fige en apercevant Stan entrer dans la bibliothèque universitaire. Je fais aussitôt un pas en arrière de peur qu'il me surprenne. Mon cœur bat violemment dans ma poitrine mais mon corps reste bloqué malgré mes supplications. Dos à la porte ouverte, je suis partagée entre m'enfuir et passer furtivement la tête pour apercevoir Stan. C'est le souffle court que je le vois passer devant la salle d'imprimante, il ne m'a pas vue. La mort dans l'âme, je remonte au deuxième étage rejoindre Julia. À peine assise, mon amie me saisit les feuilles des mains pour corriger une coquille remarquée après le lancement de l'impression.

— Tu vas bien, Miranda ?

— Quoi ?

— Je te demande si ça va.

— Euh oui…

J'affiche mon plus beau sourire en espérant fausser les pistes.

— C'est le retour de vacances, ah ah !

— Sûre ?

J'acquiesce frénétiquement. Julia meurt d'envie de connaître les raisons de mon séchage récurrent. Je jette des coups d'œil vers le reste de l'étage de lettres, comme si Stan pouvait débarquer d'une minute à l'autre…

— Tu sais qu'on a un nouveau prof ?

— Encore ?

— Oui, il remplace la prof de philo qui est en congé maternité ! Qui l'eût cru !

Il faut dire qu'en séchant le cours de Stan, j'ai aussi séché le suivant… Mais quelle idée d'avoir ajouté cette matière inutile ce semestre ?

— C'est un hipster, tu verrais le genre ! Moi je n'aime pas, mais Clémentine est à fond sur lui.

— Tant mieux, comme ça, elle n'enquiquinera plus Stan.

Je relève aussitôt la tête. *Putain j'ai parlé tout haut !* Julia agite son crayon tout en souriant.

— Enfin, l'autre prof…

— Tu ne te serais pas risquée à une amourette interdite, toi ?

— Non…

Elle prend une mine déçue puis me tapote la main d'un geste réconfortant.

— Il est mignon et toutes les filles le regardent !

Je baisse les yeux, elles en ont de la chance, les veinardes…

— Bon, c'est dommage qu'il soit un véritable glaçon mais… Est-ce que je me risquerais à te dire qu'il est de très mauvaise humeur depuis le retour de vacances ?

Je rougis en réprimant un sourire, je pourrais en être la cause ?

— Ah…

Je feins le désintéressement alors que je brûle en réalité de curiosité.

— Si ça ne t'intéresse pas…

— Si, dis-moi !

Julia se met à rire, entraînant le mien. C'est de cette façon que j'apprends que la légendaire patience de Stan s'est éteinte et qu'il n'hésite plus à casser les étudiants qui les lui brisent… Il en a même exclu de la salle parce qu'ils bavardaient. Stan aurait mal vécu le fait que la veille des vacances, il n'y ait que cinq étudiants présents à son cours.

— J'ai dû avoir l'air d'une grosse patate devant lui ! Il m'a demandé comment tu allais. Forcément, je n'étais au courant de rien, Miranda !

Elle rougit et agite nerveusement les mains comme pour chasser ce sentiment néfaste.

— Tu te fais des films, Julia. Il n'y a rien entre Stanislas et moi…

— Il avait l'air très déçu quand je lui ai répondu, tu sais.

Les larmes coulent soudainement de mes yeux. Je me suis mise dans une sacrée merde et j'ai l'impression de m'y noyer. Quand je pense à lui, j'ai mal, pourtant je suis responsable de tout ce qui est arrivé. J'ai accepté le contrat, même si je savais qu'il y avait des risques que je m'attache. Je me suis liée à Stan et quand il m'a rejetée, ça m'a fait exploser…

— Ne pleure pas !

Elle attrape maladroitement un paquet de mouchoirs dans son sac pour m'en fournir un.

— Ce n'est rien, je vais bien…

Je n'ai jamais été sa petite amie, ce n'est donc pas une rupture ! Pourquoi je me sens plus bas que terre alors ? J'ai la sensation d'avoir perdu Stan mais je ne l'ai jamais eu…

Après un petit moment, je réussis à me remettre au travail. Julia est gênée, elle pense que c'est sa faute si j'ai fait ma madeleine. Et c'est moi qui me retrouve à la réconforter et à la rassurer alors que j'en aurais bien besoin… On a quand même pu réviser malgré mes bêtises. La BU ne va pas tarder à fermer ses portes, il fait déjà nuit quand on s'approche de l'arrêt de tram de la fac. Julia refuse de me laisser rentrer seule.

— Tu ne vas pas sortir ta voiture exprès pour moi !

— De toute façon, je travaille au resto à vingt heures !

— D'accord…

— Allez, ça va passer !

Elle me tapote doucement l'épaule.

— Oui !

Je grimpe dans son véhicule en appréhendant l'idée d'être abandonnée ce soir. Pour éviter une route qu'elle déteste prendre, Julia préfère passer par l'autre bout du campus qui nous ramène devant la bibliothèque universitaire. Le feu vire au rouge, je tourne la tête vers le trottoir et je le vois… Ses yeux émeraude écarquillés par la surprise, Stan s'arrête près de la voiture. Julia donne un coup d'accélérateur, grillant outrageusement le feu. Un automobiliste arrive pile à ce moment mais on a le droit qu'à un bon coup de Klaxon.

— Connard ! lui crie Julia sans s'arrêter.

— Qu'est-ce qui t'a pris ?

Cramponnée à ma ceinture de sécurité, j'essaie de me remettre de mes émotions.

— Bah j'ai vu le prof, j'ai flippé. Mon pied a agi avant que ça monte au cerveau !

Je jette un coup d'œil au rétro, sa silhouette s'éloigne.

— Imagine s'il avait ouvert la portière pour te sortir de ma voiture !

— Tu t'enflammes un peu, Julia…

— Peut-être mais j'ai lu ça dans un roman !

On rit en visualisant la scène. Au moins, je n'aurais plus à me cacher ! Je remercie mon amie et la salue avant de rentrer dans mon immeuble. Il faut que je dise tout aux filles… Ce n'est pas que je n'ai pas confiance en Julia, au contraire, mais disons qu'une part de moi pense que si elle reste dans le flou, cette histoire n'aura été qu'une chimère…

Une fois dans mon appartement, je vire mes chaussures et attrape Stanounet qui courait vers moi.

— Tu n'as plus à manger ?

En effet, c'est bien le cas. Je saisis le paquet de croquettes sous ses petits miaulements pressants.

— La nourriture est prête, estomac sur pattes !

Un dernier miaulement et il plonge la tête la première dans sa gamelle. Je le prends en photo sans arrêter de sourire. Hésitant un instant, je sélectionne tout de même le contact de Lou.

— Allô, mademoiselle perfection à l'appareil, comment puis-je vous aider ?

Je ricane bêtement avant d'enchaîner.

— Je me disais que peut-être Étoile voudrait voir son frère Stanounet…

— Elle dort, la petiote, avec Claire d'ailleurs.

— Il est encore tôt…

— Épidémie de gastro.

— Outch !

— Viii.

J'entends l'eau couler en fond, Lou doit faire la vaisselle.

— Tu as un problème, Miranda ? me demande subitement mon amie.

— J'ai rompu, enfin non, j'ai cassé le contrat avec les garçons et je n'ose plus aller au cours de Stan.

Mon débit a atteint des sommets tellement j'avais peur de tout lui avouer.

— Je m'en doutais…

Je m'assieds sur la chaise, toute molle.

— Tu ne parlais plus de Stanislas…

— Tu crois que je suis une sous-merde ?

Je me lamente, posant mon coude sur la table pour mieux soutenir mon front.

— Je pense que tu devrais al…

Lou marque une pause comme pour évaluer les différentes options possibles à ses yeux.

— Essaie de prendre de la distance. C'est ton prof, d'accord, mais s'il vient te chercher des crosses, tu le balances à la direction de la fac.

— Oui…

Cette solution ne m'enchante pas du tout. Et je sais que je n'aurai jamais à le faire parce que je vois mal Stan venir me harceler.

— Et je lui arrache ses bijoux de famille à coups de casse-noix rouillé au passage.

Je glousse, ça, je sais qu'elle en est capable…

— Ça doit être douloureux, Miranda.

Les larmes roulent en silence sur mes joues tandis que j'écoute ses paroles.

— Mais tu ne peux pas bousiller tes études pour un mec. Tu te souviens ce que je t'ai dit pour Enzo ?

— Avant ou après avoir explosé les vitres de sa voiture ?

— Quand je t'ai donné mes clés pour que tu la rayes !

Enzo n'a pas porté plainte pour cette destruction en règle, je suis pourtant quasi sûre qu'il sait que c'est Lou… Il avait déjà peur d'elle quand nous étions encore ensemble. À chaque fois que je voulais faire une sortie à quatre, Enzo traînait des pieds. Et évidemment, il s'isolait avec son portable. Comment ai-je pu laisser courir ça ? Je secoue la tête pour chasser ces souvenirs de mon esprit.

— Tu m'as dit que je pouvais me laisser malmener ou me battre…

— Voilà ! Eh bien tu te reposes, et ensuite tu iras t'expliquer avec Stanislas. Laisse du temps au temps, mais pas trop…

— OK…

— Merde, Claire a besoin de moi. J'arrive chérie ! Ça va aller Miranda ?

— Oui, je me sens déjà mieux.

Je me frotte les yeux en me félicitant intérieurement de n'avoir laissé échapper aucun signe…

— Je t'embrasse ma belle.

— Bonne nuit Lou.

Elle raccroche et moi, je fixe mon chaton qui s'est endormi à côté de ses croquettes. Il roule sur son autre flanc pour mieux s'installer.

17

En cinq jours, Stan m'a appelée une dizaine de fois. C'est affreux de voir son portable sonner et ne pas savoir ce que veut son interlocuteur ! J'ai un partiel de français médiéval qui a été déplacé juste avant son cours. Je n'ai pas le choix je dois y aller, sinon c'est un zéro pointé. Je suis terrifiée à l'idée de le croiser, c'est ridicule ! *Ressaisis-toi, bon sang !*

À ma grande surprise, j'arrive à répondre à tous les exercices. Je rends ma copie en avance puis signe la feuille d'émargement. En sortant de la salle, je me heurte à quelqu'un. Stanislas... Nos regards perdus se croisent. Mais qu'est-ce qu'il fait là ? J'ai pourtant fini dix minutes avant les autres ! La panique me saisit brutalement, aucun son ne sort de ma bouche. Je baisse la tête et force le passage, non, c'est trop dur. Lou va être furieuse, je n'applique pas du tout ses conseils.

Je sors du tramway après un détour par la librairie. J'avais besoin de m'aérer l'esprit mais ça reste un mauvais choix, il pleut maintenant ! D'une main, je maintiens mon parapluie, de l'autre, mon sac plein à craquer de livres. J'arrive devant mon immeuble, Stan patiente sous le porche. L'espace d'un instant, je suis heureuse de le voir puis je me rappelle son rejet. Angoissée, je m'approche, les yeux rivés sur le sol. Depuis combien de temps m'attend-il pour être aussi trempé ?

— Je n'ai rien à te dire, Stanislas.

J'ouvre la porte, prête à me faufiler. Je suis déterminée à éviter toute conversation, je suis encore trop irritée pour vivre ça…

— Je t'ai attendue pendant deux heures alors tu trouveras.

Il me pousse sans ménagement pour entrer, je retire ma clé et claque la porte. Je peux toujours courir loin, non ? Ou le frapper avec mon parapluie ? Je secoue mon arme potentielle dans le hall avant de la fermer. On monte les marches, Stan ne prononce pas un mot durant tout ce temps. Moi non plus d'ailleurs… Je sens la colère émaner de lui, c'est atroce. Je déverrouille la porte de mon appartement et m'écarte pour ne pas être encore bousculée. Stanislas s'engouffre dans ma salle de bains sans me demander mon avis.

— Je prends une douche, t'as pas intérêt à te barrer !

— Je suis chez moi, bordel !

Il m'énerve ! Je pose mon sac de livres sur la table. J'entends l'eau de la douche couler, Stan doit être mort de froid… Je me prépare hâtivement du chocolat chaud, j'en ai besoin pour me réchauffer. Je sors une autre tasse et laisse de quoi en préparer un second si jamais Stan en a envie.

J'ai le temps de terminer ma boisson quand il arrive avec une serviette autour de la taille et les cheveux trempés.

— C’est bon, t’as utilisé toute mon eau chaude ?! Tu peux partir maintenant ?

Il faut qu’il s’en aille, je vais pleurer sinon. Je pose ma tasse sur la table, je sens déjà les larmes me monter aux yeux. Stan s’approche de moi et je l’observe, impuissante. Ses bras m’entourent et me plaquent contre son torse mouillé, je garde les miens le long de mon corps. Qu’est-ce que je suis censée faire ? Je n’ose pas profiter de cette proximité que je désire ardemment.

— Tu m’as manqué…

— Menteur !

J’essaie d’étouffer un sanglot, il m’a terriblement manqué aussi. Stan me serre plus fort contre lui et son odeur m’enivre déjà. Mes mains tremblent en remontant pour se nicher sur ses flancs.

— J’ai merdé et j’en suis désolé.

— Tu m’as blessée, Stan !

Je le repousse brutalement, les idées embrumées. J’ai mal au cœur, pourtant je suis convaincue que Stan est le seul qui pourra le soulager. Il passe sa main dans ses cheveux, les larmes aux yeux. Je croise les bras en me rendant compte que mon ton a été acerbe. Je devrais peut-être appeler la police ? Et comment j’expliquerai l’homme nu dans ma cuisine ?

— Et toi alors ? Tu n’as fait que m’éviter ! T’as même pris des risques en voiture !

Mon sang ne fait qu’un tour. Je ne sais pas ce qui m’a le plus touchée, qu’il évoque son ressenti ou bien qu’il m’accuse…

— C’était Julia, pas moi ! Mais toi, tu as fait pire parce que je…

— Tu ?

Je me pince les lèvres pour ne pas trop en révéler. Son regard plonge dans le mien, Stan s'avance vers moi, m'obligeant à redresser la tête. Mes doigts sur ma bouche, je tente d'étouffer les sanglots qui m'agitent. Des sentiments contradictoires envahissent mon esprit et mon indécision me rend folle !

— Je… Je veux tout arranger.

— Moi, je veux seulement que tu dégages !

— Miranda…

— Non putain, Stan !

Je chasse ses mains qui tentent encore une fois de m'attirer à lui. Je fais un pas en arrière et croise à nouveau mes bras. Ma gorge me pique et c'est à ce moment-là que je comprends que j'ai crié. La culpabilité s'installe très rapidement en moi et encore plus quand je vois Stan mettre une main sur ses yeux. Je ne l'avais jamais vu faire ça. Il a l'air sur le point d'exploser mais il se contient plus que moi. Je me mords l'index, il faut que j'arrête de l'ouvrir. Qu'est-ce que je veux, bordel ?

Un instant ! Tout à l'heure, Stan a bien dit deux heures ? Ça signifie qu'il n'a pas assuré son cours pour venir me voir ? Il risque d'avoir des problèmes par ma faute et moi, je l'envoie balader comme une vieille chaussette. Je ne peux pas oublier qu'il m'a utilisée comme un objet ! Une seule fois…

— J'ai failli me foutre en l'air à cause de mon ex, t'es contente ? s'emporte Stan en me fixant d'un regard froid.

Les larmes glissent de mes yeux sans que je puisse les contenir. Il passe une main dans ses boucles blondes en détournant le regard. Ses mots me blessent bien plus qu'une gifle…

— Il fallait que je sois toujours à sa disposition. Je devais être là en permanence, sinon elle menaçait de se tailler les veines. Alors je cédais, je cédais… À chaque fois qu'elle m'embrassait, une partie de moi s'éteignait.

Avant que je m'en rende compte, je suis déjà dans ses bras, à le serrer contre moi. Mon corps agit plus vite que mon esprit analyse les informations. Présentement, je suis incapable de réfléchir et de m'adapter en conséquence. La seule certitude que j'ai est celle de vouloir être près de Stan. Le reste n'a plus aucune importance.

— Tu aurais vu dans quel état Isaac m'a récupéré à la fin…

Je dépose un baiser sur son torse.

— Si elle s'approche encore de toi, je lui casse la gueule.

Il rit, sûrement en nous imaginant, mes bras de poulet et moi, agresser son ex-petite amie. Je recule juste assez pour pouvoir contempler son visage, sentant son souffle sur le mien. Je caresse sa joue du bout des doigts avant de déposer un faible baiser sur ses lèvres. J'ai l'impression que j'attendais ça depuis un bout de temps. Et finalement, je me souviens comment il m'a jetée… Je veux me libérer de sa chaude étreinte mais il me maintient contre lui.

— Miranda, je…

Je fixe son visage, attendant qu'il termine sa phrase mais rien ne sort plus de sa bouche. Stan me relâche et va s'asseoir sur mon canapé. Je le regarde faire puis franchis instinctivement la distance qui nous sépare. Je ne supporte pas l'idée de le savoir loin de moi, même seulement à quelques mètres.

Les genoux à terre, j'enroule mes bras autour de son cou pour l'attirer à moi. Stan glisse ses mains autour de mon buste, resserrant ses jambes sur ma taille. Je n'arrive plus à lui en vouloir parce que je suis raide dingue de lui…

— Elles étaient toutes échangeables, mais pas toi… Tu es si chiante.

Je glousse malgré moi et m'éloigne légèrement pour voir son visage. Stan n'est manifestement pas doué pour exprimer ses sentiments, quelle nouille !

— Ne va pas croire que je fais le coup à toutes les filles qui sont passées simultanément entre Isaac et moi, murmure-t-il en me caressant la joue d'une main tendre.

Je partage sa douleur, comprenant mieux pourquoi c'était tabou pour lui. Ses paroles me rassurent, je n'ose pas ouvrir la bouche de peur de l'interrompre.

— J'ai paniqué, je suis vraiment désolé.

Comme en apparence je ne réagis pas, Stan m'attire doucement à lui pour m'embrasser.

— Tu aurais dû me le dire.

— Te dire quoi ? Que ça m'a fait flipper que notre relation devienne plus sérieuse ? Tu m'aurais bien pris pour un con !

— Je le savais déjà, que tu n'étais pas très fute-fute.

Stan grimace tout en souriant. Je baisse les yeux, mes doigts caressent toujours ses épaules nues. Je ne sais pas comment il s'y est pris mais je suis complètement apaisée… Je me sens stupide, ma réaction a été plus qu'excessive. Je n'ai même pas cherché à le comprendre. En réalité, je pensais que Stan ne se souciait pas de moi alors que j'avais déjà tous les signes sous les yeux…

— Je crois que je tiens beaucoup à toi, Miranda…

— Si ce n'est pas une certitude !

Je fais mine de me lever, rien que pour l'embêter. Surpris, Stan m'attrape le bras pour me retenir.

— Miranda…

Je m'assieds à califourchon sur ses jambes en esquissant un sourire malicieux. Comprenant que je me moquais faussement de lui, il sourit. Je fais glisser mes mains sur son torse tandis que les siennes se posent sur mes hanches. Je me noie dans son regard. On doit avoir l'air un peu con tous les deux.

— Reste avec moi ce soir, Stan.

Je dépose un léger baiser sur ses lèvres sans réellement savoir ce que je fais. Il me plaque contre lui, sa bouche s'unit à la mienne. J'inonde son corps de caresses pendant que le mien accueille les siennes…

Épilogue

Je contemple Stan faire son cours. Par contre, lui n'a pas perdu ses habitudes, je ne le vois jamais me regarder ! Je prends mes notes avec un plus grand soin que d'habitude pour Julia qui a attrapé la grippe. J'espère qu'elle ne m'en voudra pas de ne pas assister au cours de philosophie…

Isaac a déménagé, je n'ai pas pu lui dire au revoir, enfin, pas en face à face. Il tenait à s'excuser s'il m'avait parfois blessée, bien sûr, ce n'était pas son intention. Ça m'a touchée, évidemment, il voulait aussi me féliciter pour Stan et moi. Isaac m'a confié qu'à notre première rencontre, il ne pensait qu'à jouer. À notre deuxième, il pressentait que quelque chose avait changé pour son ami. Déjà parce que c'était toujours lui qui proposait les filles, et non Stan. Et qu'à l'origine, Stanislas n'était pas chaud pour me prendre pour le cent fois. On ne va pas se mentir, sur le coup, avant qu'Isaac ne développe ses propos, ça m'a vexée. Il s'est empressé d'argumenter, fort heureusement, que Stan me trouvait déjà mignonne et qu'il n'a pas été dur à convaincre. Donc j'avais raison au fast-food, c'était bien de moi qu'ils parlaient tous les deux !

Isaac m'a également dit qu'il avait remarqué que Stan s'intéressait beaucoup à moi, chose qu'il ne faisait pas avec les autres filles. Ça, c'est bien ! Et que son ami m'observait beaucoup… Je n'arrive pas à le prendre sur le fait mais je le soupçonne de le faire quand je ne regarde pas. Pour terminer, Isaac m'a avoué, un peu coupable, que deux fois, il m'a menti. Celle où il devait venir me chercher au magasin et celle du week-end à la montagne. C'était à ses yeux des tests pour vérifier si son colocataire tenait vraiment à moi. Puisque, comme Isaac me l'a confirmé, Stan est une vraie boulette niveau sentiments…

J'ai rassuré l'Apollon en lui expliquant que ce n'était vraiment rien. Il a eu l'air soulagé de savoir que je n'avais aucun ressentiment contre lui. Avant de raccrocher, Isaac m'a demandé de prendre soin de Stanislas. C'est sur cette promesse que s'est finie ma dernière conversation avec un dieu vivant.

Stan nous libère à l'heure, tout le monde décampe à la vitesse de la lumière. Je m'attarde un peu et fais mine de sortir la dernière. Je sens une main se poser sur ma fesse, je me retourne aussitôt en fermant la porte du pied.

— Je suis sûre que tu pourrais avoir des problèmes avec ça…

— Et tu comptes me dénoncer, Miranda ? m'interroge Stan en saisissant mes hanches pour m'attirer à lui.

Je lui adresse un sourire moqueur en glissant mes mains sur ses épaules avant de les enrouler autour de son cou.

— Ça dépend, tu augmentes ma moyenne de combien de points ?

— Je crois que tu te trompes de prof, c'est celui qui s'habille bizarrement qu'il faut aller voir pour ça.

Je ris, ce qui le fait sourire. Mon visage s'approche du sien pour réclamer un bisou. Stan se penche, accédant à ma demande par un de ses envoûtants baisers.

— En parlant de moyenne, tu devrais bosser plus parce que tu t'es plantée à mon partiel.

— Quoi ? Mais j'ai bossé comme une folle ! Tu ne veux pas que j'aie mon semestre ou quoi ?

Je recule en essayant de me dépêtrer de son étreinte mais il ne me laisse pas faire.

— Stanislas, tu n'es pas censé me mettre des malus !

— Je ne suis pas certain que surévaluer le travail de ma chérie l'aide à avancer dans ses études.

Je m'arrête aussitôt de bouger et plonge mon regard surpris dans le sien. C'est la première fois qu'il parle de moi en ces termes. J'avoue que j'en suis plus que perturbée, je sens la chaleur s'emparer de mes joues. Un sourire se dessine sur ses lèvres, Stan est fier de lui… Je tourne la tête sur le côté, essayant de réprimer un sourire béat.

— Miranda ?

— Oui ?

— Embrasse-moi.

Je le regarde à nouveau et, d'une brève pression sur la nuque, je l'incite à se pencher vers moi. Mes lèvres s'unissent longuement aux siennes, sa langue pénètre ma bouche, intensifiant notre baiser. Je sens son érection contre moi et ses mains qui descendent sur mes fesses. Sa langue se retire puis Stan me soulève dans ses bras. Il avance de quelques pas puis me dépose sur un des bureaux sans rompre notre lien…

Remerciements

Un grand merci à City Éditions pour m'avoir accordé leur confiance. Je suis ravie de rejoindre leur grande famille. Je ne pouvais rêver mieux comme cadeau pour l'année de mes vingt-cinq ans.

Je remercie ma famille, toujours présente pour m'encourager dans ma passion. Merci aussi à mes amis qui me soutiennent depuis longtemps.

Et merci à vous, chers lecteurs et chères lectrices, plus spécialement ceux et celles qui me suivent depuis le début de mes aventures en 2018.

Achevé d'imprimer en décembre 2020
sur les presses de la Nouvelle Imprimerie Laballery
58500 Clamecy
Numéro d'impression : 012279

Imprimé en France

La Nouvelle Imprimerie Laballery est titulaire de la marque Imprim'Vert®